迷犬マジック2

山本甲士

JN054254

双葉文庫

目次

春　7
夏　106
秋　190
冬　303

迷犬マジック2

春

　夕食のカレーライスを食べ終わった後、賢助《けんすけ》が「ごちそうさま」と言うと、テーブルの隣の席でまだ食べていたお母さんが「はーい」と応じ、向かい側でおかわりを食べていた重《しげる》さんが目を細めた笑顔を作り、「おかわりはいいの？」と聞いてきた。

　賢助は「おなかいっぱいだから」と重さんの目を見ないようにしながら、皿とスプーンを流し台の方に運んだ。

　皿をシンクに置いて水を入れる前に、背後のワゴン台の真ん中の段に積んである新聞紙の一枚を取って、水で濡らした両手でくしゃくしゃとほぐし、皿についたカレーを拭き取った。汚れた新聞紙は、ゴミ箱へ。ゴミ箱の中では、二重にした新聞紙で作った袋が口を広げていて、ゴミはその中に入れる。

　ノートサイズに切って積んである新聞紙を汚れや油取りに使うことや、針なしホチキスを使って新聞紙のゴミ袋を作ることは、重さんのアイデアだった。重さんは満杯になったそのゴミ袋を手で押しつぶして小さくし、最後は粘着テープで口を閉じてから、燃えるゴミ専用の有料袋に入れる。お母さんはそういうのを見るたびに感心した様子で「さーすが」とか「こういう積み重ねがゴミを減らすのよね」と言うけれど、賢助には何だかちっちゃいことにこだわる人のように思えて、そんなにたいしたことだとは思えなかった。

生前のお父さんがそんなことをするのは見たことがない。

夕食後、座卓の方に移動して、リクライニング式の座椅子に座ってテレビのリモコンを押した。特に見たいと思う番組が見つからず、さっさと自分の部屋に行きたかったけれど、重さんが気にするかもしれないので、クイズ番組にしておいた。お母さんが「お茶淹《い》れるわね」と言い、賢助は「うん」と答える。

しばらく経って、重さんもお母さんもそれぞれの椅子に座って、三人でお茶を飲んだ。この時間はいつも気まずい。重さんが何か話しかけようとしているけれど、何を話しかけようか迷っていることが伝わってくる。

「それにしても」と重さんがお茶を少しすすってから唐突に口を開いた。「この前に見た、あの落とし穴の番組はすごかったよね」

それは確かだったので、賢助も「うん、すごかったね」とうなずいた。そしてそれだけだとちょっとそっけない気がしたので「まさか三メートル以上ある落とし穴から七時間もかけて脱出するとは思わなかった」とつけ加えた。すると重さんが「あの芸人さん、高校時代はサッカー部の中心選手で、全国大会にも出場してたんだって」と言い、賢助は「ふーん」とクイズ番組の画面を見たまま答えた。

数秒間置いてから重さんが「サッカーのお陰であぁいうガッツが養われたのかもね」と言ったけれど、賢助はどういう返答をすればいいか判らなかった。代わりにお母さんが「あの人、トリオの中では一人だけネタが作れなくて、ポンコツ扱いされてたけど、あの番組で見る目が変わったよね」と答えた。ちょっと、無理して間《ま》を埋めたような言い方だった。

パンサー尾形《おがた》という芸人さんは、パンサーというコントトリオのメンバーで、年齢は四〇前後ぐらいのはずだから、重さんとは同世代だ。コントのネタではちょっとピントがずれてイタい役どころが多くて、ロケ番組などでは岸壁から海に落ちたり雪に埋もれた状態から急に現れたりといった身体を張ったボケをしている。ドッキリにかけられたときのリアクションが面白いからよくターゲットにもなっている。例えば、以前ロケ番組で泊まらせてもらった民家のおじいさんが急に尾形さんのマンションを訪ねて来て「一泊させてください」と逆に頼んできたり、帰宅したらクローゼットや浴槽の中などに何人もの知らない人たちが隠れていたり。そのせいで最近まで賢助にとってパンサー尾形さんは、笑わせるというより、笑われる芸人という感じだったけれど、こないだの落とし穴のドッキリは、最後はちょっと感動して泣きそうになった。

山の中で宝探しゲームみたいなことをする企画ということで呼び出された尾形さんは、途中で深い落とし穴に落ちる。スタッフを大声で呼んでも誰も来てくれず、中に敷き詰められてあったぬれ落ち葉の中でいくら待っていてもそのまま放置される。登ろうにも壁はつるつるで、高さも三メートル以上ある。番組としては、仕掛けられた芸人さんがどんな反応をするか、時間が経過してきて、これはドッキリ番組ではなくて全く別の理由で作られた落とし穴ではないかと疑い始めたり、パニックになったりする様子をこっそり撮影する予定だったらしい。実際、同じドッキリを仕掛けられた他の芸人さんたちは、ふて腐れて怒り出したり、おびえて泣きそうになったりしていた。ところが尾形さんは、服を脱いでロープ代わりにして外に投げたりして、脱出を試みる。何度も失敗した末に、落とし穴の壁の表面がシートになっていて、それを力ずくではがすと発泡スチロールの壁があることに気づく。そして、自分が着ていたジャージのファスナーをマイナスドライバー代わりにして、壁に固定されていた金具を外し、それで発泡スチロールを削って穴を空け、手や足をかける場所を作り始める。それでも何度も途中で転落し、「折れるわあ」とつぶやいてすすり泣いたり、足がつって痛みにうめいたりしたけれど、百何十回目かのチャレンジでついに登り切る。尾形さんはようやく現れたスタッフを血走った目で睨《にら》みつけて、「何が面白いんすか、これ?」と言ったけれど、すぐに「面白くなってんならいいっす。お疲れっした」と続けた。スタジオでその様子を見ていたゲストのタレントさんたちは「まさか落とし穴でこんな感動するとは」などとみんな言葉を詰まらせていて、賢助と一緒にテレビでこの録画を見ていた重さんも鼻をすすっていた。お母さんは指先で目の周りをぬぐいながら「何か、いい映画を一本観たみたい」と言っていた。

そんなことを思い出しながらだったので、重さんの「これは並列の方が電球は明るいんだよね」という唐突な言葉に賢助は「え？」と顔を向けた。

「ほら」と重さんがあごでテレビの方を示した。「二個の電球を電池につなげる方法。直列だと豆電球はちょっと暗くなるんだ」

クイズ番組の問題だった。お母さんが「四年生だったらもう習ってるんじゃない？」と言い、賢助は「あ、うん」とうなずいた。二個の電球を横に並べる直列よりも、二またに分かれさせたコードにそれぞれ電球がある並列の方が明るいことは確かにもう習ったし、覚えていたけれど、どういう理屈だっただろうか。二個の電池で一つの電球を光らせる場合は、直列の方が明るいけれど、一個の電池で二つの電球を光らせる場合は、〔直列と並列が逆〕と自分に言い聞かせて覚えたのだ。

クイズ番組がコマーシャルになったところで、重さんが「風呂、洗ってなかったら俺がやるけど」と言い、お母さんは「大丈夫、もう洗ってあるから」と答えた。すると重さんが「じゃあ、皿は俺が洗うよ」と腰を浮かし、お母さんは「いいよ、仕事で疲れてるでしょ」と形の上では遠慮する感じの返事をしたけれど、結局は重さんが流し台に立った。賢助のいる場所からは、洗い物をする重さんの顔が見える。何となく視線を感じることがあるので、賢助は顔を向けないようにしている。目が合ってしまったら、何かしゃべらなくてはいけなくなる。

重さんは賢助に、洗い物を手伝えとは言わない。きっと、他人のくせに父親ヅラをし始めたと思われたくないのだろう。だから重さんは「賢助」と呼び捨てにせず、「賢ちゃん」と言う。クラスの男子からもそう呼ばれているけれど、重さんはそのことは知らないはずだ。お母さんから初めて重さんを紹介されたとき、重さんは「賢助君」と呼んだけれど、お母さんと重さんとの間で「ちょっと堅苦しいね、その言い方」「そうかもね。だったら賢ちゃんは?」といったやり取りがあり、お母さんから「ああ、いいかも。賢助、賢ちゃんて呼ばれたら嫌?」と聞かれて別にどうでもいいと思ったので頭を横に振った結果、同じ呼び方をされることになったのだ。

重さんは仕事を終えた後、いったん独り暮らしをしている借家に帰って、服を着替えてからこのアパートにやって来る。そしてお母さんが作った夕食を一緒に摂《と》って、風呂に入って、また自分の借家に寝に帰る。ちなみにお母さんはショッピングモールのフードコートでパート仕事をする日が多いので、夕食といっても、買って来た総菜や冷凍食品がおかずになることが多い。カレーもレトルトが多かったけれど、重さんが来るようになってからは、ちゃんと作るようになった。理由は何となく判る。

重さんがやって来るのは、以前は金、土、日の夜だけだったけれど、他の日も来るようになって、今ではほとんど毎晩になった。いったん帰宅するのは、仕事のときに着ている作業服が汚れているから。賢助が通う小学校の近くにある製材所だか材木置き場だかで働いているらしいけれど、見に行ったことはない。

入浴はいつも賢助が最初で、二番目がお母さん、最後が重さんという順番になっている。重さんによると、「俺が一番汗かいてるし汚れてるから」とのことである。

この日もその順番で風呂に入った。先に上がった賢助は自分の部屋で夕方に間に合わなかった宿題の残りをしたりマンガを読んだりした。自分の部屋といっても、ふすまで仕切られただけの和室だから、プライバシーなんてあってないようなものだ。

しばらくすると重さんの「あー、さっぱりした」という声が聞こえて、それからお母さんと二人で何か話をする時間がある。そのときは絶対にそっちには行きたくない。お母さんと重さんが、子どもに見られたらまずいことをしているかもしれないからだ。ただの妄想だろうとは思うけれど、絶対に大丈夫だという保証はない。

その後、お母さんからふすま越しに「賢助、重さんが帰るって」と声がかかり、賢助は「はーい」と応じて、玄関に向かう重さんを見送りに行く。重さんはお母さんと賢助を交互に見て「じゃあおやすみ」と言うのだが、そのときに賢助が「おやすみなさい」と返すと、重さんはちょっとうれしそうな顔になって「おう、賢ちゃん、またね」と手を振る。なごやかな雰囲気ではあるけれど、三人とも演技をしているような感じが抜けない。

普段ならそのまま玄関ドアを開けて出て行く重さんだったけれど、この日は「あ、そうだ」と振り返って「賢ちゃん、明日は土曜日だけど、よかったら動物園か水族館にでも行かないか」と言ってきた。お母さんが「あら、いいわね。お母さんはパートの仕事があるから行けないけど、二人で行って来たら？」と、示し合わせたように言い添える。

自分の部屋に戻ろうとしていた賢助は足を止めて、「土曜日は、タッカーとグッちゃんと三人でグッジョブに行くって言ってたじゃん」とお母さんに言い返した。グッジョブはキャンプ用品なども売っている大型のホームセンターで、三人で待ち合わせてバスで出かける約束をしている。

「あー、そうだったね、それは残念」お母さんは、しまった、という感じの顔になり、重さんの方に向き直って「ごめん、忘れてた」と両手を合わせた。本当に忘れていたらしい。

「あ、いやいや、だったら別の日にでも」とお母さんの向こう側で重さんが片手で坊主頭をかいている。「日曜日も予定は入ってるの？」

「日曜日に、グッちゃん……谷口《たにぐち》君っていうクラスメイトのお父さんがキャンプ場に連れて行ってくれることになってて」とお母さんが代わりに説明した。「それで、土曜日にバーベキュー用の網とか炭とか軍手とか、谷口君のお父さんから頼まれたものを男子三人で買いに行くんだって」

　買い物をする前には、三人でハンバーガーショップに行くことも決まっている。日曜日は、グッちゃんのお父さんの発案で、男四人だけのバーベキューをするのだ。

「へえ、バーベキューか。それは楽しみだね。じゃあ、動物園とか水族館はまた今度」

　笑顔で言う重さんに賢助が「うん。ごめんなさい」と軽く頭を下げると、重さんは「いやいや、全然」と顔の前で片手を振り、「じゃ」と手を上げて玄関ドアを開けた。


　寝る前に、歯を磨きながらリビングダイニングでテレビをつけたとき、カーペットの上で洗濯物をたたんでいたお母さんが「キャンプのこと忘れててごめんね」と言ってきたので、賢助は歯ブラシを動かしながら「ううん」と頭を横に振った。

「重さん、賢助と仲よくしたいと思ってるんだよ」

「うん」

「嫌いじゃないでしょ、賢助も」

「うん」

「重さん、本当はゴールデンウィークの間に行きたいと思ってたみたい。でもあの人の職場、仕事が急に入ったりするから。私もシフト変わること多いし」

「…………」

リモコンでチャンネルを次々と変えてゆく。ニュースが多い時間帯だけど、バラエティのロケ番組もあった。大勢の芸人たちが宴会場で大喜利ゲームをやっている。

「明日と明後日は、久しぶりにお休みが確定したんだって」

賢助が返事をしないでいると、お母さんは「まあ、またそのうちにね」と釘を刺すような感じで言った。

さらにチャンネルを変えると、スポーツニュースでボクシングの様子が映し出されていた。タイトルマッチで日本人の選手が世界王者になったらしい。ボクシングの試合はときどきテレビでやっているようだけれど、賢助はちゃんと見たことはない。

「重さん、若い頃、ボクシングの選手だったんだよ」と、お母さんが賢助に顔を向けた。

「大学生のとき。全国大会で二位になったって」

重さんがボクシングをやっていたという話は以前にもちらっと聞いたことがあった。賢助が歯ブラシを口から外して「テレビに出て試合とかしてたの?」と尋ねると、お母さんは「さあ。プロじゃなくてアマチュアの大会だから、テレビ放映はされてないんじゃない?」と半笑いになった。

「ふーん」でも、まあまあ強かったことは確かだろう。全国二位というのだから。

「私も詳しいことは知らないんだけどね。試合、見たことはないし。アルバムを見せてもらって、試合に勝ってレフェリーから手を上げられてるところとか、表彰台に立っている写真なら見たけど」

重さんがボクシングをやっていたと言われると、確かに納得できる顔つきと身体つきではある。重さんは普段は柔和《にゅうわ》な笑顔を見せてくれているが、怒ったら怖い人かもしれないというのが第一印象だった。半年経った今も、重さんが怒るのは見たことがないけれど。

「でも、リングの外では絶対に手を出さない人なんだよ。以前、チンピラにからまれていきなり殴られたことがあったけど、重さんは反撃しなかったの」

「お母さん、見てたの？」

「見てない、見てない」お母さんは笑って片手を振った。「後で話を聞いたのよ」

「反撃しなかったら、終わんないじゃん」

「重さんはボクシングの選手だったんだよ。もらったのは最初の不意打ちだけで、あとはひょいひょいとかわし続けたんだって。そうするうちに通行人の誰かが警察に通報して、殴った人は逮捕されたって」

「ふーん」

「その加害者を連行したのがお父さん。その頃は交番のお巡りさんをやってて」

「えっ……じゃあ、お父さんと重さん、知り合いだったの」

「そう」お母さんは賢助の反応を楽しむかのように半笑いでうなずいた。「いつか教えようと思ってたことなんだけど、ちょうどいい機会かもね」

いきなりのカミングアウトに、ちょっと頭がくらっとなった。重さんがお父さんと知り合いだったとは……。

さらなるお母さんの説明によって、重さんがお父さんと知り合ったのはそのときが最初だったけれど、後日また居酒屋でばったり出くわして、互いにときどき利用している店だったのでその後も顔を合わせてはあいさつする間柄になったこと、そういう縁があったからお父さんが亡くなったときにお葬式に重さんが来てくれたこと、そのときにお母さんは重さんが中学生のときの同級生だったからびっくりしたこと、などの事実を立て続けに聞かされた。また、たまたま重さんのお父さんも元警察官で、賢助のお父さんと接点があったかどうかは判らないけれど、警察署長を務めた人だということ、でも重さんとはあまり親子の仲がよくないようだといったことも知らされた。

賢助は電気を消して布団に入ってから、「そのとき」がそろそろやってきそうだな、と思い、ふー、と息を吐いた。お母さんが重さんとお父さんの関係などを話したのは、いわゆるフリというやつに違いない。もうすぐ、急に改まった態度で「ちょっとそこに座って」などと言われ、重さんとの結婚について、具体的な予定を聞かされるときが、多分やってくる。重さんが新しいお父さんになるわけだ。

反対するつもりはなかった。テレビドラマなんかで「お父さんは一人だけだ、あんな人はお父さんじゃない」などと子どもが怒ったり泣いたりする場面がときどきあるけれど、そんな気持ちにはならない。かといって、このまま本当に重さんが新しい父親になることを、いい子を演じて歓迎するというのも違うと思う。どっちに転んでも、何だか負けたような気がするのだ。

重さんに攻撃的な態度を取ったりしない代わりに、無理して仲よくしようともせず、できるだけ目を合わせないで、聞かれたことに最低限の返事だけをして、これ以上は近づかないでねという気持ちをそれとなく伝えて、判ってもらうことが一番いいのではないかというのが、賢助なりに考えたことだった。あなたのことは嫌いじゃないし、お母さんが選んだんだから、いい人だと思います。でも急に距離を詰めてこないでください――そのときがきたら、こう言おうと思っているけれど、実際はどうなるか。実際にそのときになると、「うん」とか「はい」とかしか言えないかもしれない。

お父さんは、生きていたら重さんやお母さんよりも二つ年上。お母さんと重さんは中学校の同級生だったけれど、中学卒業後はずっと会っていなかったらしい。なぜその二人がたまたまの再会をきっかけに結婚を考えるようになったのかは判らない。お母さんに聞いたら教えてくれるだろうけれど、聞いていない。重さんに興味がある、みたいに受け取られたら嫌だから。

お父さんは、きりっとした顔で、体型もスマートで、いつも背筋がしゃんと伸びていた。「賢助、後ろ向きのでんぐり返りできるんだってな」「賢助、駆けっこで転んでひざをすりむいたそうだな。小さな怪我《けが》は悪いことじゃないぞ。大きな怪我を防ぐために必要なことだ」「ほらな、お父さんが言ったようにしたら走るのが速くなってきただろう」「違うだろ、ちゃんと言ったようにやれ」——よく通る声がよみがえる。厳しいところがあって、名前を呼ばれるとびくっとなるときもあったけれど、頼りがいのあるお父さんだった。

最近は、お父さんの顔や姿がだんだんと思い出しにくくなって、ぼやけてきてるような気がする。お父さんは三年前に急性骨髄性白血病という病気にかかって、それでも最初は元気そうだったのに、三か月もしないうちに死んでしまった。賢助は小一だった。

あの頃、お母さんは毎日泣いていた。なのに最近はよく笑っている。お父さんのことを忘れてしまったんだろうか。お母さんの思い出がぼやけるスピードは、自分よりも速いのかもしれない。

アルバムに残っているお父さんの写真の中には、警察の制服を着ているものや、紺のジャンパーとキャップ姿で赤色灯《せきしょくとう》が屋根についた車の前に立っているものがある。若いときは交番のお巡りさんをやっていたけれど、最後の方は機動捜査隊員というのをやっていたという。覆面パトカーに乗って県内を走り回り、近くで事件などが起きると真っ先に駆けつけて初動対応をする仕事だ。お父さんに「犯人を捕まえたりしてるの?」「鉄砲で撃たれたことあるの?」と聞いたことがあったけれど、お父さんは笑って「シュヒギムによりモクヒする」と言っていた。ずっと後になって、守秘義務により黙秘する、ということだと判った。お父さんなりの冗談返しだったらしい。

重さんはお父さんと反対に、顔が全然きりっとしていない。目が細くて、へらへらした感じだ。お父さんの声はアナウンサーの人みたいにはっきりしていて聞き取りやすかったけれど、重さんの声はしわがれていて、言い方も要領を得ないときがある。学力もあまり高くないような気がする。

お父さんは髪を斜め上にびしっとなでつけていたけれど、重さんは坊主頭。しかも無精ひげを生やしていることが多い。お父さんは家にいるときもえりのついたシャツにチノパンだったりしたけれど、重さんはよれよれのジャージだったり作務衣《さむえ》だったりする。作務衣というのはお坊さんが着る服だそうだけど、重さんはそれをジャージ代わりにしている。それに、えりの間から見えるシャツは、首のところがすり切れていたりする。しかも仕事中は作業服。見たことはないけれど、きっと油汚れなんかがあちこちについてたりするんだろう。いったん帰宅して着替えなきゃいけないぐらいだから。

重さんとの距離をあまり縮めたくないのは、お父さんと比較して男の人としてのランクみたいなのがだいぶ下みたいな気がするからでもあった。仕事の内容も、社会的地位も、給料も、見た目も。お父さんは、必要なものがあればちゃんと働いた給料で買うべきだと思っていたはずだ。重さんみたいに節約したり、本当に必要なものなんてそんなにないよね、みたいなキャラとは全然違っていた。

「そうなんだよなー。あこがれる人じゃないんだよ」

うっかり声に出してしまい、耳を澄ませた。ふすまの隙間からはまだ光が漏れている。お母さんが起きているということだ。夜寝る前にお母さんは図書館で借りてきた本を読んでいることが多い。芸能人やスポーツ選手のエッセイ本が多いみたいだ。

どうやらさっきの声は聞かれなかったらしい。賢助は布団を引っ張り上げて顔にかぶせて、明日の買い物のことを考えることにした。

翌日の土曜日は予定どおり、タッカーこと高瀬《たかせ》、グッちゃんこと谷口と待ち合わせ場所のバス停に集合し、大型ホームセンターのグッジョブに向かった。キャンプ用品を買うといっても、グッちゃんのお父さんがだいたいのものは持っているので、バーベキュー用の炭一箱と軍手、使い捨てできる調理用の網、虫除けスプレーぐらいしか頼まれていない。おカネもグッちゃんがお父さんから持たされているので、賢助たちはついて行くだけのことである。だから買い物よりもどちらかというと、その前に隣接するショッピングモールのハンバーガーショップで昼食を摂《と》ったり、ゲーム店やホビーショップを一緒に覗《のぞ》く方が主目的だった。

タッカーもグッちゃんもテンションが上がっていて、バスに乗っているときから「今日は場所によっては雨雲が通るらしいけど、明日は晴れるってさ」「バーベキューって久しぶり」「連れてってもらうキャンプ場って、この前イノシシが出たんだろ。大丈夫かなあ」などと言い合った。

タッカー、グッちゃんとは一年生のときからずっと同じクラスで、三人ともドッジボールが得意で、ときどき三人だけでの練習をしたりする仲である。学校から見て家の方角がみんな別々な上に、女子みたいに誕生日会なんてやらないから、互いの家に遊びに行ったことはないけれど、休みの日には学校近くの森林公園などに集まって一緒にアスレチックやフリスビーをすることが多いし、誰かがショッピングセンターに行くときには今日みたいに残る二人もついて行ったりしている。四年生になって、スポーツ万能でリーダータイプの大坪照幸《おおつぼてるゆき》と同じクラスになり、大坪と彼の取り巻きみたいなグループとちょっと張り合う感じになっているので、この三人の結束はさらに強まっている。

ハンバーガーショップでの昼食も、ゲーム店などを見て回るのも順調に終え、グッジョブでもグッちゃんが持っていたメモどおりのものをカゴに入れ、この日の目的はクリアした。炭の箱だけはちょっと大きくて重いので、賢助とタッカーがエコバッグの把手《とって》を二人で持ち、残りの買い物をグッちゃんが持った。

そろそろ帰ろうとバス停に近い出入り口まで行ったとき、「ありゃりゃ」「まじかー」などと口々に漏らした。

来店したときはただの曇り空だったのに、結構強い雨が降っていた。そういえば、雨雲が通る可能性がある、みたいな話をグッちゃんがしていた。出入り口付近にもバス停はあるけれど、そういうのはＪＲ駅や市の中心街に向かうやつで、賢助たちが乗るバスは、広い駐車場の向こう側にある通りのバス停じゃないと乗れない。

そのうち雨はやむんじゃないか、ということになり、店内からガラス戸越しに空を見上げながら待つことになった。

「四年生になって」とタッカーが言った。「いつの間にかサッカーが主流になったな」

賢助は「そうだな」とうなずいた。三年生までは、昼休みも放課後も、男子はドッジボールを主にやっていたのだが、四年生になって急にサッカーをやるようになった。大坪照幸たちが当たり前のようにサッカーをやり始め、他の男子もみんな、何となくそれに従っている感じだ。でも大坪照幸だけのせいじゃない。他のクラスの男子もサッカーをやるようになったのだから、そういう学年になった、ということかもしれない。

「こないだの大坪のコーナーキックからの直接ゴール、すごかったよな」とグッちゃん。

「まさか小四がカーブするシュートを蹴るとは」

確かにあれはすごかった。たまたまじゃなくて、狙ってカーブさせるなんて。ドリブルも、大坪がいったんボールを持ったら誰も止められない。すいすいとかわして、あっという間にゴールを決める。ゴールも結構遠いところから、他の男子の股下を抜いて決めたりするので、レベルが違う。

「あいつ、小一のときからクラブチームのジュニアクラスでやってたんだって」グッちゃんがさらに言った。「走るのも速いし、水泳教室にも行ってるって。この前なんか、高鉄棒で反動使わないで逆上がりやってたぞ」

タッカーが「それ、俺も見た」とうなずいた。賢助は見ていないが、大坪照幸ならできても不思議ではないだろう。

しばらく間ができた後、グッちゃんが「やっぱ、サッカークラブに入ることになるのかなあ」と言った。タッカーも「そうだな。ドッジボールクラブなんてないし、野球クラブは清水《しみず》とかいうおっさんがむっちゃこえーし」とうなずく。どちらも学校のクラブ活動ではなく、体育振興会だか体育協会だかのおじさんたちが土曜日に教えに来るクラブで、男子はサッカーと野球、女子はバレーボールとバスケットボールがある。女子はもうすぐサッカークラブもできるらしい。入るか入らないかは自由だが、サッカークラブに入っておくと上手《うま》くなれるから、昼休みや放課後にやるクラスのサッカーで活躍できる。それは男子の中でのランクが上がるということにつながる。休みの日には野球をすることもあるけれど、サッカーみたいに毎日のようにはやらないし、賢助の小学校ではあまり人気がない。土曜日に学校に遊びに行ったときに、野球クラブが練習していて、コーチのおやじが「何やってんだバカ」「やる気ないなら帰れ」などと怒鳴るのを見たことがある。あれではますますやる男子はいなくなるだろう。

「俺がサッカークラブに入るなら」とグッちゃんが横から顔を覗き込んできた。「タッカーも賢ちゃんも入る？」

「そうだな、まあ、入ってもいいよな」とタッカーはうなずいた。「練習したらだんだん上手くはなるだろうし、もともと嫌いってわけじゃないから」

「タッカーは足が速くて背も高いから、ドリブルの突破力があるし、空中戦で活躍できそうだよな」グッちゃんはおだてる感じでうなずいた。「賢ちゃんは……遠くに蹴る力、持ってるよな」

タッカーも「そうそう」とうなずく。

「そうかなあ……」賢助は、みんなでサッカークラブに入ろうという流れをできれば阻止したかったので、わざと気のない言い方をした。「でも俺ってドリブルしようとしてもすぐに取られるから。グッちゃんみたいな素早さもないし」

「賢ちゃんはキック力があるから」とタッカー。「フリーキックとかコーナーキックで活躍できるんじゃね？」

話の流れを止めるのは難しそうだった。賢助は「ドッジボールクラブとか作ったらいいのに」と言ったが、タッカーは返事をせず、グッちゃんは「あったらいいけどね」とあいまいにうなずいてから「でも、中学でもドッジ部なんてないしね。オリンピック種目にもないし」と否定的な言い方をした。するとタッカーが「サッカーできた方が女子にもてるし」と言い、グッちゃんが「あのクラスの女子なんかにもてたいのかよ」と返したことがきっかけで、クラスの中ではどの女子がマシかという話題になりかけたが、誰も具体的な名前は出さなかった。いったん出したら話に尾ひれがついて広まってしまう危険性がある。

しばらく待ったけれど、雨足は弱くなる気配がなかった。そのとき、グッちゃんのウインドブレーカーのポケットの中でスマホが振動する音が聞こえた。三人の中ではグッちゃんだけがスマホを持っている。

「あれ、おかんからだ」グッちゃんはそう言って「もしもし」と耳に当てた。グッちゃんは本当はお母さんと呼んでいるくせに、他の男子の前ではおかんと言うことが多い。

「え、まじで？」グッちゃんはタッカーの方を見た。「いいの？　……ええと、ここの出入り口は方角でいうと北側？　園芸コーナーとかＤＩＹコーナーがある方で……目の前にある駐車場のマーク？　ああ……Ｆって書いてある」

電話を終えたグッちゃんは、「タッカーのお父さんが車で迎えに来てくれるって。ちょうど近くにいたからって」

賢助が「まじ？」と聞き返し、タッカーは「何で俺の親父が？」と言った。

「タッカーのお母さんから俺のおかんに電話がかかってきて、あの三人、雨で帰れなくなってるんじゃないかって話になったらしい。でも俺の親父は仕事中で、おかんもペーパードライバーで、どうしようってなって、結局タッカーのお母さんがお父さんに連絡してみたら、タッカーのお父さんが来てくれることになったらしいよ」

「ああ、そういうことか」タッカーはうなずいた。「俺の親父は割と自由が利くから」

タッカーのお父さんはマンションや飲食店などのオーナーをやっていて、家賃収入で暮らしていると聞いたことがある。グッちゃんのお父さんは明日初めて会うけれど、タッカーのお父さんとは一度だけ、家族同士がファミレスでたまたま出会ってあいさつをしたことがある。お母さんは後で「ちょっとヤクザっぽい感じの人よね」と、あまりいい印象を持っていないようだった。確かにタッカーのお父さんは薄目のサングラスをかけて、黒革のジャケットを着ていて、高そうな腕時計をつけていた。でもそのとき賢助に対しては「おっ、君が賢ちゃんか。うちの息子がお世話になってます」と丁寧にお辞儀をしてくれたので、悪い人ではないと思う。

待つ間、グッちゃんの質問に答える形で、タッカーのお父さんが所有しているというマンションがどこにあるどれのことかとか、焼き肉屋や中華料理屋、カフェなどのオーナーでもあるという話になった。続いてグッちゃんのお父さんの話になり、中古の日本製事務用品などを東南アジアに売る仕事をしていて、ときどき出張でいろんな国に行っていること、社長ではないけれど経営責任者みたいな立場にあること、最近アウトドアに目覚めて家族でのバーベキューを始めたことなどを聞いた。

このままだと気まずいことになる。賢助は焦りを感じていた。タッカーもグッちゃんも、賢助のお父さんがいないことは知っているので、そこには触れないだろうけれど、お母さんの仕事について聞かれるかもしれない。フードコートでのパート仕事は恥ずかしいことではないけれど、タッカーとグッちゃんが妙に気を遣って、腫《は》れ物に触《さわ》るような感じになるのが嫌だった。

ちょうどそのとき、黒くて大きな車が目の前に横づけされた。先頭部分には子どもでも知っている、円の中に三枚羽根のプロペラみたいなエンブレムがついていた。


日曜日の夕方、空間がやたらと広い車の後部席で、賢助は目を閉じて寝入っているふりをしていた。隣にいるタッカーはさっきから本当に眠っていて、今も口を半開きにして、かすかにいびきをかいているようだ。ハンドルを握っているグッちゃんのお父さんと、助手席のグッちゃんは、サッカーが上達する方法についての話や、クイズの出し合いを続けている。

行きの車の中で、賢助はテンションが一気に下がってしまい、バーベキューも、その後で連れて行ってもらった管理釣り場でのルアーフィッシングも、気持ちが入らなかった。

グッちゃんのお父さんから「波多《はた》賢助君のお父さんは、どういう仕事をされているのかな」と聞かれて、賢助に代わってグッちゃんがちょっとあわてた様子で「賢ちゃんのお父さんは、小一のときに病気で亡くなったから」と言い、グッちゃんのお父さんは「あ、これは失礼。じゃあ、お母さんが働いてるんだね」とうなずいた。そのとき、センターミラー越しにグッちゃんのお父さんと目が合った。

そこまではよかったのだが、グッちゃんが「賢ちゃんのお父さんは警察官で、機動捜査隊っていうところにいたんだって」と教えたところから、グッちゃんのお父さんは「へえ、警察官かー」とつぶやいてから、だんだんと変なことを言い出した。

「見通しのいい曲がり角で、歩行者も自転車も近くにいなかったのに、一時停止違反で違反切符を切られたことがあるよ。違反点数を稼ぐために隠れて見張ってたんだろう。ストーカーみたいなことされてねー」「飲み会の帰りに二人の制服警官から職務質問されて、持ち物を見せろって言われたこともあるよ。ちょっと足もとがふらついてただけなのに、違法薬物でもやってるんじゃないかと疑ったのかも。だから車の免許証と名刺を出して、怪しい者じゃありませんって説明したのに、ポケットの中のものを全部見せろってさ。仕事が上手くいってお祝いの飲み会だったのに、台無しにされたよ」「最近、県警がまた不祥事起こしてたよな。ほら、被害者女性の遺族の人たちが何度も、女性が元夫からつきまとわれてるって相談したっていうのに、殺人事件が起きてしまったっていう。ひどいよな。ちゃんと市民を守る気があんのかって話だよ」

続けざまにそんなことを話した後、やっと場の空気を悪くしていることに気づいたみたいで、「あ、ごめんごめん。賢助君のお父さんはきっと立派な警察官だったと思うよ。みんながみんな、そういう警察官ってわけじゃないから」と弁解するような感じの言葉を口にした。

それから後、グッちゃんのお父さんは警察の話は一切しなくなったし、いいお父さんの役割を果たしてくれた。バーベキューのときには男子三人にてきぱきと指示を出したり炭に火をつける手順などを教えてくれたし、スペアリブという骨付きの美味《おい》しい肉を焼いてくれた(タッカーがその骨を持って、ワイルドだろぉ、とはしゃいでいた)。その後に連れて行ってくれた管理釣り場では、男子三人にそれぞれリール竿を持たせてくれて使い方を丁寧に教えてくれたし、ニジマスやヤマメがかかると「無理して引っ張らないよー。魚の頭が水面から出るように加減しながらゆっくりリールを巻けば大丈夫」「あー、バレたか、残念。でもそのうちちゃんと釣れるから」などと声をかけてくれた。かかった魚が近くまで来たら、網でキャッチしてくれて、ハイタッチをし、スマホで写真を撮ってくれた。後でプリントアウトしたものをくれるという。

でも、ずっと惨《みじ》めな気持ちだった。テンションが上がらなかった理由は、グッちゃんのお父さんが警察にいい感情を持っていないようだということだけでなく、生活レベルの違いを見せつけられてしまったせいだった。

今乗っている車は、ランドクルーザーという種類で、ものすごく車高が高くて、外から見ると装甲車みたいだ。車内は広くて、きれいで、エンジンの振動が心地いい。信号待ちのときに、周囲の車を見下ろしていると、自分が偉くなったような気にさえなってくる。

グッちゃんのお父さんは、ずっと四角いサングラスをしていて、アウトドア用と思われるブーツみたいな靴をはいていた。ポケットがいっぱいついたベストを着て、その下もミリタリー風の服、ミリタリー風のハット。グッちゃんも、それっぽい格好だった。

バーベキューのとき、グッちゃんのお父さんはスマホで誰かと英語で話をしていた。多分、仕事の取引先なんだろう。それを見てタッカーが「わ、グッちゃんのお父さん、すげー」と言い、グッちゃんもまんざらでもなさそうに「俺も英会話教室に行かされることになっちゃって。面倒臭えけど、しゃーないかもな」と、欧米人みたいな仕草で両手を広げて肩をすくめて見せた。

昨日、車で迎えに来てくれたタッカーのお父さんも、見るからにカネ持ちそうだった。頭は薄かったけれど、薄茶色のサングラスも、えりの高い白いシャツも、その上に着ていた茶色のジャケットも上等そうで、しかも普段から着ていそうで違和感がなかった。車も、ランドクルーザーとはまた違った高級感があって、座席のクッションがよく効いていた。

隣で疲れて寝入っているタッカーは、ジーンズの上下に、牛の顔がプリントされたキャップをかぶっている。賢助には普通のラフな格好にしか見えなかったのだが、グッちゃんが「お、リーバイスの上下にシカゴブルズのキャップかぁ」と感心したように言ったので、きっとブランド品なのだろう。リーバイスもシカゴブルズも聞いたことぐらいならある。

二人とも、賢助が着ているウインドブレーカーやカーゴパンツやスニーカーについて、変にいじってきたりはしない。小一から仲のいい三人組だから。でも、タッカーとグッちゃんの二人だけのときは、何か言ってるかもしれない。

お母さんが再婚して重さんが新しいお父さんになったとしても、生活水準が上がることは期待できないだろう。作業服姿で、材木置き場で働いてる人は、宝くじで大当たりするとか、実は資産家の孫とかだったことが判明して遺産相続することになったとか、そういう特殊な事情がない限り、高級車に乗ったりブランド品で身を固めたりということはできない。

グッちゃんともタッカーとも今は仲がいいけれど、これからだんだんと、棲《す》む世界が違うことが互いに判ってきて、距離が離れてゆくのだろう。そのことは淡々と受け止めるしかない。例えば一緒にサッカークラブに入ったとしても、タッカーやグッちゃんはブランド品のシューズや本格的なマイボールを買ってもらうだろうけれど、自分はお母さんにそんなことは頼めない。切り詰めて生活してることぐらいは判ってる。サッカーボールを買ってもらうことがあるとしても、まず一緒に行くのはリサイクルショップだ。グッちゃんのお父さんが「二人とも、よく眠ってるようだな」と言ってから、「いろいろ体験したからな」とつけ加えた。グッちゃんが「だね」と合わせた。

自宅アパートの前まで行ってくれるとグッちゃんのお父さんは言ったけれど、賢助は「道がごちゃごちゃしてるから、国道沿いのドラッグストアの駐車場で降ろしてもらえますか。そこから裏道を通ってすぐなんで」と説明して、そのとおりに降ろしてもらった。降りるときは、お母さんから事前に言われていたように「ありがとうございました。楽しかったです」と元気な声で礼を言い、グッちゃんと、目を覚ましたタッカーと「じゃあね」「おう、またな」と手を振り合って別れた。ランドクルーザーから降りたとき、低空飛行していた特別な乗り物から地面に降り立ったような感覚になった。

去って行く車にもう一度頭を下げて、見えなくなったところで、顔の筋肉が強張っていることを自覚した。無理矢理の作り笑いは、顔の筋肉を疲れさせるらしい。

ドラッグストアの駐車場を抜けて裏道に出たところで、勝手にため息が出た。今度またバーベキューみたいなのに誘われたらどうしよう。あらかじめ、もっともらしい断りの理由をいくつか考えておこう。それぐらい、楽しさよりもしんどさが大きく上回る一日だった。心から楽しめない、という言葉は、今日みたいなことを言うのだろう。

角を曲がって小さな学習塾や倉庫などがある通りに入ったところで、背後に何かの気配を感じ、振り返って「おおっ」と後ずさりした。

黒柴ふうの中型犬がすぐ後ろを歩いていた。赤い首輪はしているけれど、ロープにはつながれていない。飼い主らしき人も近くには見当たらなかった。

犬を触ったことなら何度かある。おとなしい犬か、人に敵意を見せる犬かは、見ればだいたい判る。目の前にいる犬は多分、おとなしい。実際、その犬は賢助を見て吠えたりせず、ちょこんと座った。

「どうした。飼い主とはぐれたのか?」

賢助もしゃがんで目線を合わせながら言ってみると、犬は小首をかしげた。

油断はしないように注意しつつ、片手で首の辺りをなでてみると、犬は目を細くした。犬は、上から頭をなでられるのを嫌がる個体が多いので、なでるときは首周りがよい、と動物を扱った番組で言っていた。

犬の様子からして、飼い主からちゃんとしつけられているようだった。久しぶりに触った犬は毛がふわふわしていて、手のひらから温かみと心臓の鼓動が伝わってきた。

「この辺の犬なんだろうな」と言いながら立ち上がり、あらためて道の前後を見渡したけれど、誰もいない。もともと静かで、車もあまり通らない場所である。

散歩中に飼い主がトイレに行きたくなって、犬を待たせてそこのドラッグストアに入った。あるいは、近所で飼われている犬が勝手に脱走した。そんなところだろう。捨てられた可能性は低い。ちゃんと首輪をしているし、犬の態度もそんな感じじゃない。放っておけば、すぐに飼い主に会えるだろう。

賢助は「じゃあね」と犬に手を振って、自宅アパートに向かって歩き始めた。すると犬がついて来る明らかな気配があった。

立ち止まって振り返ると、犬はまたお座りをした。

「おい、俺は飼い主じゃないから、ついて来てもダメだぞ。そもそもアパートに住んでるんだから、飼えないし」

そう言い置いて歩き出しても、やはり犬はついて来た。知らん顔でいれば飽きていなくなるだろうと思ったけれど、自分ちのアパートが見えてきても犬はずっと後ろにいた。

アパートの階段を上っている途中、踊り場のところから振り返ると、犬はさすがに階段を上ることはためらっているようで、下に座ってこちらを見上げていた。

「バイバイ」賢助は大きめの声で言い、手を振った。賢そうな犬だから、バイバイとか、手を振ることの意味は伝わるんじゃないかと思った。踊り場からさらに階段を上ると犬の姿は見えなくなる。賢助は、もう一度見たい気持ちもあったけれど、それをしたら申し訳なさが増してしまうと思い、そのまま二階の自分ちのドアチャイムを鳴らした。

内側からお母さんの「はーい」という声がしたので「ただいまー」と応じると、ドアのロックが解錠される金属音がコンクリートの床や壁に響いた。

中に入ると、「どうだった、楽しかった？」とお母さんから聞かれ、「うん、スペアリブっていう骨付きの肉を食べさせてもらった」と答える。単に「楽しかった」と答えるだけだと、お母さんは「どういうところが？」などと聞いてくるけれど、具体的なことを言うと一応は満足してそれ以上のことは聞いてこなくなる。お陰で後は「ちゃんとお礼を言った？」「うん。ドラッグストアのところまで送ってもらった」という会話だけで済んだ。

洗面所で手洗いとうがいをしてダイニングに戻ると、キッチンからお母さんが「今夜は手巻き寿司をするからね。お昼は賢助、お肉だったから」と言った。

言わないで済まそうかとも思ったが、賢助は「あのさ」と切り出して、アパートの前まで犬がついて来たことを伝えた。お母さんは「えっ、本当に？」と賢助を見返したけれど、「まあ、その辺の飼い犬だろうから、もう自分ちに帰ったんじゃない？」と言った。

リモコンでテレビをつけてチャンネルを変えたけれど、犬のことが気になり始めた。テレビを消して、「もっかい見てくる」と立ち上がると、お母さんは「まだいたらどうすんの？　後ろ髪引かれる気分になっちゃうわよ」と言ったけれど、賢助は「いなくなってることを確認するだけ」と返した。

階段を下りると、犬はいなくなっていた。と思ったけれど、左手の駐輪場の方から現れて、とことこと近づいて来て、また目の前に座った。

「おいおい、何で帰らないんだよ」

犬は特に困っているとか、不安がっているとか、おびえている様子もなく、ここにいることが当たり前みたいな感じで賢助を見上げていた。

しゃがんで両手で首周りをなでながら、「そろそろうちに帰れって。飼い主が心配してるぞ」と話しかけていると、自転車のブレーキ音がして、「あれ、その犬どうしたの」としわがれた声がした。

作務衣姿で自転車にまたがった重さんだった。

賢助がざっと事情を説明すると、重さんは「それは困ったな。放っといて、もし犬が車にひかれたりしたらまずいし」と言って自転車を駐輪場に停めに行き、戻って来てしゃがんで犬の首をなで回した。

「かわいいね」重さんは笑ってから犬の下腹部を覗き込み、「オスか。見た目、ちょっと年寄りっぽいかな。いや、どうかな。おとなしいから年寄りだとは限らないし。黒柴っぽいけど、他の種類の血も入ってるのかな、顔がちょっと細長いし」と続けた。さらに重さんは自分の手の匂いをかいで「普段は家の中で飼われてる犬かもしれないね。変な匂いがしないから。町内会長さんとかに聞いてみて、それでも飼い主が判らなかったら、交番に連れて行った方がいいかな」と言った。

「迷い犬って、交番に連れてっていいの？」と尋ねると、重さんは「うん。野良犬と違って飼い犬は落とし物と同じように扱うはずだよ」と言った。「ただし、それでも飼い主が見つからなかったら……あれかもね」

「あれ？」嫌な予感がした。

「何日ぐらい警察が預かってくれるかは判らないけど、その後は動物管理センターみたいなところに送られて、それでも飼い主が来てくれなかったら……ね」

重さんの言いにくそうな態度で、意味は判った。

「そうなったら、かわいそうだね」

「うん」重さんは犬の首をなでていたが、「おっ」と言って赤い首輪をつまんでゆっくりと回した。

小さく「マジック」と書いてあった。多分、細い油性ペンで書いたものだろう。

「マジックって、このコの名前かな」

「だろうね。他に情報は……ないかぁ。確か飼い犬は、予防接種をしたときに小さな番号札みたいなのを受け取って、それを首輪なんかに取りつけてることもあるんだけどね。それがあったら市役所に問い合わせて、飼い主が判るんだけど、この犬にはないね。まあ、つけてなきゃいけないものじゃないらしいから」

その後、重さんはお母さんと相談した結果、賢助が犬を見ている間に重さんが町内会長さんのとこに行ってくれた。

しばらく経って戻って来た重さんによると、町内会長さんはその犬のことは知らないけれど、町内で犬を飼っている人たちに電話で問い合わせてみてくれたという。でも、この辺りで黒柴ふうの中型犬を飼っている人はいないそうで、マジックという名前も誰も知らない、とのことだった。

犬と待っている間に下りて来たけれど、犬を触ろうとしないで少し離れた場所にいたお母さんは、重さんの報告を聞いて、「放っとけば自分の家に帰ると思うんだけど。犬って、かなり遠くに置き去りにされても家の方角とか判るんでしょ」と言った。

「町内会長さんも、勝手に帰るんじゃないですかって言ってたよ」重さんもうなずいた。

「交番はここからちょっと遠いし、連れて行ったら行ったで、かえって飼い主と行き違いみたいになるかもしれないしね」

「お巡りさんを呼ぶほどの緊急事態でもないし」お母さんは腕組みをした。「連れて行こうにも、リードとかないから、ちゃんとついて来ないでしょ」

「リードって？」と賢助が聞くと、お母さんは「首輪につなぐロープのこと」と言った。

「なわとびのひもとかをリードの代わりにすればいいじゃん」

「賢助が連れて行くの？　交番に」

賢助が大人二人の顔を交互に見上げると、重さんが「まあ、俺が連れて行ってもいいよ」と言った。

沈黙の間ができた。交番に連れて行っても飼い主が見つからなかったら、この犬は殺《さつ》処分《しょぶん》されてしまう。飼い主が見つかったらいいけど、絶対に大丈夫とは言い切れない。

賢助の表情から心情を察してくれたのか、重さんは軽く手を叩いて「じゃあ、俺んちでしばらく預かってみるか」と言った。「二年後には取り壊しが決まってる物件だし、前の住人も小型犬を飼ってたって聞いてるから、大家さんに言えば別にいいよってなると思うから」

重さんが住んでる借家はここから五百メートル以上離れている。中に入ったことはないけれど、外から見たことはある。なかなかの古さで、同じ形をした借家が四軒ぐらい並んでいるうちの一つだ。家の周りは舗装されていなくて、雑草が生えていた。

とりあえずは重さん宅で犬を預かることが決まり、重さんはそれに先立って自転車で近くのホームセンターに行き、リードやドッグフード、エサ入れなどを買って来た。

賢助が犬の首輪につないだリードを持ち、重さんがドッグフードなどを積んだ自転車を押して、二人で重さん宅に向かった。お母さんが送り出すときに「晩ご飯、遅くなるね」と言ったとき、重さんの「ごめん、先に食べてていいよ」という返事と、賢助の「俺は後で大丈夫」という言葉とが重なった。

夕暮れどきの道を歩いた。マジックは賢助が「こっちだよ」と言うと素直にそれに従ってすぐ横を歩いた。交差点で信号待ちをするときも賢助が止まったらマジックも止まり、右左折するときもあまり強く引っ張らなくてもちゃんとついて来た。

後ろで自転車を押している重さんが「ぐいぐい引っ張らない犬は、しつけがされているということだね」と言った。

「重さん、犬を飼ったことがある？」

「あるよ、短期間だったけど。ちょうど賢ちゃんぐらいのときだったなあ。もともと親戚が飼ってたんだけど、その人が長期入院しちゃったから、預かることになって。半年ぐらいだったけど、別れるときはやっぱり寂しかったなー。その後、何度か会いに行ったりしてたよ」

「ふーん」

「正しい犬の飼い方、ネットで調べ直しといた方がいいな。昔は人間の食べ残しなんかを当たり前にやってたけど、犬にとっては塩分が多すぎて、内臓を傷めて寿命を縮めちゃうって。だから昔は犬の寿命って、十年も持たないのが普通だったけど、ドッグフードをやるのが常識になってからは二倍ぐらい生きるようになったそうだよ」

「へえ」

その後も重さんは、犬が臭くなるのは外でいろんな匂い成分を体毛に付着させるからで犬そのものが臭いわけではなく、ブラッシングなどで簡単に匂いは落とせること、無駄吠えをする犬がときどきいるのは散歩をさせてもらえなくてストレスが溜まっているからだということ、しつけは叱る方法ではなくほめる方がいいこと、などを話してくれた。

「散歩をさせないといけないのか……」

賢助がつぶやくと、後ろから重さんが「一日二回、朝と夕方にしなきゃいけないなー。朝は俺がやるとして……賢ちゃん、夕方の散歩、頼めるかな」と言ってきた。

重さんのところで預かってもらえることになった手前、さすがに嫌だとは言えない。消極的な感じにならないよう、強めに「うん」とうなずいた。

「途中でウンチをしたら、その後始末もしなきゃいけないんだけど、大丈夫？」

うわっ、そういうのもあるのか。でも考えてみれば当たり前か。

重さんがさらに「犬のウンチを放置したら、二万円の罰金らしいよ。公園の近くとか、水路沿いの遊歩道とかにそういう警告看板があるだろ」と言ったので、賢助は「まじ?」と振り返った。

「まじ、まじ」重さんは軽く笑ってから「じゃあ、こうしようか。朝の散歩は俺がやって、夕方の散歩は二人で一緒にやる。賢ちゃんは自転車で俺んちに来て、散歩が終わったら二人で自転車で賢ちゃんちに行く。晩飯はちょっと遅くなるけど、仕方ないよね、そこは。お母さんにはそのこと頼んどこう。まあ、細かいところは臨機応変にってことで」

一人だけでマジックを散歩させることには少し不安があったので、賢助は「うん、いいよ」とうなずいた。重さんが「約束だぞー」とクレヨンしんちゃんふうに言ってきたので賢助も「判ったぞー。重さんこそ守ってねー」と返した。

そのとき、重さんとこんなふうに気楽に話ができたのは初めてのことだと気づいた。

重さんちに到着し、重さんが鍵を差し込んで引き戸を開けた。電気がつき、靴脱ぎ場のすぐ先がキッチンになっていて、右側はガラス戸があった。ちょっとほこりっぽい匂いがした。

「マジックはどこで寝かせるの?」と聞いてみると、重さんは「多分、家の中で飼われてるコだろうから……上げてやるとするか」と言ってしゃがみ、「ありがたく思えよ、こら」とマジックの首を両手でなで回した。

濡らした雑巾《ぞうきん》で重さんがマジックの足を拭いてやり、リードのフックを外した。ガラス戸を開けて畳の間に賢助も上がった。蛍光灯の光がちょっと弱く感じたのは、蛍光灯が古いせいもあるようだけれど、壁の色がくすんでいたり、あちこちにしみがあったり、畳が古いことも影響しているようだった。

ちゃぶ台が部屋の隅に立てかけてあって、三段ボックスが三つ並んでいて、本や何かのファイル、箱などが収納されていた。整理整頓はされているけれど、わびしい感じがした。

マジックは、室内の隅々に少し鼻をくんくんさせてから、真ん中にちょこんと座った。目が合ったので、何となく賢助が「お手」と片手を出すと、ちゃんとお手をした。重さんが「やっぱり、ちゃんとしつけられてるなあ。おかわりとかお座りもするんじゃないか?」と言うので、試しに賢助がやってみたら、マジックは迷いなくこなした。さらに重さんが「伏せ」と言うと、おなかを畳につけて伏せの姿勢になった。でも、重さんがさらに「ちんちん」「回れ」と言っても、それはやらなかった。重さんは「伏せぐらいまでだな、できるのは。まあ、それ以上になるとしつけというより芸を仕込むことになって、意味合いが違ってくるかもね」と言ったけれど、「念のために」と指先でピストルの形を作って「バン」と撃つ真似をやってみると、マジックは小首をかしげて重さんを見返してから、ゆっくりとまた伏せの姿勢になった。賢助が「これは、撃たれて倒れたってことじゃないよね」と言い、重さんも「違うな、これは。何をすればいいか判らないか、飽きたかで、勝手に伏せをしたんだろう」と笑った。

重さんは部屋の隅に新聞紙を広げて、ホームセンターで買ったエサ入れを置き、中にドッグフードを入れた。茶色くてカリカリのやつだった。さらに水入れにも水道水を入れて、ドッグフードの隣に置いた。マジックはドッグフードに顔を近づけてくんくんと匂いをかいでから、重さんを見返した。

「食べていいぞ。よし」と重さんが言うと、マジックはもそもそと食べ始めた。賢助が「いまいち喜んでない、みたいな」と漏らすと、重さんは「おなかがすいてないのか、それともこのドッグフードが気に入らないのか……でも、割といいやつ買ったんだぞ。マジックよ、もっとうれしそうに食べろよ」と口をとがらせた。

マジックを残して賢助のアパートへと二人で向かう途中、「重さんはボクシングでチャンピオンを目指してたの?」と聞いてみると、重さんは「まあね。でも、上には上がいてねー」と苦笑いをし、あまり詳しいことは言いたくなさそうだった。きっと自慢話になってしまうからだろう。

しばらく間ができた後、「ボクシングの後はアクション俳優を目指した時期もあってねー」と重さんは口を開き、これまでの人生についてざっと話してくれた。

アクション俳優は一応プロとしてしばらく活動していたけれど、戦隊ヒーローものに出てくるマスクをかぶった戦闘員の役ばかりで、自分よりも運動神経が悪いのに若いイケメンが主人公役に選ばれてしまうとか、高いところから飛び下りるシーンのときに脚を骨折して長期入院したのがきっかけでリタイアしたこと、その後は工場の作業員や工事現場の仕事などを渡り歩き、五年ほど前から今の仕事に落ち着いたこと……。お母さんとの出会いのことも知りたかったけれど、何だか聞くのが恥ずかしくてできなかった。

その後は、夕方のマジックの散歩の話になり、五時半までに重さんは帰宅するので、賢助もその時間に行く約束をした。勝手口の前に三つ並べてあるコンクリートブロックのどこかの穴に合い鍵が入っているので、賢助が先に到着したときはそれで先に家に入っといていいから、とも言われた。そして重さんからの「このことは男同士の秘密の約束な」という言葉に「うん、判った」とうなずいたとき、賢助はちょっとくすぐったいような、でもじわっとおなかが温かくなるような気分になった。

夕食の手巻き寿司は、予定よりも二時間ぐらい遅くなってしまった。お陰で酢飯はちょっとかぴかぴになっていたけれど、重さんと気持ちが通じた気がして、これまでのような気まずい夕食時間にはならず、かえって美味しく感じた。

翌日の月曜の夕方、賢助が自転車で重さんちに行くと、重さんはもう帰って来ていて、これからシャワーを浴びるところだった。畳の間に上がると、サッシ窓の前で寝転んでいたマジックがむくっと起き上がって、賢助に近づいて来たので、「マジック、元気にしてたか?」と首周りを抱きしめ、それから両手でなで回した。当たり前のことだけれど、こうして触ると、ぬいぐるみなんかとは違って、しっかりした骨にしっかりした筋肉がついた生き物なんだということを実感する。マジックは目を細めていたけれど、派手に尻尾を振ったり、飛びついてきたりはしなかった。

シャワーを浴びてジャージ姿で部屋に戻って来た重さんに「マジックって、あんまりうれしそうな気持ちを表さないね。ていうか、俺に会ってもたいしてうれしくないのかな」と言ってみると、重さんは「マジックのキャラなんじゃない? 多分その代わり、怒ったりもしない、おとなしい犬なんだと思うよ」と笑って答えた。

「昨日は、マジックと一緒にこの部屋で寝たの?」

「うん。寝たとき、マジックは畳の上で丸くなってたけど、朝起きたら俺の布団に乗ってたよ。足の方に。冬だったら、布団の中に入ってきたかもね」

それから重さんは、「ジャジャーン」と、金魚をすくう網の枠にポリ袋をかぶせたものを見せた。ポリ袋はスーパーなどに設置してある、肉のパックなどを入れるやつで、底にはたたんだティッシュみたいなのが入っていた。「何それ?」と尋ねると、重さんは「ネットで調べて作ったウンチキャッチャーだよ。散歩中にマジックがウンチをするときに、これでキャッチするんだ。で、終わったら別のたたんだトイレットペーパーをかぶせてサンドイッチ状態にする。後は家に持ち帰ってトイレに流す。ポリ袋は交換する。これがあると手が汚れる心配もないし、道にウンチを落とすこともない」と説明した。

「今朝の散歩のときにウンチした？」

「うん、したした。たっぷりと」重さんは笑っている。「人間と変わらないぐらいの量だったよ。俺より体重とか、五分の一ぐらいしかないのに。ちょっと溜まってたのかもね」

「おしっこもした？」

「うん、何度にも分けてやってたよ。それがさ、マジックはちゃんと、雑草とか土のところでおしっこするんだ。アスファルトとかコンクリート塀の下とか、電柱にはしなかったよ。飼い主さんのしつけがしっかりできてるんだな。だから散歩は楽なものだったよ」重さんはそう言ってから「散歩の距離は結構あったけどね。途中で一度、帰ろうとしたけど、まだ歩きたいって、引っ張り返されちゃって、児童公園まで行くことになったよ。おとなしい犬だけど、そういう自己主張はするんだね」

「へえ」

賢助がリードの輪っかに手首を通して持ち、重さんがウンチキャッチャーを持って、散歩に出発した。重さんが後ろから「水路沿いの道を通って児童公園に行くルートにしようか。朝もそこを通ったんだけど、土や雑草の場所が多いから都合がいいんだ」と言ってきたので賢助は「了解」とうなずいた。

マジックは賢助よりもちょっと斜め前を進んだけれど、ぐいぐいと引っ張ったりはしなかった。曲がり角に差しかかると歩く速度を緩めるのは、どちらに進むかを人間の判断に任せようということのようだった。実際、マジックはいちいち振り返ったりはしないけれど、賢助が「左に行くよ」とリードを左にくいっと軽く引くと、スムーズに方向転換してくれる。そして重さんが言ったとおり、水路沿いの道に出ると、ガードレール下の舗装されていない場所で何度かおしっこをした。

五月下旬のこの時間は、外はまだ昼間みたいに明るい。多分、六時半ぐらいにならないと日暮れどきという感覚にはならないだろう。

「昨日の夜、交番に行ってお巡りさんに、俺んちでマジックを預かりますって報告しといたよ」と後ろから重さんが言った。「体重とか、オスだってことや、おとなしいこと、赤い首輪に小さくマジックって書いてることとかも伝えておいた。スマホで撮ったマジックの写真もその交番に送っといたから」と言った。

「重さんが預かってもいいってことになったの？」

「ああ。ちゃんと車の免許証とか提示して、怪しい人間ではありませんって説明したら、じゃあ飼い主が判ったらすぐに連絡しますって。ちなみに警察に預けたとしても、数日経ったら動物管理センターかボランティア団体の方に移されるんだって」

「そこでも飼い主が見つからなかったら、殺されちゃう……」

「取り扱いは地域によってまちまちらしいね。この辺りだと、以前は一週間ぐらいで処分されちゃったりしてたけど、最近はボランティア団体が預かってくれて、新しい飼い主を探してくれたりするから、そう簡単に殺されたりはしなくなったみたい。とはいっても、ボランティアの人たちも預かれる数には限りがあるからね」重さんはそう言ってから、「人に向かって吠えたり、攻撃的な態度の犬は危険だとみなされて早めに処分されることが多いみたいだね」

「えっ……」

「攻撃的な犬ってきっと、悪い人間からひどい目に遭《あ》わされたからだと思うんだよ。なのに悪い犬だって決めつけてそんな扱いをするのは、ちょっとかわいそうだよね」

「うん」

「だから、そういう犬や猫を専門に預かって、人間は友達なんだよ、怖い存在じゃないんだよって教えるボランティアの人もいるんだって。愛情を注いでやれば、最初は攻撃的だった犬も猫も、おとなしくなるんだって」

「ふーん。でもそういうボランティアの人って、せっかくなついてくれた犬や猫を、新しい飼い主が見つかったら引き渡すんでしょ」

「だね」

賢助がどういう言葉を返すべきか迷っていると、重さんが「まあ、そういうことも含めて、犬や猫の面倒を見るっていうのは、それなりの覚悟がいるってことなんだろうね」と言った。

交差点で信号待ちをしたときに、横にママチャリを停めたおばさんが「あら、毛並みがよくてかわいいワンちゃんねー」と笑いかけてきた。重さんが「実は迷い犬で飼い主さんを探してるんですよ。心当たりありませんか」と尋ねたけれど、「この辺で見たことはないわねえ」とのことだった。

信号が変わって横断歩道を渡るとき、向こう側から歩いて来た高校らしき制服姿のおねえさん二人がすれ違いざまに「わーっ、かわいー」と手を振った。賢助に対してではなく、明らかにマジックに対してだった。渡り終えたところで後ろから重さんが「マジック、モテるなあ。今朝も女の子から声かけられてたし」と言った。

水路沿いの道を中心にしばらく歩いて、やがて児童公園に到着。枯れた雑草がまばらに生えている広場があって、奥にはブランコやすべり台つきの遊具、ベンチやトイレが見える。そのとき、マジックが急に立ち止まって後ろ足を曲げ、踏ん張るような姿勢になった。賢助が「おっ、何だ？」と言ったとき、重さんは既にウンチキャッチャーを突き出していて、見事にキャッチした。続けて、ちょっと小さいのを二つ。重さんがジャージのポケットからたたんだトイレットペーパーを出してその上にかぶせ、「隊長、ウンチミッション、無事完了」と敬礼した。賢助は何か面白いリアクションを取りたかったけれど、気の利いた返しを思いつくことができず、敬礼と共に「了解」とだけ答えた。

するとそのとき、マジックが振り返って、口の両端をにゅっと持ち上げた。賢助は重さんと顔を見合わせ、「笑った？」「のかな」「まじで？」「いや、たまたまかも」と言い合った。ものは試しと、重さんがもう一度「隊長、ウンチミッション、無事完了」と敬礼し、賢助も「了解」とさっきのやりとりを再現したけれど、マジックは今度はあくびをしてよそを向いた。

「一回目は面白かったけど、二回目はもう飽きたってことだったりして」と重さんが笑っている。賢助はしゃがんでマジックの首周りをなでながら「そうなのか、マジック」と聞いてみたが、マジックは目を細くしてあらぬ方に顔を向けていた。

そろそろ引き返そうということになり、「マジック、行くよ」とリードを引っ張ったが、マジックはなぜか出入り口の方ではなく、遊具がある奥の方に進もうとした。重さんが「マジック、どうした？　ブランコ乗りたいのか？　それともすべり台か？」と言ったので、賢助は実際にマジックがそういうことをする様子を想像して、ちょっと笑いそうになった。

死んだお父さんは格好いい人だったけれど、そういう子どもっぽい冗談を口にする人ではなかった。重さんは重さんで、お父さんとは違ったいいところがあるってことかもしれない。

「マジックが行きたがってるみたいだから、ちょっと行ってみようか」と重さんが言った。「このコが自己主張するときは、それなりに何か理由があるような気がするし」

マジックに従って進んでみると、コンクリートベンチの裏に、黄緑色のテニスボールが落ちていた。汚れておらず、新しそうだった。マジックはそれをくわえて、出入り口の方に向かって歩き始めたが、広場の真ん中でくわえていたボールをぽとりと落とした。再び賢助は重さんと顔を見合わせた。

「ボールで遊んでほしいのかな」と賢助が言うと、重さんは「でも、投げて取りに行かせるってなると、リードを外さなきゃね。大丈夫かなあ」と首をかしげた。その後、「まずはリードにつないだ状態でやってみようか」と重さんが提案し、賢助も「うん」と賛成した。

重さんがウンチキャッチャーを少し離れたところに置いてからボールを拾い上げた。「新しいけど、本格的なやつじゃないね。多分、百円ショップとかで売ってるやつだ。スポーツ店でバイトしてたことがあるから、そういうのは判る」重さんはそう言ってから「マジック、行くぞ、ほれっ」と近くにそっと下手で投げた。賢助も走らなくてはいけないし、公園もそれほど広くはないので、緩い投げ方だった。

マジックは猛ダッシュでボールを追いかけた――りはしなかった。少し先を転がってゆくボールをじっと見つめてから、重さんと賢助を見上げてきた。何やってんの？　みたいな感じの見上げ方だった。

重さんは「がくっ」とひざを折る、子どもっぽいリアクションをした。「ボールで遊びたいから投げてくれってていう流れだろうがよ。いいか、マジック、もっかい投げるから、ちゃんと追いかけろよ」

重さんはそう言って小走りでボールを拾いに行き、戻って来て、「行くぞ、判ってるよな、マジック」

重さんが今度は遊具の方に向かってボールを投げた。マジックはボールの行き先を目では追ったけれど、やっぱり走って取りに行こうとはしなかった。重さんが「ずこっ」と片足を前にすべらせて転びそうな姿勢になった。賢助はそれが面白くて、つい声に出して笑ってしまった。

「ダメだこりゃ」重さんはなぜか下唇を突き出して言った。「ボールに興味がないんなら、思わせぶりな態度を取るなよ」

重さんはさらに賢助に向かって「知ってる？」ともう一度下唇を出して「ダメだこりゃ」とやった。賢助が頭を横に振ると、「そっか、ごめんごめん」と苦笑いをしながら自分の後頭部に片手をやり、昔イカリヤチョースケっていう人がやってた顔ギャグだと説明した。

　マジックはボールに興味がなさそうだからもう帰ろう、ということになったけれど、またもやマジックは遊具がある方に行きたがり、結局またボールをくわえて広場の中央でぽとんと落とした。

　再び賢助と重さんは顔を見合わせた。

「どういうことかなあ」と重さん。「もしかして……二人のうち一人が投げて、もう一人が走って取りに行けってことだったりして。この犬、自分の方が飼い主で、俺たちをペットだと思ってるとか」

「ははは、まさか」

「マジック、お前はこのボールで遊ぶ気はないんだよな」重さんが両手をひざに置いてかがんだ姿勢になってマジックに話しかけた。「ここにボールを置いたのは、俺たちにこれで遊んでいいぞっていう意味なのか？」

　するとマジックが、さっき見たみたいに口の両端をにゅっと持ち上げた。

　賢助は「まーじーっ？」と声を上げた。

「すごいな、お前」重さんが苦笑しながらマジックをちょっと乱暴になで回した。「散歩に連れ出してもらったり、俺んちで面倒見てもらったりしてるお礼に、このボールで遊んでいいぞってか。まいったなあ」

結局、マジックの好意を無下にはしない方がいいということになり、賢助は重さんと素手でキャッチボールをすることになった。その間、マジックはブランコの周囲に設置されてある低い柵にリードをくくりつけて待たせた。ここは芝生が生えているので伏せをしたり寝転んだりしても汚れないだろう。マジックはすぐに芝生の上で伏せの姿勢になり、目を細めてこちらを見ている。

近い距離で、軽く投げる方法でキャッチボールが始まった。賢助は、普段よく投げているドッジボールと違ってかなり小さくて軽いせいで、最初のうちは重さんのひざの辺りに投げてしまったり、横にそれたりしてしまい、そのたびに「あ、ごめんなさい」と謝ることになったけれど、重さんは見かけによらず俊敏な動きですべてキャッチした。片手を伸ばしてそれたボールを取るのではなく、ボールの行方をすぐに察知して、さっと腰を低くしたり横に動いたりして、ちゃんと身体の真ん中で、両手で捉えている。ドッジボールの正しいキャッチ方法と同じだった。こういう動きをすれば、ボールを取り損ねる確率がぐっと減るのだ。

重さんは、賢助がキャッチしやすいように、手の振りを小さくして、軽くトスするような投げ方をしてくれていた。そして、いつもちゃんと賢助の胸の辺りにボールが届く。だから簡単にキャッチすることができた。

気がつくと、重さんとの距離が最初よりも開いて、少し遠くなっていた。それにつれて飛んで来るボールも強くなっていたけれど、ちゃんと胸の辺りに投げてくれるので取りやすい。どうやら重さんは、気づかれないようにほんの少しずつ、後ろに下がってくれていたらしい。少しずつ遠ざかったお陰で目が慣らされて、距離が開いてボールが強くなっても取り損ねることがない。もしいきなりこの距離でこの強さで投げられたら、キャッチできなかった気がする。

ボールを投げた直後に「重さん、野球やってたの？」と聞いてみた。

重さんは「どうして？」とキャッチ。

「取り方も投げ方も上手いから」

「小学生のときにね。といってもクラブとかじゃなくて草野球だけど」重さんは笑いながら投球動作に入る。「俺たちの頃は、まだサッカーよりも野球だったんだよなあ」

「そうみたいだね」三年生のときに担任だった男の先生もそんなことを言っていた。

「草野球のチームでショートを守ることが多かったんだけど、前後左右にこまめに動かなきゃいけないポジションでね、それが後でボクシングに役立った気はするよ。ボクシングって、実はパンチよりもフットワークの方が重要なんだよ」

「そうなの？」

「強いパンチ力があっても、相手に届く距離に入らないと届かないし、的確な場所から撃たないとかわされたりブロックされたりするだろ」

「うん……」

「だから、あまり強いパンチ力はないけれどフットワークが上手い選手と、強いパンチ力を持ってるけどフットワークが下手な選手とが戦ったら、たいがいフットワークが上手い方が勝つんだよ」

「ふーん」

「具志堅用高《ぐしけんようこう》って知ってる?」

「ええと、テレビに出て面白いこと言う、沖縄かどこかの出身のおじさん?」

「そうそう」重さんは、苦笑いをしながらキャッチ。「でも現役時代はものすごく強い人でね、世界王座十三回連続防衛というすごい記録を持ってるんだ。あの人、中学生のときは卓球をやってて、そのときに身につけた足さばきがボクシングにかなり役に立ったんだって」

「へえ」

「井上尚弥《いのうえなおや》は知ってる?」

「顔と名前ぐらいは。世界一すごいって言われてるんでしょ」

「うん。あの人もボクシングを始めたとき、最初の三年ぐらいはパンチの練習じゃなくて、ひたすらフットワークのトレーニングをお父さんにやらされたんだってさ。何にしても、ボクシングはパンチよりもフットワークだっていうこと。ちょっと意外だろ」

「うん、思った」

「世の中には案外、そういうことってあると思うんだよね。一見すると重要度が低いように思えることが、実は後ですごく役に立って、それを身につけておいたお陰で他人と差をつけることができた、みたいなね。芸人のバイきんぐ西村《にしむら》って知ってる？」

「うん。ボケ担当の方でしょ」

「そうそう。あの人なんか、ネタ作らないで、テレビの仕事も相方の小峠《ことうげ》さんだけが呼ばれたりして暇だからソロキャンプを始めたんだ。普通だったら、そういうときにネタを考えたり、他の芸人さんの舞台を見て勉強したりするじゃん。やるべき優先順位が違ってるよね、ソロキャンプなんて」

「小峠さんがバラエティ番組で、西村さんのことを、あいつ今もきっと携帯の電波が届かないところでキャンプしてますよ、とか言ってたことあった」

「でも、そのお陰でキャンプ関連の仕事が増えて、結構忙しくなってるんだよね。今はキャンプ番組も持ってるし、大型キャンプ用品店に呼ばれて新製品の使い方を実演してお客さんに勧める仕事とか。重要度が低いように思えたことが、実は今の彼を助けてくれてる」

「確かにそうだね」

「他にも今活躍してる芸人さんって、中学高校でずっと引きこもりだったとか、いじめられてたとかいう人、結構多いみたいなんだよね。一見するとお笑いをやりそうにないタイプだったりちょっと暗かったりするけれど、そのお陰で独特の面白いネタが生まれたり、あと、いじめてた連中を見返したいという気持ちがエネルギーになったりする。だから俺、思うんだよね、どんな体験も無駄にはならないんだって」

重さんはそう言ってから「あ、ちょっち調子に乗って語りすぎちゃいました、ごめん、ごめん」と苦笑いで両手を合わせ、軽く頭を下げた。

十数分ほどのキャッチボールが終わり、重さんはボールを最初に落ちていたコンクリートベンチの裏に戻しに行った。賢助が尋ねるよりも先に「持ち主が取りに来るかもしれないからね」と笑いながら戻って来た。

お父さんだったら、どうしただろうかと賢助はふと思った。

お父さんだったら……そんなもの触るなって言ってた気がする。だからキャッチボールをすることなく帰ることになっただろう。

帰り道、水路沿いの遊歩道で、他の犬の散歩をしているおばさんとすれ違った。おばさんの方のは茶色いトイプードルらしき小型犬で、マジックにきゃんきゃん吠えて、向かって来ようとした。おばさんが「ダメよ、ココアちゃん」と言ったけれど、賢助たちの方には視線を向けることなく、リードを引っ張りながら遠ざかって行った。マジックはというと、冷静におばさんたちの後ろ姿を見てから、何ごともなかったように歩き出した。

「マジックはケンカが嫌いなのかもね」と後ろから重さんが言った。「俺とは気が合いそうだよ」

それは重さんの本音のような気がした。ケンカに巻き込まれてもボクシングを使わなかった人だから。

交差点で信号待ちをしているときに、重さんが「賢ちゃんのお母さんから聞いたけど、サッカークラブに入るかどうか、迷ってるんだって？」と聞かれた。

「うん」

遊びでやるサッカーは好きだけど、ちゃんとした競技のサッカーは上達する気がしない。でも仲のいい友達に誘われて迷ってる、みたいな事情はお母さんには言ったことがあるので、重さんの耳にも入ったのだろう。

「賢ちゃん、一つ提案がありまーす」重さんは子どもっぽい感じの言い方で片手を上げた。

「何？」

「マジックの散歩のついでに、さっきの公園で毎日一〇分ぐらい、リフティングとかパスの練習をやるというのはどうでしょう」重さんはそう言ってから「どうですか、お客さーん」となぜかあごをしゃくれさせた。誰かの真似をしたらしい。

「うーん」特に断る理由はなかったので「いいけど」と答えてから、「でも一つ重要な問題があります」と続けた。

「何ですか、重要な問題って」

「サッカーボールがありません」心の中で、割と高いし、とつけ加える。

「その問題なら既にクリアしておりまーす」重さんはにやっとなった。「俺が持ってるんで、それを使えばいいと思いまーす」

重さんが何でサッカーボールを……というのが顔に出ていたのだろう。重さんは「親戚の子の誕生日プレゼントにと思って買ったら、その子のお父さんもサッカーボールを買ってたんで、俺は仕方なく子ども用のスケボに変更したんだけど、サッカーボールはレシート捨てちゃってて返品できなくて、押し入れの中で今も出番を待っているのです」

直感で、ウソっぽいなと思った。サッカーボールを買ってやる、と言ったら押しつけがましい感じになるから、そういう作り話をしてるんじゃないか。

こういうときに遠慮する子どもはかわいげがない、という大人たちのルールみたいなのがあることは知っていたので、賢助が「了解。じゃあ、明日からサッカー練習ね」とうなずくと、重さんはいかにもうれしそうな笑顔になって「よし」と片手の親指を立てた。

その日の夜、布団の中で賢助は、テニスボールでキャッチボールをしたときの感触を思い出していた。重さんが投げたボールをキャッチして、それを投げ返すだけだったのに、「そろそろ帰ろうか」と言われたとき、終わりになることをちょっと残念に感じた。

重さんは、ボクシングのことや芸人さんのたとえ話を通じて、遠回しに父親のいない少年を励まそうとしてくれたんじゃないか。お父さんが死んだこととか、家が裕福ではないことなどを、ネガティブに受け止める必要はないんだ、どんな体験も無駄にはならないんだと。そのことをストレートに言うと説教っぽくなってしまうから、雑談の感じであんな話をしたんじゃないか。

そういえば、芸人さんたちの、子どものときいかに貧乏だったかとか、イケてなかったというエピソードトークは面白くて心に残るものが多い。新しい絵の具を買ってもらえず人気がなくて余っている色を友達から少しずつ分けてもらって描いた作品が入選して「色使いに独特の感性がある」とほめられたとか、借金取りの怖いおじさんが何度も家に来るうち少しずつ話をするようになりクリスマスイブの日にショートケーキをもらったとか、親から命じられて畑の周辺に落ちている野菜くずを集めていたら農家のおばさんに見つかって叱られると思ったらかわいそうな子だと大泣きされて小遣いをもらったけれど恥ずかしくてそこにもう行けなくなったとか、空き缶のプルタブを集めて作ったラッパー風のチェーンネックレスの出来映えは大満足だったけれど金属アレルギーで首周りがただれて病院に通う羽目になったとか、友達に借りた赤い油性ペンで安物のスニーカーにナイキのマークを描いたら左右逆の鏡映しになってしまってそれがきっかけで卒業するまでミラーマンというあだ名で呼ばれたとか。それと較べると、カネ持ちの家に生まれた芸人の体験談は結局は自慢話で、しかも自分の努力によってカネ持ちになったんじゃなくて親がカネ持ちだというだけだから、ちっとも面白くはならない。

もう一度、重さんが投げたテニスボールを手のひらでキャッチする感触を思い出した。言葉では伝わらない気持ちを受け取ったような、ちょっと照れくさいけれど悪くない感触。

お父さんとはキャッチボールをしたことがない。小一のときに、クラスの男子何人かがグローブを買ってもらって、校庭や公園でキャッチボールを始めたときに、賢助も欲しくなって、誕生日に買ってもらったのだけれど、そのときにはもうお父さんは入院していた。

お父さんとはそれ以前に何度か、休みの日に車で森林公園に出かけたことを覚えているけれど、楽しい思い出ではない。幼稚園の運動会のときに、お父さんは仕事で来なかったけれど、お母さんがビデオ録画した駆けっこの様子を見て「こんなふうに足が遅いと小学校に上がったら恥をかくぞ」と言い出して、森林公園の広場で走る練習をさせられた。お父さんは普段は物静かな人だけれど、いったんスイッチが入ると「腕を後ろに振れと言ってるだろう」「腿《もも》をもっと上げるっ」「前のめりになるから腿が上がらないんだろうっ」などと怒鳴って、何度も走らされた。息が苦しくなって両手をひざに置いて休んでいると「きついふりをしてもダメだぞ。ちゃんとできるようになるまで帰らんからな」と言われ、シャツのそでで何度か涙を拭いた。あからさまに泣いたら余計に怒られるような気がして、声を上げて泣くのを我慢した。一緒にいたお母さんは心配そうに見ていたけれど、何も言わなかった。

その他、森林公園では、長いうんていを端から端まで渡ってみろとか、幼稚園児からするとものすごく大きくて足がすくむようなつき山をチェーンをつかんで登れと言われたこともあった。うんていは途中で怖くなって泣き出し、それでもお父さんは助けてくれなかったので手を離して落下し尻餅をついた。そのときにお父さんが言ったのは「大丈夫か」ではなくて、「落ちてもたいしたことないと判って、怖くなくなっただろう」だった。つき山は一回目で登り切ることができたが、うんていはお父さんが休みのたびに連れて行かれ、三回目でやっとクリアできた。その日は後で三人でファミリーレストランに行き、お父さんが「よくやった、お前は立派な男だ」「他の幼稚園の子たちはあんなに高いうんてい、できないぞ」とほめてくれたので、ハンバーグとエビフライのセットの味も格別だった。お父さんは厳しいところがあるけれど、他の子がちょっとやそっとではできないようなことができるとすごく機嫌がよくなる人だった。お陰で走るのはある程度速くなれたし、体育はどの種目も平均以上だから、お父さんには感謝しているけれど、今でもときどきちょっと嫌な気分がよみがえる。

もしお父さんが生きていて、サッカークラブに入ると知ったら、また厳しい練習をやらされたかもしれない。そのお陰である程度は上手くなるだろうけれど、サッカーがますます好きにはならない気がする。

重さんはボクシングをやっていたとき、どんなトレーニングをしていたんだろうか。もともと殴り合いのスポーツだから、きっとかなり厳しい世界なのだろう。コーチからものすごく怒鳴られたり、パンチを受けるミットで急に殴り返されて「これぐらいよけられないのか」と叱られたり。

今日、キャッチボールをしたときの重さんは、ただの遊び感覚だったからにこにこしてたけど、もしボクシングを教わるとなったら、人が変わるかもしれない。

それにしてもマジックって、変な犬だ。ボールに興味を示したと思ったら、自分が遊ぶんじゃなくて、お前らで遊べ、みたいなことをして。

今ごろ、マジックは重さんの布団に乗っかってるのだろうか。賢助はその様子を想像して、くすっと笑った。

翌日の夕方、重さんが用意したネットに入ったサッカーボールは、五角形の部分が黒、六角形の部分が黄緑色の、ちょっとおしゃれなやつだった。「押し入れから出したとき、空気が抜けてたから入れ直しといたよ」と重さんは笑った。

マジックのリードを持って出発。重さんは片手にウンチキャッチャー、もう一方の手にサッカーボール。マジックは昨日と同様、土や雑草があるところでおしっこをした。

「今朝の散歩中にマジック、登校中の女子中学生のグループから囲まれて、キャーキャー言われてなでられてたよ」と後ろから重さんが言った。「俺が一人で歩いてたら絶対に、女の子たちは寄って来ないし、むしろ避けられるけど、マジックと一緒だと違うんだよな。何だか別の世界にワープしちゃったような感じだよ」

重さんはいつもにこにこしてるけれど、坊主頭に無精ひげだし、にこにこ顔も見ようによっては不気味に感じるところがある。女子にとっては近寄りたくない相手だろう。交差点で信号待ちをしているときに、自然な感じを心がけて「重さん、ボクシングの練習って、つらかった？」と聞いてみた。

「え？　どうして？」重さんは、きょとんとした表情だった。

「いや……何となく」

重さんは、少し考えるような間を取ってから、「好きでやってたわけだから」と、ちょっと作ったような笑顔を見せた。「練習はもちろんきついけど、こういう練習をやってそれをマスターすれば試合で使えるアイテムもこれだけ増えるって感じで、ゲームみたいなところがあるしね。ボクシングっていうのは基本、騙《だま》し合いのゲームなんだよ。こう打つぞって見せかけておいて違う方向とか違うタイミングで当ててダメージを与える。騙し合いに失敗した方はペナルティとして痛い目に遭う。ね、ゲームみたいだろ。てか、超リアルなゲームなんだ。だから楽しかったよ」

「へえ、そうなんだ」意外な答えだった。

「つらいのは練習よりも、練習してきたことが試合で上手く出せなかったときだね。そういうときは悔しくてねー。落ち込んだよ、ほんと」

「コーチの人に怒鳴られたりは？」

「俺を指導してくれた先生は一切そういうのはなかった。ハートのラブで教える人だったから。エディ・タウンゼントさんっていう、日本人の世界王者を何人も育てた名コーチが昔いたんだけど、その人がハートのラブで教える人でね、俺の先生、エディさんのことを尊敬してて、何度もエディさんの話を聞かされたよ」

「ハートのラブ……」

「要するに、選手を叱るんじゃなくて、お前はできるぞ、きっとチャンピオンになれるぞって励まして、おだててやる気にさせるやり方だな。根性を出せとか言わないで、具体的にこの局面でこう動けばこうなるっていう理屈を共有して、お前ならできるからって感じで。だから練習量はすごく多かったけれど、やらされてるんじゃなくて自分で考えて、新アイテムを手に入れるためにやってる感覚だったから、全然嫌じゃなかったよ」

「へえ」

賢助はお父さんから走る練習をさせられたときのことを思い出して、あれは自分で速く走るためのアイテムを手に入れようとしたんじゃなくて、やらされた練習だったからしんどかったんだ。

国道沿いの歩道を進んで、もう少しで水路沿いの道に右折しようというところで、前から自転車に乗った板木《いたぎ》あすかが近づいて来た。同じクラスの女子で、結構ドッジボールが上手いけれど、あまりしゃべったことはない。よく見かけるピンクのパーカー姿で、いつもと同じく髪を後ろにまとめている。

そのまま知らん顔ですれ違うことになるだろうと思っていたけれど、板木はブレーキをかけて目の前に停まり、「その犬、波多君ちで飼ってるの?」と聞いてから重さんに「あ、こんにちは」と愛想笑いした。重さんが「こんにちは」と返す。

「実は迷い犬で——」と、賢助が簡単に事情を説明すると、板木は「へえ、そうなんだ」とうなずき、「ちょっとなでてもいい?」と言った。

賢助が「いいけど」と応じると、板木は「やったー」と予想外にうれしそうな笑顔になって自転車から降り、しゃがみこんでマジックの背中を軽くなで、それから「かわいー」と首に両腕を巻き付けるようにして抱きしめた。

「犬、好きなんだね」と重さんが言うと、板木は「はい、いつか犬を飼うのが夢なんですけど、家がペット禁止のマンションで」と答えた。

「犬を飼うのが夢って」賢助は噴き出しそうになった。「大げさだな」

「いいでしょ、別に」板木は口をとがらせて言い、「迷い犬だったら、名前はないの?」と聞いた。

「名前はマジック。首輪に小さく、そう書いてあったから」

「へえ」板木は首輪のその箇所を見つけて「あ、ほんとだ、マジックかー。おい、マジック、私は板木あすかだよー、はじめまして。女子の間ではイタッチって呼ばれてて、最初は嫌だったけど、今はまあまあ気に入ってんのー。だってイタチって、かわいいから」

「板木はこの辺に住んでるんだ」

「うん、割と近く。百均《ひゃっきん》に行くつもりだったんだけど、波多君はどっちに行くの? もう帰るの?」

「いや、水路沿いの道の先にある公園に行くところ」

「あ、そうなんだ」板木は「おい、マジック、かわいいなあ、お前は」とマジックの顔を両手でつかんでぎゅっと肉を真ん中に寄せた。

「おい、やめろよ、そんなことしたらかわいそうだろ」

「大丈夫だよ、ほら、喜んでるじゃん」

確かにマジックは尻尾を振っていた。重さんが「女の子が好きなのかな。マジックは男の子だから」と言ってから「特にかわいい子には弱いんだろう」とつけ加えた。板木はそれを否定せず、「てへっ」と舌を軽く出して肩をすくめた。

板木はようやく立ち上がってマジックから手を離したが、「公園まで、私も行ってもいいですか？　もう少しマジックといたいので」と賢助ではなく重さんに頼んだ。板木の思惑どおり、重さんは「いいよ」とうなずき、「ね」と賢助に同意を促《うなが》してきたので、「いいけど」と答えるしかなかった。それで終わりだと思っていたけれど、重さんがさらに「じゃあ、しばらくリード持ってみる？」と勝手なことを言い出し、板木が「ほんと？　やったー」と、今にも重さんに飛びつきそうなぐらいの感じでジャンプしながらバンザイをしたので、リードを渡す羽目になった。

結果、板木の自転車は賢助が押すことになった。握ったハンドルに、少しだけ体温が残っていた。前にいる板木の、後ろに束ねて肩まで伸びている髪が、歩くたびに左右に揺れて、うなじがちらちら見えた。

公園に到着して広場の中央でマジックが後ろ足を踏ん張ったので、板木は「えっ、まさか」と言ったが、重さんがすばやく差し出したウンチキャッチャーの中に収まった。板木が「へえ、そのための道具だったんですね」と感心した様子だった。ウンチの匂いがしたけれど、板木は臭いとか汚いと言わなかったことに、賢助はちょっとだけ、意外といいやつかもと思った。

賢助と重さんがサッカーボールの蹴り合いをする間、板木はマジックを連れて公園内を歩いた。板木が「マジック、走りたい？」と聞いて走り出す動きをしたけれど、マジックにその気はないようで、すぐに元の歩きになった。

重さんとは最初、少し距離を空けてボールを蹴って転がし、それを足で止めてからまた蹴り返すという動作から始め、徐々に転がって来たボールを止めないで直接蹴り返したり、少しボールを浮かせる蹴り方を加えたりするようになった。重さんは「賢ちゃん、なかなか上手いじゃん」と言ったけれど、重さんの方が明らかに技術は上だった。賢助が止めやすい場所にちゃんとボールが返って来るし、賢助が浮かせすぎたボールも胸やひざの内側で止めて、落ちたところをすぐさま蹴り返している。

「重さん、子どものときに結構やってたでしょ」

「どうして？」

「だって上手いじゃん」

「学校の昼休みなんかにやってただけだけど、すげー上手い子が一人いて、そいつの動きを真似するようにしてたら、ちょっとはできるようになったってだけだよ。でも俺は右足でしか蹴れないんだ。上手い子はどっちの足でも器用に蹴ってたよ」

「じゃあ、リフティングとかできる？」

「まあ、ちょっとぐらいは。でもブランク長いからなあ」

重さんは苦笑いをしたけれど、ボールを止めるついでに足の甲を使ってひょいと浮かせ、ひざや足の甲でちょんちょんとリフティングを始めた。五、六、七……九回目に足の甲で浮かせたボールが横に飛んでしまい、重さんは足を伸ばしたけれど届かず、「あ、くそっ」と笑った。

「俺、それができなくて」と賢助は言った。「できて三回か四回ぐらい。すぐにボールがそれちゃって」

「まあ、あるあるだね」ボールを取って戻って来た重さんがうなずいた。「でも練習すればできるようになるよ、誰だって」

自然な流れで、それからは賢助のリフティングの練習になった。重さんからは「ボールの真ん中を軽く蹴って、真上に上げることを意識して。蹴るっていうよりさ、例えばテニスボールを手のひらの上でぽんぽんとリフティングするんだったらそう難しくはないよね。あれを足でやる感覚でやってみたら？」と言われ、それを心がけながらやってみるうち、確かにこれまでよりはできた。しばらく続けていると、初めて六回連続のリフティングができた。今までは強く蹴り上げ過ぎたせいですぐにボールを制御できなくなるという間違いをやらかしていたようだった。

重さんからはさらに「上半身が前に傾いてきてるよ。背筋を真っ直《ます》ぐにするとボールも真上に上がりやすくなるから」「ミートする瞬間までボールをしっかり見てー」などと助言してくれたり「おー、上手い、上手い」「フォームがよくなってるよー」などとほめてくれたりした。

三〇回ぐらいはもうチャレンジしたかな、という頃になるとさすがに息が切れてきたけれど、重さんから「今日はそれぐらいにしとく?」と言われて「あとちょっとだけ」と答えた直後、八回のリフティングに成功した。重さんが「おー、今日の最高記録。いぇーい」と両手を上げて近づいて来たので、ハイタッチに応じた。

ちらと見ると、板木は遊具の近くを歩いていて、こちらを見てなかったようだった。

そろそろ帰ろう、ということになり、板木に「おーい」と手を上げて帰ることを伝えると、「えーっ」と残念そうな顔になったが、「毎日、今ぐらいの時間にここに来るの?」と聞かれ、「まあ、そうだけど」と答えたところ、「じゃあ、またマジックの散歩、させてもらってもいいですか?」と重さんの方に顔を向けた。重さんが「いいよ」と軽い調子で答えてから賢助に「ね」と言ってきたので、「うん」とうなずくしかなかった。

他の男子に見られたら変な噂が……まあいいか。

板木は帰りの水路沿いもマジックのリードを握り、国道沿いの歩道のところでようやく自転車と交換してくれた。「ありがとうございました。楽しかったー」と重さんに軽く頭を下げ、自転車にまたがってから「じゃあね」と賢助に向かって笑顔を見せ、片手を振ったのでちょっとドギマギしながら「あ、おう」と片手を上げて応じた。

自転車を漕いで遠ざかって行く板木の後ろ姿を見ながら重さんが「かわいい子だねー」と言ったけれど、賢助は何も言わないでおいた。「ええ？　あんなやつが？」とかいう言葉は、かえって意識してるっていう感じになってしまってカッコ悪くなる。

帰り道、重さんから「賢ちゃんはドッジボールが得意なんだってね」と言われたことをきっかけに賢助は、サッカーよりも断然ドッジボールの方が好きだということや、でも最近はサッカーをみんなやるようになってきたこと、今日みたいに練習していったら上手くなれるかもしれないけれどものすごく上手い男子が一人いてそいつのレベルにはなれそうにないことなどを話した。重さんは「うん、うん」「そうか」と、相づちを打つ感じで聞いていたけれど、重さんの家に到着したところでこんなことを言った。

「ドッジボールが得意なんだったら、賢ちゃん、ゴールキーパーのスキルを持ってるんじゃないかな？」

ゴールキーパー。その手があったか。賢助は身体に電流が走ったような気分で「あ」と口を開いた。

そのとき、マジックが振り返って、口の両端をにゅっと持ち上げた。

肉野菜炒めの夕食のときに、重さんは賢助とサッカーの練習を始めたことや、これまで不得意だったリフティングが八回できるようになったことなどをお母さんに話し、お母さんは「へえ。よかったじゃない」と答えたけれど、それほど興味があるわけではなさそうだった。賢助は、板木の話を重さんが始めるんじゃないかとちょっとヒヤヒヤしたけれど、重さんもその辺の男子の心理は心得ていてくれたようで、何も口にはしなかった。

風呂に浸《つ》かってお湯をすくって顔を洗った後、上を向いて目を閉じ、「ゴールキーパーか……」とつぶやいて、自分がキーパーとして活躍する様子を想像してみた。


それから一週間経っても、マジックの飼い主は現れないままだった。そのことに賢助はどこかほっとする気持ちがあったが、飼い主さんに何かがあったんじゃないかとか、もしかしてマジックは捨てられたんだろうかとか、いろいろ考えたりもした。

毎日夕方には重さんと一緒にマジックの散歩をし、児童公園でサッカーの練習をした。賢助がゴールキーパーの練習をやってみたいと伝えたところ、重さんの提案で、リフティングの練習の後で、すべり止めのついた軍手をはめて、重さんに蹴ってもらったボールをキャッチしたり両手パンチで跳ね返したりする練習もするようになった。やること自体は単純な内容だけれど、重さんは目線を右にやってから左に蹴ったり、かと思うと正面しか見ないでおいて右に蹴ったり、にやにや笑いながら蹴るタイミングをずらしたりという、かく乱作戦をしてきた。そして、ボクシングは騙し合いのゲームだと言っていたとおり、重さんは相手を騙すのが上手い。でもそのお陰で賢助は、だんだんと重さんのクセなどを覚えて、キャッチに成功する確率が徐々に上がっていった。重さんは右足でしか蹴らないから、賢助から見て右側にボールが来ることが多い。そっち方向が重さんにとってはコントロールしやすいからだ。つまり、試合のペナルティキックなど、失敗するわけにはいかない局面では、ヤマを張りやすいことになる。また、蹴る直前の軸足を見るといい、という重さんからの助言も役に立った。相手が視線で騙そうとしても、軸足のつま先の向きにボールが飛ぶことが多い。そうしないとボールをコントロールしづらいからだ。

板木あすかも毎日のように水路沿いの道で合流して、一緒に公園に来ていた。板木は案外おしゃべりなやつで、クラスの女子の間でたちまちマジックの話が広まってしまい、賢助は他の女子から「ねえ、マジックって、こんな感じ？」と想像で描いたマジックの絵を見せられたり、「マジックの写真見たい」「休みの日に学校に連れて来てよ」などと言われたりした。写真も学校に連れて来るのも、賢助は「まあ、そのうちに」と答えて、実際にはそのままうやむやにしようと思っていたけれど、別に応じてもいいかな、という気持ちにもなっていた。

　板木はその後、二年生の妹や、同じクラスの別の女子も児童公園に連れて来るようになった。お陰で賢助がサッカーの練習をしている間、マジックは板木たちの遊び相手を務める形になった。女子の間では、スマホやデジカメでマジックと一緒に写真を撮るのが流行《はや》り始め、板木はお気に入りのマジックとのツーショット写真をクリアファイルに入れて学校に持って来るようになった。マジックの話は当然ながら男子にも伝わり、タッカーやグッちゃんもときどき自転車で公園にやって来てマジックと遊んだり、一緒にサッカーの練習をしたりするようになった。グッちゃんは「いいなー、俺もマジックみたいな犬、欲しいなー」などとしきりに漏らすので、賢助が「親に頼んだら何とかなるんじゃないの」と言うと、「ダメダメ、俺の親父、子どもの頃に野良犬に追いかけられたトラウマがあるとかで、大の犬嫌い」と顔をしかめて頭を横に振った。一方のタッカーは、幼稚園に入るぐらいの頃まで家でラブラドール・レトリーバーという大型犬を飼っていたけれど死んでしまったそうで、「親父、あんなにつらい思いはもうしたくないんだって。だから妹が飼いたいって頼んでるんだけど、まだ許可は下りてないよ」と苦笑していた。そして二人とも、マジックがこのまま重さんちの犬になったらいいのに、みたいなことを何度か口にした。

　重さんが新しい父親になるかもしれない人だということは、二人にはそれとなく伝えてあるが、板木らは「波多君のお父さん」と既に呼んでいて、いちいち事情を説明するのも面倒臭いのでそのままにしてある。

学校の昼休みにやるサッカーでは、賢助は誰もやりたがらなかったゴールキーパーを率先してやるようになり、学年一上手い大坪照幸のペナルティキックをセーブすることに成功したお陰で一目《いちもく》置かれるようになって、以前は「波多」と呼んでいた大坪派の男子たちも「賢ちゃん」という言い方をするようになった。

そんなある日、大坪から「放課後にPK対決しよう」と言われて、他の男子たちも見物する中、十一本対決をし、賢助がキャッチしたりグーパンチで跳ね飛ばしたりするとどよめきが起きた。結果は十一本中四本のセーブ。大坪も、これほど阻止されたことはなかったのだろう、後で寄って来て「サッカークラブに入ってくれよ。賢ちゃんなら五年生でレギュラーに絶対なれる」と誘われ、近くにいたタッカーやグッちゃんからも「入ろうよ」「そろそろ決めようぜ」などと言われて、「じゃあ親に言ってみる」と答えておいた。でも内心では既に入ることを決めていた。

六月上旬に梅雨入りしたとテレビで報じていたけれど、なかなか雨は降らなかった。そんなある日、学校からアパートに帰ると固定電話機が留守電を伝える点滅をさせていた。フードコートでのパート仕事が一時間長引くことになったとか、頭痛がするので今日はお弁当を買って帰るから、といったお母さんからの伝言だろうと思って再生させると、確かにお母さんからだったけれど、内容は「重さんが残業でちょっと遅くなるから、今日はマジックの散歩を一人でお願いします、だって。あと、ごめんねって伝えといてって」というものだった。

いつもは重さんがやってくれているウンチの処理を自分がやらなきゃいけないのか。ちょっとだけおっくうな気持ちはあったけれど、重さんと仲よくなれたのも、ゴールキーパーという居場所を見つけることができたのも、元をたどればマジックとの出会いがあったからなので、そんなことを嫌がってはいけないと思い直した。

自転車で重さんちに行き、勝手口の前に並ぶコンクリートブロックの穴から合い鍵を取り出して、玄関から入る。すりガラスの引き戸の向こう側で、マジックがむくっと起き上がるのが判った。戸を開けると、マジックは目の前にやって来て、ちょっとだけ首をかしげた。あれ、いつもと違うぞ、重さんは？　とでも言いたげだった。

賢助はマジックの首周りを両手でなでてから、「今日は俺と二人で散歩に行くぞ。重さんは残業で遅くなるんだって」と言うと、マジックは前足を伸ばして一度伸びをし、それからあくびをしてから、お座りの姿勢になった。判った、じゃあ行こうか、という感じだった。

首輪にリードをつなぎ、靴入れの上にあったウンチキャッチャーを持ち、予備のたたんだトイレットペーパーをポケットに入れた。でも、外に出て歩き出そうとすると、マジックはなぜか足を止めて抵抗した。

「どうした?」と言ってから、鍵をかけてなかったことに気づいた。「マジック、お前判ってたのか?」と聞いてみると、マジックはふん、と鼻を鳴らした。そのどや顔はまるで、あったりめーよ、とでも言いたげだった。

いつもの道を進み、水路沿いの道に入ったところで、後ろから「あれ、お父さんは?」と声がかかった。振り返ると、板木が早足で近づいて来るところだった。板木は初日は自転車だったが、その後は歩いて来るようになった。

「今日は残業で遅くなるから、俺一人なんだ」

「あー、そうなんだ。だからサッカーボールもないわけね、今日は」

「ああ。そっちも一人?」

「うん。後でミヤッちが来るかもしれないけど」

ミヤッちというのは板木と仲がいい山口《やまぐち》ミヤのことで、何度か公園に来てマジックと会っている。最初はマジックを怖がっていたようだったが、今では普通になでたりハグしたりしている。

二人だけだと気まずいから、適当な理由をつけて今日は早めに帰るとするか——と思っていると、板木が「じゃあ、こっからは私が持つね」と片手を差し出してきた。賢助は「あ、ああ……」とバトンタッチした。一瞬、互いの指が触れた。

水路沿いの道を歩きながら、マジックと共に後ろにいた板木が「波多君、サッカー部に入ったんだね。ゴールキーパーだって？」と言ってきた。

「まあね」

「土曜日、隣のクラスの男子と試合するんでしょ？」

「よく知ってるな」

「知ってるよ、それぐらい。大坪君がやろうって提案して、最初はあっちの男子、断ったけど、大坪君があいつら逃げたって言い出したら、怒り出してじゃあやってやるってなったんでしょ」

「そうそう。もともとそれが大坪の作戦だったみたいだけど」

「大坪君、女子人気一位だから、何人か見に行くって言ってるよ」

「まじで？」

「うん」

大坪照幸はスポーツ万能な上になかなかのイケメンだから、女子の間で人気があることはみんな知っている。ただし大坪本人はクールな態度でいる。今のところは、だけれど。

間《ま》ができて気まずくならないように、ということなのか、板木はさらに「波多君のお父さんって、何の仕事してるの？」と聞いてきた。

「ああ……材木置き場っていうか、製材所？　学校からそんなに遠くない場所にあるだろ、ほら、ＪＲの上を通る高架橋《こうかきょう》の向こう側」

「ああ、あったね。そこで働いてるんだ」

「うん」賢助はそう言ってから、「実は本当の父親じゃなくて、新しく父親になるかもしれない人なんだけどね」

「えっ、ほんとに？」

賢助は振り返らずに「うん」とうなずき、「本当の父親は病気で。俺が小一の頃」と続けた。何でこんなことをいちいちしゃべってるのだろうかと思ったが、板木と一緒で、多分変な間ができて気まずくなるのを避けたいからなのだろう。

「私んちも、お父さん、新しい人なんだ。二年前から」と板木が言った。

「へえ、そうなんだ」

「いまだにあんまりしゃべれてないんだ。波多君の……その……重さんみたいに気さくな人じゃないから、会話しててもすぐに止まっちゃって」

「あー、なるほどね。でも俺も最近まで、ほとんどしゃべんなかったよ」

「ウソ」

「まじ、まじ」賢助は振り返って笑った。「マジックがきっかけで一緒に散歩するようになって、ついでに公園でサッカーの練習もするようになって、だんだんと普通に話せるようになったって感じ」

「へえ、信じられない。最初から仲がよかったみたいに見えてた」

「まあ、何ですな、他人のことは、ちょっと見ただけでは判らないってことですな」

「ふーん」

それからしばらく話が途切れたが、公園の手前まで来たところで板木が「マジックって、魔法使いみたいだよね」と言った。「私もこうして波多君と二人で歩いてるっていうのも、マジックがいなかったらありえなくない？」

「ああ、確かに」

公園内でマジックはいつもどおりにウンチをし、賢助がウンチキャッチャーで回収した。この日はサッカーボールがないのですぐに帰ってもよかったけれど、板木はいつもどおり、公園内のぐるぐる散歩を始めたので、賢助もつき合うことになった。

板木が「波多君って、どんなゲームやってる？」と聞いてきたことがきっかけで、好きなゲームの話になり、それから好きなマンガ、好きなお笑い芸人について互いに言い合った。さらに、彼女が仲よしの山口ミヤも大坪のファンだけど、板木自身はそうでもない、みたいなことを言った。その続きが少し気になったが、板木は少し間ができたあと、好きなジブリ映画の話を始めた。

そろそろ帰ろうかな――と声をかけるタイミングを計っていると、何となくそういう空気を察したのか、板木の方から「よし、マジック、そろそろ帰るよ」と賢助にではなくマジックに言った。

水路沿いの道を歩いているときに板木が「あ、そうだ」と急に大きめの声を出した。

「波多君さあ、土曜日にやるサッカーの対抗戦のとき、マジック連れて来てよ」

「えーっ、何で」

「試合中は私たちが面倒見てるから」

「板木も来んのかよ」

「マジックが来るのならねー」板木は作ったような笑い方をした。「女子の中で、マジックを見たいっていう子、多いからちょうどいいじゃん」

「まあ……別にいいけど、途中でウンチしたら、ちゃんと処理しろよ」

「大丈夫、任せなさいって」

水路沿いから国道沿いの歩道に出る手前で、板木は「私んところの新しいお父さん、大学生のときに音楽サークルに入ってて、結構ギターが上手いらしいんだよね。直接弾いてるところは見たことないけど、同窓会のときに演奏したっていう動画をお母さんに見せられたことがあって」と言い出した。はあ？　と思っていると彼女は「私、実はギター弾けるようになりたくて」

じゃあ、教えてって頼めばいいじゃん――迷ったけれど、言わないでおいた。当たり前の言葉すぎて、ちょっと違うことを言いたくなった。

「あのさ、学級文庫の中に、『人体のひみつ』っていう学習マンガがあるじゃん」

学級文庫は、各自が不要な本を持ち寄ったもので、教室の後ろに並んでいる。マンガはダメだけれど学習マンガはＯＫということになっている。

「あっ、波多君も読んだの？」

「も、ってことは、板木も読んだんだ」

「うん。てか、あれ、私が持ち込んだやつだから。四コ上の従姉《いとこ》からもらって」

「あー、そうだったのか。なら話が早い。あの中で、酵素《こうそ》ってのが出てきたじゃん」

「えっ？」板木はぽかんとした顔になった。

「ほら、消化酵素。食べた物を分解して、別物に変えるタンパク質、だったっけ？　でも酵素自体は変化しない」

『人体のひみつ』の背表紙には、〔高学年以上〕とあったので、酵素のことが授業で出てくるとしたら、もうちょっと先のことだろう。

「ああ、あったね、そういうの。でも何で急にそんな話すんの？」

それはこっちのセリフだよ、と思いながら「俺と重さんは最近までほとんど話をしなかったし、どっちかっていうと避けてたんだけど、マジックが酵素の役割を果たしてくれて、関係が変化したわけよ」と言うと、板木は、ああー、という感じでうなずいた。

「ええと、私と新しいお父さんの関係を変える酵素は、ギターってことになるわけね」

「そういうこと。共通の話題ができたら、ぎくしゃくした関係じゃなくなっていくかもよ」

「なるほど。波多君って、案外いいこと言うじゃん」

「案外は余計だろう」

国道沿いの歩道に出たところでマジックのリードを受け取り、板木は「じゃ」と片手を上げたので賢助も「おう」と同じ動作を返した。

「土曜日、マジック連れて来てよ」

「ああ、判った、判った」

板木はちょっと何かに迷うような素振りを見せてから歩き出し、数メートル先で振り返って「ありがとね、酵素の話」と言ってから、小走りで遠ざかって行った。

マジックが振り返った。口の両端をにゅっと持ち上げるのかと思ったら、ふん、と鼻を鳴らしただけだった。小学生の男子と女子のそういうの、見てられねー、と言われたような気がした。


土曜日は曇り空だったけれど、午後の降水確率は二〇%程度だったので、サッカーのクラス対抗戦は予定どおり行われることになった。賢助は、重さんに新たに買ってもらったサッカーシューズやすべり止め付きの軍手、スポーツドリンクのペットボトルなどをリュックに入れて背負い、自転車で重さんちに行って、マジックを連れて歩いて学校に向かった。重さんはこの日は仕事がある。

校庭に到着すると、もう来ていた数人の女子たちの中から板木が近づいて来て、「わー、マジック、来てくれたねー」となで回し、賢助からリードとウンチキャッチャーを受け取ると他の女子たちもやって来てマジックを取り囲み、「かわいいねー」「猫もいいけど犬もいいねー」「わっ、ふわふわだー」「何歳ぐらいかな」「おとなしいね」「頭いいんだよ」「あっ、今ちょっと笑ったんじゃない？」などと言い合い始めた。

ほどなくして双方のチームがそろい、審判なしでの試合が始まった。一応、前半と後半で三〇分ずつ、ということと、十一人同士でやること、選手の交替は互いに申告して、というルールらしきものは決まっている。

じゃんけんで相手チームのキックオフとなり、試合が始まった。すると予想どおり、フォワードの大坪を相手チームの二人が執拗《しつよう》にマークして、ボールが大坪に渡らない作戦を取った。これは大坪自身が試合前に予想していたことだった。

しばらく経って、大坪がマークする二人を振り切って走り、ボールを奪い取ってドリブル突破。一人、二人、三人とかわしてロングシュート。いいところに飛んだが、相手キーパーが両手パンチで跳ね返した。そのボールを他の味方男子がシュートしたけれど、ゴールの上を飛び越えてしまった。

その後も大坪が何度となくマークを突破したけれど、他の相手チーム男子らがすぐに妨害し、なかなか点に結びつかなかった。相手チームは大坪をマークするだけでなく、あまり敵陣地に出て行かず、守りを固めながらのカウンター攻撃を狙う作戦のようだった。

と思っていると、味方男子からのパスをグッちゃんが相手チーム男子に横取りされてしまった。味方チームは敵陣地に攻め込んでいたせいで、みんなあわてて戻って来るけれど、相手チーム男子がドリブルの上手いやつで、みるみるうちに近づいて来た。

シュート。低い軌道でボールが右隅の方に飛んで来た。賢助は横っ飛びをしたが、かろうじてボールに触れただけで、跳ね返せなかった。でも、ボールは幸いゴールポストに当たって外にこぼれた。それをシュートした相手男子が再び蹴り込む。至近距離だったのでちょっとビビったけれど、正面に飛んで来てくれたので胸でキャッチ。何人かの味方チーム男子が拍手したり、ガッツポーズをしながら「賢ちゃん、ナイスセーブ」「賢ちゃん、かっけー」などと言ってくれた。

ボールを味方に投げた直後、グッちゃんが走って来て「賢ちゃん、ありがと」と片手で拝む仕草をした。大坪が遠くから「賢ちゃん」と両手を上げて大きなマルを作った。

その後、大坪は二回マークを振り切ってドリブルシュートを放ち、二回目にやっとゴールを決めた。そのまま前半が終了し、1−0のリード。ハーフタイムのときに大坪が「後半もあんな感じになると思うんで、俺ができるだけ相手の人数を引きつけておいて、そっからロングパスを出すようにする。ヨッシーとケンタは足が速いから、ロングパスが出たらすぐに走ってくれる?」と言い、前から大坪派だった二人は「オッケー」「判った」とうなずいた。

女子たちの方を見ると、大坪ファンらしい何人かは近くで両手の指を組んで揺すったり、女子同士で何やら話していたりしたけれど、板木は何人かの女子と、つき山やブランコなどがある遠くの方をマジックと歩いていた。

後半に入り、大坪はロングパスを出す作戦を実行したものの、味方男子が追いつけなかったり、シュートに失敗したりして、なかなか点につながらなかった。ときどき、味方男子のミスをついて相手チームのカウンター攻撃もあり、賢助は後半に二回、シュートを受けた。一回目は楽にキャッチできたが、二回目はジャンプして片手パンチではね飛ばした。そのボールがゴールポストの上を越えてしまったのでコーナーキックになったけれど、タッカーが止めて敵陣の方に蹴り返してくれた。

その後、大坪がロングパスを出すと見せかけて近くにいたグッちゃんにボールを送り、すぐさま走った。グッちゃんが高く蹴ったボールは相手チーム男子の頭上を越え、走り込んだ大坪が追いついた。賢助は、よし、いける、と思ったけれど、大坪のシュートはゴールポストに当たって跳ね返された。

そのボールを相手チーム男子が大きく蹴り返し、再びのカウンター攻撃。ドリブルする男子を中心に数人がみるみる近づいて来る。味方は戻るのが遅れている。賢助は、前に出て阻止するか、ゴールを守るかで迷ったが、下手に飛び出すよりもゴールを守る方がいいと判断した。

そのとき、右方向からもう一人、相手チーム男子が現れ、そこにいいパスが通った。すぐさまシュートされたボールは速くて上の方に飛んで来た。ジャンプして両手パンチで跳ね返す。前に転がったボールを、さっきパスを出した相手男子が再びシュート。左側に飛んで来たのを何とか片手パンチで跳ね返す。すると別の相手チーム男子が胸で受け止めた。その頃になると味方チームも数人戻って来ており、ゴール付近で奪ったり奪われたりの混戦になった。

相手チーム男子が再びシュート、と思った次の瞬間、複数の「ファウル」「ファウルだ」という声が上がった。シュートしようとした相手チーム男子が転倒して、片足を押さえて顔を歪《ゆが》めている。

スライディングで相手チーム男子を転倒させたのは大坪だった。相手チーム男子たちから「危ねえだろ」「プロの試合じゃないんだぞ」などと詰め寄られ、大坪は両手を広げて言い訳している。味方チームが「そんなに接触したか?」「演技じゃないのか」などと言い出し、不穏な雲行きになってきた。

しかし、大坪のファウルは認められることになり、大坪と転倒した相手チーム男子とが握手した。すぐに大坪が賢助のところに走って来て、「賢ちゃん、悪い」と両手を合わせた。「PKになるんで、頼むわ」

「おう、任せてくれ」

転倒した相手チーム男子がキッカーを務めることになり、至近距離の正面にボールが置かれた。双方のチームが周囲を取り囲んで、「行けるぞ」「これで同点」「賢ちゃん、止めてくれ」などと声が上がった。

キッカーがゆっくりとボールに近づきながら、賢助の左側に視線を向けた。普通なら右足で蹴るので、右側に飛んで来やすいが、相手キッカーは器用そうなやつだから、左に蹴ってくる可能性もあった。

ボールを蹴る瞬間、軸足のつま先が少し内側を向いたのが判った。相手が蹴ると同時に賢助は左に動いた。

左のゴールポストぎりぎりに飛んで来たが、賢助は横っ飛びで止めた。グラウンドの土が舞い上がり、吸い込んでしまって少しむせた。

味方チーム男子らが「やったー」「賢ちゃん、やるぅ」「すげーっ、スーパーセーブ」

という声と拍手も聞こえた。

ボールを味方に投げ返してから、ジャージについた土を払った。すると背後から「波多君、すごいすごい」と聞こえたので振り返ると、いつの間にかゴールの裏に来ていた板木ら女子が拍手しながら飛び跳ねていた。

その横でマジックは大きくあくびをしていた。

試合はそのまま終了となり、前半の一点を守り切って勝つことができた。相手チームとも味方チームともそれぞれハイタッチをした後、味方チームが集まったところで大坪が「今日のMVPは間違いなく賢ちゃんだな」と言い、みんながあらためて拍手をしてくれた。

その後しばらくの間、ちょっと別れが惜しいような感じの雰囲気があったけれど、「じゃ、お疲れー」などとぽつぽつと男子が帰り始め、女子の集団もばらけ始めた。でも数人の女子がひそひそ話をしながらちらちらと見ている。大坪のことを何か言い合っているようだった。

賢助はタッカーから「途中まで一緒に帰ろう」と言われ、「マジックを連れて重さんちにいったん戻んなきゃいけないんだ」と答えると、「じゃあ、俺もつき合うよ」と言ってくれた。それを聞いたグッちゃんも「あ、俺も行く」と手を上げた。

板木に「じゃあ、俺は帰るから」とマジックのリードを受け取るために片手を差し出すと、「私も途中まで行く」と言い出した。タッカーが「板木んちは方向そっちだっけ」と言い、板木は「そうだよ」とうなずいてから、「波多君の次にマジックと仲がいいの、私だからねー」と自慢げに言った。タッカーもグッちゃんも、ついて来るなとは言わず、「あ、そう」「ま、そうしたきゃすればいいけど」などと返していた。二人にとっても板木はちょっと気になる存在だったのかもしれない。

校庭側の出入り口から外に出て、重さんの家がある方向に進もうとしたけれど、なぜかマジックは逆方向に行こうとした。板木が「マジック、こっちよ」とリードを引っ張ると、マジックは四本足を広げて踏ん張る姿勢になって抵抗した。こんなマジックを見るのは初めてだった。

「もしかして」とグッちゃんが言った。「飼い主の家がこっちにあるってことを思い出した、とか」

するとタッカーも「俺もそんな気がしてきた」とうなずいた。

じゃあ、行ってみよう、ということになり、マジックに先導させて歩いた。市営団地の前を通り過ぎ、ＪＲの高架下をくぐる。

到着したのは、重さんが働いている製材所だった。金網フェンスに囲まれた、思っていたより広いアスファルトの敷地内の、遠くの方に倉庫っぽい建物や事務所らしい建物があり、手前側には太くて長い木材が積まれた場所、四角く成型された木材がコンテナみたいにまとめられて積み上げられている場所などがあり、倉庫だか工場だかの方からは木材を切ったり動かしたりしているらしい音が聞こえてきた。

重さんはここのどこかで働いてるんだろうな――と思った次の瞬間、大きめのフォークリフトが、コンテナみたいに積まれた木材の裏から現れた。操縦していたのは、黄色いヘルメットをかぶってベージュの作業服を着た重さんだった。板木がすぐに気づいたようで「あっ、波多君のお父さんじゃん」と指さし、タッカーたちも「本当だ」と言った。

やがて重さんが操縦するフォークリフトは、四角く成型された木材の束のひとかたまりを持ち上げて、方向を変えた。タッカーが「すげえ、モビルスーツみたい」と言うとグッちゃんも「うん。何か、かっけーな。俺もああいうの操縦してみたい」とうなずいた。板木が「どうする。声かけてみる?」と言ったけれど、賢助が「仕事に集中してるみたいだから、それはやめとこう」と答えると、板木も「そうだね」と合意した。

フォークリフトを操縦する重さんは、普段とは違ってきりっとした表情で、ちょっとまぶしいぐらいだった。賢助は心の中でつぶやいた。

重さんって、実はカッコよかったんだ。

ふと気づいてマジックを見ると、口の両端をにゅっと持ち上げていた。賢助が「あっ、マジックが笑ってる」と言うと、マジックはすぐにやめてすまし顔になったため、板木たちから「全然笑ってないじゃん」などとツッコまれることになった。

帰り道、グッちゃん、タッカーの順で別れ、最後に板木が「私、こっちだから」とリードとウンチキャッチャーを渡された。そのときに「マジックって、重さんが働いてる場所を知ってたんだね」と言われ、「うん」とうなずいたけれど、連れて行ったことはないはずだった。

歩きながら「マジック、お前何で重さんが働いてる場所を知ってたんだ?」「重さんが働いてるところを俺に見せたかったのか? 重さんの普段とは違う姿を俺に見せて、何かを感じろってことか?」などと尋ねてみたけれど、マジックは素知らぬ顔のままだった。

しばらく経って、マジックはまた別方向に行きたがった。小学校と重さんちの間ぐらいの、人通りの少ない住宅街だった。

これはまた何かありそうだな、と思ってマジックが行きたがる方向に従ってしばらく歩いた。何度か右左折して、ちょっと込み入った場所に来てしまったなあと感じたとき、マジックは一軒の民家の前で止まった。

小さな庭と駐車スペースが手前にある、二階建ての民家だった。駐車スペースに車はなくて、ひっそりしていた。そして、芝生の狭い庭に、犬小屋があった。

マジックがリードを引っ張って、その家の敷地内に入ろうとしたので「おい、ここ、お前んちなのか?」と聞いてみたけれど、マジックはもちろん返事などせず、ぐいぐい引っ張って、犬小屋の方へと向かう。

犬小屋の出入り口が見えるところまで来た。犬小屋は空《から》っぽで、毛布が中に敷かれていた。「おい、ちょっと」と引っ張り返したけれど、マジックは今までにないほどの力で前に進み、犬小屋の真ん前に到着した。

マジックが振り返り、口の両端をにゅっと持ち上げた。やっと飼い主の家に戻れたよ、とでも言いたげな、いかにも安堵《あんど》したという感じの表情だった。

賢助はリードを引っ張るのをやめた。どうやら、本当にここは飼い主の家らしい。

「へえ、ここがお前んちだったのか」と言うと、マジックは一瞬だけ視線をそらせたけれど、再び目を合わせて「バウッ」と低く吠えた。そうだと言ってるだろ、みたいな、ちょっと苛《いら》ついているような吠え方だった。

リードをつなぐ場所を探したけれど、見当たらなかったので、賢助は「ここで待ってろよ」と言い置き、リードを芝生の上に置いた。

玄関ポーチに移動し、表札を見ると〔川西〕となっていた。チャイムを鳴らす。しかし留守のようで、返答も、家の中に人がいる気配もなかった。もう一度鳴らしてみたけれど、結果は同じだった。

犬小屋の方に戻って、「留守みたいだから、後でまた来よう」とリードを拾ったけれど、マジックは動こうとせず、じっと賢助を見上げていた。

「行きたくないのか？　いったん重さんちに戻って、ここの家の人が戻って来そうな時間にまた来ようって言ってるんだよ」

リードを引っ張ると、マジックは四本の足を広げて抵抗した。強く引っ張ると、小さくうなり声を出して、嫌だ、行かないという意思表示をした。

やっと見つけた飼い主宅から、もう離れたくないということか……。

今まで面倒見てやってたのに、ちょっと冷たくないか。

賢助はだんだんと腹が立ってきて、「だったら勝手にしろよ。俺は帰るからな。飼い主の家が見つかってよかったな。じゃあな」と、いったん拾い上げたリードを芝生に叩きつけるようにして落とした。

こんな薄情な犬、もう知らねえからな。そのまま行こうときびすを返すと、マジックがまた「バウッ」と吠えた。振り返ると、リードの自身に近い部分を口にくわえて、引っ張っていた。これは自分のじゃないからもういらないよ、とでも言いたげな態度だった。

「あー、そうかい、そうかい。このリードはお気に召さなかったんですか、それはすみませんでしたねー」

賢助は大きめの声で言いながら、リードのフックを外した。そのとき、マジックが身体を寄せてきたので、反射的に両手で首の周りを抱きしめた。

柔らかさとぬくもりが伝わってきて、何となくマジックの言いたいことが判ったような気がした。ここに置いて行ってほしいけれど、今までのことは感謝してるんだよ——そういう気持ちを受け止めたように感じた。

「まあ、割と近いわけだから、ときどき遊びに来るわ」賢助は両手でちょっと乱暴に首周りをなで回してから、リードを拾って丸めた。

「じゃあな。後で重さんと一緒にもっかい来るから」

賢助がそう言うと、マジックは再び口の両端をにゅっと持ち上げた。

もう一度抱きしめたい衝動にかられたけれど、我慢して歩き出した。敷地から出る前に振り返ると、マジックはもう犬小屋の中に入って、丸くなっていた。


夕方に重さんが帰ってくるのを待って、事情を説明すると、重さんは「そうか。飼い主さんの家が見つかったのはよかったけれど、つないでないからちょっと心配だよね。今から二人で行ってみよう」とすぐに同行することを承知してくれた。

歩いている途中、重さんがフォークリフトを操縦するところを見たよ、一緒にいた友達がカッコいいと言ってたよ、と言おうか迷ったけれど、マジックがあのまま飼い主の家にいてくれているかどうかがちょっと心配になってきたので、またの機会に回すことにした。

そんなことを考えていると、重さんが急に「県内の私立高校にボクシング部ができることになってね」と切り出した。「監督をやってくれないかって頼まれてるんだ」

「なるの？」と尋ねると、重さんは「いつか、若いコに教えたいって思ってたんでね」とうなずいてから、「今やってる仕事は続けるつもりだけどね。上司に相談したら、勤務時間を減らす方向で話し合ってくれるって。まあ、会社はちょうど人員削減をやろうとしてたんで、都合がよかったのかも」

「ボクシング部の監督って、給料もらえるの？」

「たいした金額じゃないけど、一応はね」

「ふーん。じゃあ、重さん、ハートのラブで教えるんだね」

「そう、そのとおり」重さんは下手くそなウインクをしてうなずいた。

重さんは、ボクシングの選手も、アクション俳優も結局は挫折したけれど、人生をあきらめてるわけじゃないんだ。思えばこの人からは、いろんな刺激を受けている。賢助は、知り合いになれてよかった、と心から思った。

ほどなくして川西《かわにし》さんちに到着すると、マジックと最初に来たときには空っぽだった駐車スペースに、赤い軽自動車が停まっていた。犬小屋に……マジックの姿はなかった。重さんに「その犬小屋にマジックは入ったの？」と聞かれ、「うん」とうなずく。すると重さんは「飼い主さんが家の中に入れたんだろうね」と言った。

重さんが玄関チャイムを鳴らすと、出て来た川西さんは、おばさんとおばあさんの間ぐらいの年の、ちょっと丸っこい顔をした女の人だった。怪訝《けげん》そうに「はい?」と見返すので、重さんが事情を説明すると、川西さんは「えーっ」と眉をひそめ、「うちの犬はもう半年以上前に死んでますけど」と言った。

今度は賢助と重さんが「えーっ」と声を合わせることになった。重さんが「ちょっ、ちょっと待ってください」と片手を上げて、飼っていたのはどんな犬だったのかと尋ねたところ、玄関内に飾ってあったらしい写真立てを見せてくれた。

白い中型犬だった。川西さんによると、コユキという名前のメス犬だという。犬小屋がそのままにしてあるのは、また新たに犬を飼うかどうか迷っているからだ、とのことだった。重さんがマジックの風貌《ふうぼう》などを説明して、見覚えはないかと尋ねてみると、即座に「いいえ、全然」と困惑した表情で頭を左右に振り、どうしてそのマジックとかいう黒柴ふうの犬がコユキの犬小屋に入りたがったのかも、今はどこにいるのかも、全く判りませんと、ちょっと迷惑そうに言われた。その態度からすると、マジックがここの犬小屋に入りたがった話自体が本当なのかどうか、疑っているみたいだった。

重さんと一緒に周辺を探した。一時間ぐらいかけてあちこち歩き回ったけれど、マジックは見つからなかった。いつも散歩で行っていた公園にも、水路沿いの道にも、そして重さんの家にも。

その後、二人で賢助のアパート周辺も探したけれど、マジックはやっぱり見つからなかった。その頃になると賢助は涙が止まらなくなって、何度も腕で目をこすりながら「マジック、マジック」と呼び続けていた。

暗くなって、重さんから「賢ちゃん、そろそろ帰ろう」と言われたけれど、賢助は足を止めず、まだ行っていない道を探した。何であのとき、リードを外してそのまま別れてしまったのか。何で力ずくで重さんちに連れて帰らなかったのか。マジックはどこかで車にはねられたりしてないだろうか。後悔と不安が膨《ふく》らむばかりだった。

「賢ちゃん」と後ろから肩をつかまれ、それを乱暴に振り払ったところで、賢助は声を上げて泣き出した。

重さんはしばらくの間、何も言わないでいたけれど、賢助の泣き方が少し落ち着いてきたところで切り出した。

「賢ちゃん、マジックは頭のいいコだから、きっとちゃんとした考えがあって、ああいうことをしたんだと思う」

ちゃんとした考え——そのことは賢助も泣きながら考え始めていたことだった。

「マジックが賢ちゃんの前に現れたのは、賢ちゃんのために何か役に立てないかって、思ったからじゃないかな」重さんの言葉が続く。「一宿一飯《いっしゅくいっぱん》の恩義じゃないけど、賢ちゃんが気にかけてくれて、短い間でも面倒を見てくれたから、恩返しをしたかったんだと思う。それを果たすことが一応はできたと思って、マジックは行っちゃったんじゃないかな」

重さんは、マジックが果たした恩返しの内容について、具体的なことは言わなかったけれど、聞かなくてもそれは判ることだった。

それまで関係がぎくしゃくしていた重さんと、仲よくなれた。

サッカーでは活躍できないと思っていたけれど、キーパーという居場所が見つかった。

前から気になっていた板木とも親しくなれた。

「マジックはきっと、どこかで元気に暮らすことだろうと思う。俺は確信してる」と重さんは続けた。「そしてきっとまた、どこかで誰かの役に立つんだ。あいつはそういうコなんだ」

震える声で「車にひかれたりしないよね」と言うと、重さんは「心配ないって。今ごろ、もう誰かのところでかわいがられてるかもよ」と答えた。

ようやく泣き止むことができて、重さんと肩を組んで歩いた。賢助の手は重さんの肩までは届かなかったので、代わりにジャージの背中をつかんだ。

「賢ちゃん、提案がありまーす」

ちょっとわざとらしい、軽いノリの言い方だったけれど、重さんの心遣いがうれしくて、賢助も「何ですかー」と、ちょっと武田鉄矢《たけだてつや》ふうに返した。

「新しく保護犬を一匹、もらって飼うというのはどうでしょうか」

ああ……。重さんは本当にフェイントをかけたり死角からパンチを出すのが上手い。そんなこと、考えてもみなかった。

「でも、マジックほど賢い犬はいないかもね」

「どの犬もそれぞれ、いいところはあるんだから。そうだろ」

「あー」

確かに。自分は大坪みたいにはなれないけれど、今はなれなくても構わないと思っている。重さんも、お父さんとは全然違ってるけれど、重さんは重さんでいい。

「マジックがもし言葉をしゃべれたとしたら、ボクの心配なんてしなくていいから、できたら代わりに一匹、飼い主がいない犬の面倒を見てやってくれないかって言うと思うんだ」

言われてみれば、そんな気がしてきた。

賢助は「うん、そうだね」とうなずいた。

「おっ、星が案外見えるね」

重さんからそう言われて見上げると、散々泣いて目が腫《は》れてしまったのか、いくつものきらめきがちょっとにじんでぼやけていた。

夏

スマホの電話を切った牟田隼《むたしゅん》は、「くそがっ」と吐き捨て、ガードレールを蹴りつけた。しかし昨夜からの雨のせいでガードレールの表面が濡れていて足がすべり、バランスを崩してそのまま尻餅をついてしまった。その拍子にスマホも落として、画面のひびがまた増えた。しかも尻をつけたのがアスファルトの水たまりだったせいで、ジャージを通して下着がじわっと水分を吸ったことが判った。暑さのせいで水が生ぬるい。まるで失禁したかのような感覚だった。

「なめやがって……」

苛立ちをかみ殺しながら立ち上がったとき、向こう側から歩いて来たポロシャツ姿の男性と目が合った。ベース型の顔で、結構な年齢のようだったが、体格はわりとがっしりしている。

何笑ってやがる——と言いかけたところで、相手の方から「大丈夫ですか」と聞かれ、「ああ？　ああ……」と、声のトーンを途中から下げた。

早とちりだったらしい。相手の両ほほに割れ目なのかしわなのかよく判らない線が入っているせいで、笑われたと一瞬思ってしまったが、目や口もとは弛《ゆる》んでいない。見知らぬ男が転倒したのを見て、素直に心配してくれていただけなのに、あやうく怒鳴りつけるところだった。

さらに近づいて来た男性に隼は「何でもない。ちょっとつまずいただけだから」と顔をしかめながら片手を振った。男性は釣り用だかアウトドア用だかのソフトハットをかぶっている。そのせいで余計に表情を勘違いしてしまったのだ。

「すべる場所があったんですかね」男性は立ち止まって、隼の足もと周りを見てから「本当に大丈夫ですか」と言った。

だから何でもないと言ってるだろう——と言いたくなる衝動にかられたがこらえ、「ああ、大丈夫」と片手を振り、そのまま歩き出した。

角を曲がってから、ため息をついた。三十を過ぎてるというのに、いまだにこれだ。目が合っただの、肩が触れただのといったささいなことですぐにケンカモードに入ってしまう。だから、カッとなったら三回深呼吸をする、ということを自分に課してきたのに、またそれを忘れてしまった。

傷害事件で逮捕されなかっただけでありがたいと思え——二か月前に辞めた会社の部長から、ついさっきスマホ越しに浴びせられた言葉だった。

最後の月の給料が振り込まれていないので問い合わせの電話をかけただけだったのに。まさか勝手に、トラブルの相手側への見舞金に充《あ》てられていたとは。そんなことが法律上許されていいのか……法律のことはよく判らないが、交渉しても無駄な時間に終わるだろうということは間違いない。裁判を起こすほどの金額の話ではないし、起こそうとしてもやり方がよく判らない。

傷害事件の逮捕歴はあるってんだよ、六年前に。知られてないだけで。てか、そんなことを自慢げに言って回るほどのバカじゃねえっての。

作業現場の足場を組む会社だった。さまざまな仕事を転々とした末に、珍しく二年以上続いた仕事だったのだが、元請け会社の現場主任が口も態度も最悪のやつで、「とっととやれよ」「それぐらい聞かなくても判るだろうがよ」「バカ」「お前らの会社は使えねえやつらばっかだな」などと毎度毎度のように聞かされたら、そりゃこっちもケンカモードのスイッチが入るに決まってるではないか。

自分自身だけだったら我慢できた。だが、真面目に働いてる同僚や後輩たちが顔を引きつらせて耐えているのを見ていると、現場の最年長者であった自分が代表して言ってやらなければと思うのは当然のことだ。隼たちの会社側のリーダーである藤野《ふじの》さんは自分より年下だったし、どう考えてもケンカなんかできそうにない人物だった。会社事務所に戻ったときに部長に訴えても「そんなことは現場で何とかしろ。お前らの態度も悪いんじゃないのか」などと、ハナから話を聞いてくれる感じではなかった。

殴るつもりなんてなかったのだ。事前に、ケンカをしに行くのではなくて話し合いをするのだと何度も自分に言い聞かせたし、仕事終わりに話しかけたときも、両手を後ろに回して組み、話し合いが終わるまで後ろ手のままでいることに決めていたのだ。

ところが相手は聞く耳を持っていないどころか、「ああ?」「何が言いたい」「てめえ、雇われてる身で俺の仕事のやり方にダメ出ししてんのか」などと声を荒らげ出し、胸ぐらをつかんで耳元で「文句があるんならとっとと辞めちまえ、ウスノロ」と怒鳴ってきた。鼓膜が破れたのではないかというぐらい、耳の奥に痛みが走った。

気がついたら、相手を突き飛ばしていた。驚愕の表情で尻餅をついたまま立てない現場主任。耳の奥がしびれるように痛む。相手が何か言ったが、聞き取れなかった。

反射的に、反撃されると思い、立ち上がられる前に顔を蹴りつけてやろうとしたが、他の同僚たちから羽交《はが》い締《じ》めにされて止められた。

その日のうちにクビだと宣告された。同僚たちは、現場主任の方が悪いし正当防衛だと主張してくれたようだったが、その現場主任は腰と首が痛くなったと言い出し、あいつをクビにしないなら傷害事件として警察に被害届を出すと会社を脅してきた。

腹に据えかねたので、数日後に元請け会社に電話をかけてあいつを電話口まで呼び出し、先日の件でちょっと話し合いましょうと言ってやった。相手は明らかにビビったようだったが、うわずった声で「あ、あんたのせいで腰と首を痛めてしまって、通院してるんですよ。仕事にも支障が出てて……」などと馬鹿げた言い訳を始めたので、だったら診断書など証拠を見せてほしいと要求すると、「いい加減にしないと、本当に警察を呼びますよっ」というヒステリックな口調の言葉と共に一方的に切られた。

ちょっと突き飛ばしたくらいで、腰と首が痛い、なんてウソに決まってる。あんなの、正当防衛に決まってるだろうが。

最後の月の給料は、現場主任への見舞金として支払った、などというのも、かなりウソくさい。

世の中というのは、どこまで理不尽なのか。

汗が目に入ってきたので、首にかけていたタオルで顔を拭いた。Tシャツはとっくに汗を吸って、肌にはりついていた。まだ七月中旬でこれだ。八月はどうなるのか。

コンビニに寄って酎ハイのロング缶を一つ買い、それをタオルでくるんで河畔《かはん》公園まで歩いた。ここは木陰が多く、川の冷気もあって涼むことができる。

川沿いの木陰のベンチに腰かけ、缶酎ハイを飲みながらスマホで求人情報を探したが、数分で舌打ちしてスマホをジャージのポケットにしまった。

涼は取れる場所だが、セミがうるさくてかなわない。子どもの頃はジージーと鳴くアブラゼミが圧倒的に多かったはずなのだが、いつの間にかどの地域もクマゼミのワシワシという鳴き声が主流になったような気がする。温暖化というやつと関係あるのだろうか。

事務仕事は無理。パソコンなんて使えないし、電話の応対が自分にちゃんとできるわけがない。風俗店の従業員や飛び込み営業の仕事など、人を相手にするようなのもダメ。こっちはそんなつもりがないのに「何だその目つきは」「口の利き方を知らんのか」などと言われてしまい、そのたびに三回の深呼吸をして怒りを鎮めなければならなくなる。結局、できるだけ人を相手にしなくて済むような、工事現場、工場、倉庫などで黙々と、口を閉じてやる仕事の中から選ぶしかない。ところがそういう仕事でもたいがい、ムカつく元請け会社のやつだとか、馬鹿にしたような態度を見せてくる年下の上司なんてのが現れる。

六年前に傷害罪で現行犯逮捕されて以来、人は殴っていない。先日の現場主任との一件は、正当防衛として押し返しただけ。暴力を使ったことにはならないはずだ。

中二ぐらいから教師や世間の大人たちにムカつき始めて髪型や服装もトンがるようになり、中三の不良グループから目をつけられて呼び出され、派手な殴り合いになった。途中で教師たちに止められたので顔にアザができただけで済み、一対三でやり合ったということで、周囲から一目置かれるようになった。高校に入ると通学中に他校のワルたちとガンの飛ばし合いからのケンカを何度も経験し、地元の暴走族に入っていたツレの一人から誘われたが、ツルむのも偉そうにしてくる先輩も嫌いだったので、そっちの世界に行く気はなかった。そして高二の一学期にケンカ相手の歯を折ったということで退学になった。

父親は隼が物心ついたときには蒸発しており、具体的にどういう仕事内容だったのか知らないが水商売をしていたらしい母親は最低限の生活費を置いてゆくだけでほとんど家にいなかった。そもそも子育てに興味のない人間で、幼少期にちょいちょい面倒を見に来てくれたのは母方のばあちゃんだった。隼にとっては唯一、心を許せる相手だったが、高一の三学期にくも膜下《まくか》出血で亡くなった。直前まで元気だっただけに、人間ってこんなにあっけなく人生を終えてしまうものなのかと、十代の子どもながらも、いろいろ考えさせられた。

隼が退学したとき、母親は「あーあ、やっちゃったね」と笑うだけだった。ばあちゃんが生きていたら悲しませたかもしれないので、退学のタイミング自体はあれでよかったと思っている。退学するようなことをしておいて、よかったと考えるのは変だが。

母親とはたまにＬＩＮＥ《ライン》で連絡は取っているが、直接会ったのは二年半ほど前が最後だろう。なぜかファミレスに呼び出され、ずっと行方知れずだった父親が肝硬変で死んだことを教えられた。正式に離婚はしてなかったらしい。

高校退学後は寮があって自分にできそうだと思った仕事を転々とした。水産加工会社の工場、物流センター、風俗店の清掃、工務店、そして建設や塗装のために足場を組む会社。その間、仕事でもプライベートでも何度となくケンカをしてきて、相手に怪我をさせたことがあったものの、逮捕されたことなんてなかった。ケンカぐらいで逮捕されはしない、と高をくくっていたのが間違いだった。

あの日は清掃の仕事でムカつくことがいろいろあった上にパチスロでも大負けして、確かに平静でいられる状態ではなかった。その数週間前に、つき合っていた水商売女から別れを告げられたことも影響していた。

立ち飲み屋で普段よりも多く焼酎を飲んだ後、別れた女が通りの向こう側を歩いていることに気づいて目をこらしながら歩いていたところ、信号待ちで立ち止まっていた男とぶつかった。

今思えば、ぶつかったのはこちらなのだから、謝らなければならなかったのだが、酔っていた上にイライラを抱えていた人間にそんな理屈は通用しない。とっさに「どこ見てんだ、こら」と怒鳴ってしまい、その後は引っ込みがつかなくなった。相手は坊主頭に無精ひげで、ぶつかったときの感触で筋肉質なやつだということも判ったのに、手が出てしまったのは、相手が「おいおい、おたくの方からぶつかってきておいて何言ってんだよ」と詰め寄って来たからだった。その妙に冷めた表情を見て、とっさに殴られると感じた。気がつくと、右の拳《こぶし》にしびれを感じ、相手は鼻血を流していた。

そこで相手が逃げるなどしてくれればよかったのだが、あの男は鼻血を手の甲でぬぐってから、妙な笑い方をした。そして確か「もっかい当ててみなよ」と言ったのだ。

再びカッとなり、パンチを出したが、男は涼しい顔でよけた。まるで何をしてくるかが判っているかのような、冷静でぎりぎりのかわし方だった。この野郎、などと怒鳴りながらさらに殴りに行ったものの、どれもこれも相手の巧みな足さばきで、すいすいとかわされてしまう。途中で、ボクシング経験者らしいと気づいたものの、だからといって急に謝ることもできず、しばらくの間、相手にもてあそばれた。最後には組みついてから殴ってやろうと突進したが、それもあっさりかわされて、隼だけが近くの植え込みに頭から突っ込む羽目になった。

そこから起き上がったとき、相手の前に制服警官が立ちふさがっていて、「やめなさい」と制止された。その後のことはあまり思い出せないのだが、ほどなくしてやって来たパトカーに乗せられ、制服警官から事情を聞かれた。

周囲には何人もの目撃者がいて、隼の方からぶつかっておきながら因縁《いんねん》をつけ、いきなり殴って出血させたと証言したのだろう。後で、すぐ近くに交番があったことを知った。

あの直前に見かけた女は、別れたあの女だったのか、それとも見間違いだったのか、今も判らない。

結局、傷害罪の容疑で逮捕されたが、やったことを素直に認めたこと、相手も厳罰を望んではいないと言ってくれたらしいこと、出血といっても鼻血が出ただけですぐに止まり、治療が必要な怪我もしていなかったことなどで、検察に送致された後すぐに釈放された。不起訴だったのか起訴猶予《ゆうよ》だったのかは忘れた。もともとそういうことには詳しくない。

その数日後、かつて暴走族入りを誘ってきた昔のツレがささいなケンカをしただけだったのに相手が転倒して脳挫傷《のうざしょう》で死亡してしまったため傷害致死罪で逮捕された。別の元ツレからそのことを知らされて、自分はこれまで運がよかっただけなのではないかと気づいて急に怖くなった。こういうときには不思議とそれに類似する出来事を見聞きしてしまうらしく、たまたま見ていた深夜のテレビ番組は、ささいなケンカが傷害致死に発展してしまい、家族から絶縁され、出所後も就職先が見つからず、今は借金で闇金に追い込まれているというホームレスの男性がＮＰＯ団体に助けを求めてきた、という内容だった。その番組では他にも、ギャンブルや薬物依存で一度しかない人生を棒に振ってしまった連中が取り上げられていた。

以来、ケンカはしない、腹が立っても手は出さないと自分に言い聞かせるようになった。

今まで何度もケンカをしてきて、結構な怪我を負わせたこともあったのに、逮捕されたのは一度だけで、しかも服役を免《まぬが》れたのは、ただただ運がよかっただけだったのだ。遅ればせながらそのことに気づき、スマホを使ってネットで怒りを制御する方法について調べ、ゆっくり三回深呼吸するという単純な方法が意外と効果があるらしいと知った。また、他人の気持ちに寄り添える人間にならなければ、とも考えて、動画配信の映画を観るようにもなった。ランダムに観てきたが、印象に残っているのは高倉健《たかくらけん》さん主演の『幸福《しあわせ》の黄色いハンカチ』と『遙かなる山の呼び声』だった。いずれも、ついカッとなって振るってしまった暴力によって相手を死なせてしまったことについての深い後悔が作中で描かれていた。特に『幸福の黄色いハンカチ』では、主人公が自身の若い頃のことを回想して、「あの頃は肩で風切って歩いてて、警察の世話になってもかえって箔《はく》がつくぐらいに思ってたんだが、三十過ぎて少し分別がついてくると自分が嫌になってきて、これじゃいかんと思い出したんだ」みたいなことを口にする場面は、まるで自分自身のことのようで、急に涙がこみ上げ、自分はまだそこまで転落はしていないのだから、これまでの幸運に感謝して、まっとうな道を進まなければと言い聞かせたものだった。

なのにまた、元の世界に戻りそうになってしまった。

缶酎ハイがなくなり、ゲップをしながら空き缶を握り潰した。昼間っから飲んでいる場合ではない。そろそろ本当に仕事を見つけないと、深夜のテレビ番組に出ていた連中みたいにホームレスに転落してしまう。

とりあえずは二か月前からねぐらにしている敷金礼金ゼロの安アパートに戻ってシャワーを浴びようと思い、ベンチから立ち上がった。

そのとき、斜め後ろに何か気配があった。

振り返って「おっ」と少し後ずさりした。

黒柴ふうの中型犬が前足をのばして伸びをし、ちょこんと座り直した。赤い首輪をしていたが、リードがついていない。周囲を見回しても、飼い主らしき人物は見当たらなかった。遠くに何人か、ベンチに座っているのが見えるが、犬を探し回っているような動きをしている人影はない。

小学生の頃、母親と住んでいたアパートの近くに、庭で薄茶色の柴犬を放し飼いにしているちょっとカネ持ちそうな家があって、人懐《ひとなつ》っこそうな犬だったので金網の隙間から手を突っ込んでなでたりしていた。その後、庭草に水をやっていた住人のおばあさんと話もしてちょっと仲よくなり、庭の中に入れてもらってその犬と遊ばせてもらったこともある。

黒柴ふうの犬と目線を合わせるために隼はしゃがみ、「どうした。迷子か」と言うと、犬は小首をかしげた。ちゃんとしつけをされたおとなしい犬のようだったので、片手を伸ばして首周りをなでた。犬は気持ちよさそうに目を細めている。

なでた手の匂いをかいでみたが、異臭はしなかった。家の中で飼われていたり、こまめにブラッシングされているということだろう。

赤い首輪に何やら小さく書いてあることに気づき、顔を近づけてみた。［マジック］

とある。犬の名前だろう。首輪をつまんでぐるっと一周させてみたが、飼い主につながりそうな情報は他に見つからなかった。

「飼い主はどうした？　どっから来た？」

当然ながら犬は返事をせず、困惑したように少し片方の目の上を隆起させて、隼から視線をそらした。

まあ、公園内に飼い主はいるのだろう。おおかた、フリスビーなどで犬を遊ばせていたけれど、急に催《もよお》してトイレに駆け込んだとか、そんなところだ。

いや、このクソ暑い時間帯に犬と遊ぶようなやつはいないか。

こっちも犬や飼い主の心配をしていられる身分ではない。隼は犬の背中をぽんぽんと軽く叩いて立ち上がり、「暑いからあまり動き回るなよ。脱水症状になると命にかかわるぞ。ここで待ってたらじきに飼い主が戻って来るはずだから、遠くへ行くなよ」と言い置いて歩き出した。

空き缶を捨てる場所がなかったのでさっきのコンビニの缶入れに突っ込もう、などと考えながら公園を出て、街路樹や建物の陰を選んで歩くうち、妙な気配を感じて振り返ると、さっきの犬がついて来ていた。

「おいおいおいおい、何でついて来るんだよ」隼はかがんで顔を近づけた。「俺は飼い主じゃないよな。さっきちょっと会っただけだろ。さっさと公園にもーどーれーっ」と、公園の方を指さす。すると犬は冷めた目つきで隼を見返し、それからあくびをした。

「それ、どういう感情なんだ、ったく」

隼は舌打ちをして再び歩き出した。相手にするからついて来るのだ。無視していれば、犬の方もあきらめていなくなるはずだ。その後のことなんか知ったこっちゃない。車にひかれたりすれば、それはこいつの運命というものだろう。自分のせいではない。

だが、交差点で信号待ちをしているときに、もしかしたらこいつはカネになるんじゃないかと気づいた。

振り返ると、まだあの犬はついて来ていて、すぐ後ろに座って隼を見上げているが、ちゃっかり電柱の陰に入って陽射しを避けていた。

信号が青に変わったが、渡らずにスマホを取り出して〔黒柴の値段〕というワードで検索してみた。

「おっ」と声を漏らした。値段は個体によってさまざまだが、隼がこれまでもらってきた給料ぐらいの価格で取引されているケースが多い。こういう犬の飼い主はカネ持ちだろうし、家族同然にかわいがってきたはずだから、数万円の謝礼ぐらいはくれるんじゃないか。

飼い主に返すときに、こう言ってやればいい――見つけたとき、国道の交差点で立ち往生してて、このままだとひかれてしまうと思い、車を制止して保護したんですよ。

家族（同然）の命の恩人だと理解すれば、それなりの誠意を見せるのがまっとうな社会人というものである。

なかなかいい考えだぞ、これは。隼は口もとを歪めながらスマホをポケットにしまい、しゃがんで犬の首周りをなでた。

「よし、決まりだ。マジックよ、とりあえずは俺のところに行こうぜ。エサも食わしてやるからな。しばらくの間、俺たちは相棒、バディだ」

ねぐらは昭和の頃からありそうな二階建てのおんぼろアパートの１Ｋだが、古すぎて今はもう八世帯のうち四世帯しか入居していない。しかも一階に住んでいるのは隼だけで、大家の家もちょっと離れているから、犬を部屋に入れてもとがめられる心配はない。

足場を組む会社をクビになって寮も退去となり、あわてて不動産業者の店に駆け込み、とにかく安い物件をという条件のみで選んだアパートだった。足場を組む会社の寮からは二十キロ以上離れているだろう。街自体、隼にとっては縁もゆかりもないし、ここに腰を落ち着けようという考えもない。あくまで仮住まい。だが、格安物件であるお陰で、とがめられることなく犬を預かることができる。結果オーライである。

飼い主にはついでにこう言おう——マジックちゃんの面倒を見る必要があったので、その間は再就職活動があまりできなくて。

隼は「いひひ」と笑った。

アパートの部屋に上げる前に、使い捨てのおしぼりでマジックの足の裏を拭いた。マジックはそれを特に嫌がる様子を見せないので、普段から飼い主に似たようなことをされているのかもしれない。

リモコンでエアコンのスイッチを入れると、ガタガタと音がして、ほこりっぽい空気が送られてきた。かなり古いエアコンで、変な音や匂いを出すのだが、一応ちゃんと冷気は送られてくる。

流し台の水道から小皿に水を入れて、直接畳の上に置いた。「のどが渇いてるだろう。飲めよ」と言うと、マジックは小皿と隼を交互に二回ずつ見てから、水を飲み始めた。ちょっと不満そうな態度のように思えた。

狭いユニットバスで水のシャワーを浴び、服を着替えた。

部屋に戻ると、マジックは畳の上で横に転がっていた。自分が何をされるのかという不安や恐怖がないのだろうか。なかなか剛胆《ごうたん》なやつである。隼が近くにしゃがむと、マジックは頭だけを持ち上げて目を細くして見返した。

「お前の飼い主が見つかるまで、ここに住まわせてやるから、いいコにしてろよ。いいか、人間の世界ではな、一宿一飯の恩義って言葉があるんだ。たとえ短期間でも、誰かの世話になったら、その恩義は命がけで返さなきゃならない。お前の飼い主は、謝礼を渋るような非常識な人間じゃないよな。頼むぜぇ、相棒」

最後の「頼むぜぇ、相棒」は、映画『アウトレイジ』での石橋蓮司《いしばしれんじ》の口調を真似た。

スマホで犬の飼い方について検索してみた。一日二回散歩をさせないとストレスが溜まって無駄吠えをしたり攻撃的になったりするとか、人間の食べ物は犬にとっては塩分が多すぎて毒なのでドッグフードにすること、エサだけでなく水もちゃんとやること、叩くなど暴力的な方法ではなく愛情を持ってしつけるべきこと。人間の食べ物はダメだということと以外はまあそうだろうなという、言われなくても判っとるわいという感じの内容である。散歩中に犬のウンチを放置するトラブルが多いようで、どこの自治体も二万円の罰金という条例を作っているらしい。ついでにウンチの処理方法について調べてみたところ、飼い主によってまちまちのようだったが、小さめのポリ袋を手袋代わりにして、トイレットペーパーをかぶせてから拾い上げて持ち帰る、という方法が簡単そうだった。

マジックに「いいか、絶対に吠えるなよ。お前がいることが知られたら、出てってもらうからな」と言い置いて、ママチャリで近所にあるホームセンターに出かけた。

ドアを閉めるとき、マジックはもう居眠りモードに入っていたようで、背を向ける形で横になっていた。

ペットコーナーに行って、ため息をついた。犬のリードは安いやつでも普段の昼飯代ぐらいはする。エサ入れも思ったより高い。貧乏人にこれを買えというのか。

しかしすぐに「おっ、そうだ」と口にした。百円ショップにもペットコーナーがあったではないか。あそこで買いそろえればかなり安くなるはずだ。しかし、犬用のおやつはあってもちゃんとしたドッグフードは百均《ひやっきん》にはないだろう。

結局、値引き品のワゴンで見つけたドッグフードだけ購入して、百円ショップに移動した。が、店内に入って再びため息をついた。

エサ入れや水入れは百円で売っていたが、リードは五百円もした。百円ショップであってもそういう価格の商品もちょいちょい置いてあったりするのだが、犬用のリードがまさにそれだった。百円でリードが手に入るとほくそ笑んでいたのに、完全な空振りだった。

しかし次の瞬間、隼は「おおっ」と小声で言い、店内のＤＩＹコーナーに移動した。あった、あった。綿ロープ。三種類あるうち一番太いものは、犬用のリードと遜色《そんしょく》ない太さがあり、充分に使える。これを適当な長さに切って、首輪の金属リングにくくりつけ、反対側は輪っかを作って結べば、見た目はちょっと貧乏臭いがちゃんと犬のリードになる。

冴《さ》えてるじゃねえか。隼はほくそ笑んだ。

帰宅して、カッターナイフでロープを自分の身長ぐらいの長さで切り、片方に手首を通すための輪っかを作って固結びをした。「マジック、お前用のリードだぞ」と反対側を首輪のリングに通して、こちらも固結び。マジックは少しおっくうそうな態度で立ち上がり、不思議そうな顔で見上げている。

「何だ、文句あんのか。百均のロープでもこうすれば立派なリードだろうがよ」

しかし持ってみると、少し長いような気がしたので、手で握る方に近い部分に二つ、結び目を作った。お陰で、結び目がグリップのストッパーになって、持つ長さを臨機応変に変化させることができることに気づいた。隼は「ええやん、ええやん」と芸人のハリウッドザコシショウの口調を真似た。

「どうだ。頭いいだろう」

するとマジックは大きなあくびをして、ロープにつながれたままごろんと横になった。休憩の邪魔をしやがって、とでも言いたげだった。

エサ入れと水入れは買わなかった。ゴミ箱に突っ込んであるスーパーの弁当の空容器を洗えばいいと気づいたからである。

しかし飼い主にはこう言おう――いやあ、思ったよりかかるもんですねえ、ワンちゃんの面倒を見るための費用って。

この時期は午後七時になってもまだ明るく、暑さも続いているので、マジックの散歩はそれよりも遅い日暮れどきを狙うことにした。

マジックは、リードを握って歩く隼の少し斜め前を、ほとんど引っ張ることなく歩いた。歩き出してすぐ、左手にあった空き地に入りたがるので行かせてみたところ、土がむき出しで雑草が生えている場所で、後ろ足を片方上げておしっこをした。その後も、国道沿いの歩道を歩いているときにはおしっこをせず、路肩が舗装されていない水路沿いや空き地を見つけるたびに用を足した。どうやら飼い主から、そういうしつけをされているらしい。隼が「マジック、おりこうだな」と声をかけたが、マジックは片方の耳をちょっとねじっただけで、淡々と歩いた。そんなの当たり前だ、とでも言いたげな態度だった。

昼間に行った河畔公園に入り、公園内を散歩した。飼い主がマジックを探しに来るとすればここである。

途中、白い毛がふさふさの、マジックと同程度の体格の犬を連れた中年男性に遭遇《そうぐう》した。近づくにつれて相手の犬がうなり声を出し、歯茎《はぐき》まで見えるぐらいに牙《きば》をむいてきた。隼が舌打ちして見返したが、白いキャップをかぶった中年男性は素知らぬ顔で隼ではなくマジックを一瞥《いちべつ》し、少し横に移動してすれ違った。すれ違う瞬間、白い犬は吠えながらマジックに飛びかかろうとしたが、中年男性が両手でリードを引っ張って防いだ。

マジックはというと、冷めた表情で白い犬を見送った。

「ったく、すみませんぐらい言えってんだ」隼は相手に聞こえるかもしれない距離のうちに毒づいた。「てか、マジックよ、お前あんなふうにアヤつけられて、何してんだよ。やられたらやり返せよ。さっきのおっさんとモメたら俺が出てってやっからよ」

何か文句を言われているようだということは理解しているのか、マジックは座って隼を見上げていたが、聞き終えると小首をかしげた。

「それで余裕カマしてるつもりか？　相手にはヘタレの犬だと思われるだろうがよ。悔しくないのか」

するとマジックは大きなあくびをしたので、隼はがくっとひざを折った。

「ダメだ、こいつは。根っからの平和主義者なのか、それとも鈍感なだけのバカなのか。何で吠えられたお前が平気で、俺がむかついてんだよ」

ため息をついて「ほれっ」とリードをくいっと引っ張ると、マジックは再び素直に歩き始めた。

しばらく公園内の遊歩道を歩いていたが、マジックが急に草木が生えている場所に入ったので、もしやと思っていると、案の定、ウンチをした。前後を見回すと、近くに人影がなかったのでそのまま行こうかと思ったが、マジックが振り返ってじっと見上げてきたので「判ってるって」と言い返して、ジャージのポケットからたたんだトイレットペーパーを出した。それをウンチにかぶせて、ポリ袋を手袋代わりにして拾い上げ、ポリ袋を裏返す。そのときふと見ると、すぐ近くにトイレがあることに気づいた。

犬のウンチだけど……別に流してもいいよな。放置するんじゃなくて、ちゃんと処理するってことだから。前後を見回しても誰もいなかったので、利用させてもらうことにした。

リードの輪っか部分を近くにあった木の枝にくくりつけ、「ちょっと待ってろよ」と言い置いてトイレへ。個室に入って、トイレットペーパーにくるまれた中身を流し、ポリ袋は細くたたんで口をくくった。これでよし。帰宅したらこのポリ袋だけを捨てればいい。

トイレから出たときに、頭の薄い中年男性がマジックをなでていたので、一瞬ぎょっとなった。あなた犬のウンチをトイレに流しましたね、みたいなことを言われるのではないかと身構えたが、幸い男性は「ああ、どうも」と笑って片手を上げ、「勝手にすみません。以前、犬を飼ってたことがあったもんで、つい触りたくなっちゃって」と立ち上がって軽く頭を下げた。

男性は緑色のポロシャツにベージュのパンツという、ゴルフウェアっぽい格好をしていた。メガネは少し茶色がかっていて、ポロシャツの襟もとからは金色のネックレスが見えている。

もしかして現役の筋モンか、あるいは元か。だが相手の表情が友好的なので、そういうことを気にする必要はないだろうと判断した。

「いえいえ、構いませんよ」隼は細長くまとめたポリ袋をジャージのポケットに押し込んだ。「実はこのコ、迷い犬なんですよ。もしかしてですが、どこのお宅のワンちゃんなのか、心当たりないですかね」

「へえ、迷い犬」男性は再びしゃがんでマジックの首の後ろをなで、「でも、残念ながら知りませんねえ」と言ってから、「ええと、あなたもご近所の方で？」と隼を見上げた。

「ええ、近所っちゃあ近所です。市原町《いちはらちょう》なんで」

「えっ、本当に？」男性はちょっと驚いた表情で立ち上がった。「私も市原町ですよ。どの辺にお住まいですか」

「ええと……自動車修理会社の裏の区画です。古い家が多い」

「ああ……」

「住まいといっても、安アパートを借りてるだけなんですけどね、住み始めたのもつい最近のことで」

「そうでしたか」男性は笑って、「私はタカセと申します。国道沿いにパスタ屋さんがあるでしょう。あのすぐ裏手に住んでます」と右手を差し出してきた。

あの裏手というと……まじか。

あそこには、植え込みに囲まれた、結構な豪邸がある。車三台分の車庫は自動シャッターになっていて、ママチャリで出かけるときに、ベンツが出入りするのを何度か見かけたことがある。大理石らしき門柱の表札は確かに〔高瀬〕だった。豪邸があると、自分にかかわりがなくても表札を見て名前を確認してしまうものらしい。

初対面の相手から握手を求められて戸惑ったが、応じないのは失礼だと思い「あ、どうも」と応じたが、妙な間ができている理由に気づいて、「あ、私は牟田と言います」と名前を教えた。

「ええと、カタカナのムの下に牛って書く？」

「ええ、そうです」

「なるほど、なるほど」

高瀬氏は笑ってうなずいていた。

どうやら少し話をしたそうにしている感じではあったが、何か目的があるのか。

第一印象どおり、やはり筋モンで、妙な仕事に巻き込もうとしてるのか？

愛想笑いを返しながら身構える気持ちでいると、高瀬氏は「まだ散歩の途中でしたか？」と聞いてきた。これは話を終わらせるチャンスだと思って「ええ」とうなずくと、「なら、少しご一緒させていただいていいですか？」と言われ、「はい、どうぞ」と応じるしかなくなった。

「私はときどき、ここでウォーキングをしてるんですよ。まあ、始めたのは最近のことなんですがね」と隼の斜め後ろを歩く高瀬氏が言った。「下っ腹が出てきた上に、運動不足のせいか、まあ年も関係してるんでしょうけど、四十を越えてどうも眠りが浅くなってきましてね、明け方に目が覚めちゃってそれから眠れないっていうことが多くなったんで、晩飯前に身体を動かそうってことで」

「なるほど」高瀬氏の年齢は隼よりも十ぐらい上ということになる。

また間ができた後、高瀬氏は「いやいや、久しぶりに犬と少し触れあって、やっぱり犬はいいなって思っちゃいましたよ」斜め後ろを歩きながら高瀬氏が言った。「ラブラドール・レトリーバーっていう犬種はご存じですか」

「大型犬ですよね。アメリカの映画なんかでときどき見かける」

「そうそう」

あちらの映画などでは、ああいうでかい犬でも平気で家の中で飼ってる様子が描かれたりしているが、日本でもそういうカネ持ちがいるわけか。さすがにそういうことを口にはできず、隼は「人懐っこい種類の犬みたいですね」と返した。

「そうなんですよ。体重は三〇キロにもなるのに中身は子犬みたいなところがあって、遊んでくれってアピールしてきたりしてね。でも死んでしまって、いわゆるペットロスになっちゃって、新しく飼うのはやめておこうって決めてたんですけど……」

マジックに触れて、その気持ちがぐらついてきた、ということらしい。

しかし高瀬氏はその話を深掘りするつもりはなかったようで、「迷い犬とおっしゃいましたけど、なぜ牟田さんが?」と聞いてきた。

飼い主からの謝礼が本当の目的だということは隠して、昼間からの経緯をざっと話すと、高瀬氏は「偉いなあ、牟田さんは」と言った。

「は?」

「どこの犬か判らないのに、こうやって面倒を見て、飼い主を探してらっしゃる。普通なら、迷い犬を見ても知らん顔で通り過ぎるか、せいぜい交番か保健所に連絡する程度ですよ。でも牟田さんは、このままだと車にひかれたり、飼い主が見つからなかったら殺処分されてしまうかもしれないと思ったから、ご自身で預かることにした。そうでしょ」

「ええ……」

「ところで牟田さん、お仕事は何を?」

本当のことを言うべきかどうか迷った。下手すると、ヤバい世界の仕事に引き込まれてしまう可能性がある。かといって、こそこそと隠すような、後ろめたいことなどない。

数秒考えてから、足場を作る会社で働いていたが最近リストラで失業した、ということだけを伝えた。すると高瀬氏は「そうでしたか」と言ってから、「もしよければ、ですが、新しいお仕事が見つかるまでの間だけでも、私の仕事を手伝っていただけませんか」と続けた。

やっぱりきたか、と思ったが、さらなる高瀬氏の話によると、予想していたようなヤバい世界の話ではなさそうだった。

高瀬氏は市内でマンションや飲食店などのオーナーをしているという。親から相続したアパートの経営から始めて、そこが再開発地区だったせいで高く転売でき、それを元手に主に不動産事業を拡大していったのだという。

となれば、その仕事の手伝いというのは、他人と頻繁に接触しなければならない仕事ということになる。もしかしたら家賃滞納者への催促だとか、テナント募集の営業回りとか。

「高瀬さん、お気持ちはありがたいのですが」隼はそう切り出して、自分は社交性に問題があること、他人と接触するとトラブルを起こしてしまうので仕事の種類を選んで生きてきたことなどを説明した。高瀬氏は「ほう」「ふーん」などと合いの手を入れはしたが、遮《さえぎ》らずに聞いてくれた。

ひととおり話し終えると高瀬氏は「だったら、飲食店の掃除なんかはどうですか」と言ってきた。「所有店舗の一つに小さな中華料理屋があるんですけど、店長さんが年いっちゃって、後片付けや掃除が大変そうなんですよ。かといって清掃業者に頼んだら高くつくしで、もう店をたたむことも考えてるようなんですが、常連客さんたちからは続けてほしいって言われてて。あと、駐車場のひび割れとか金網フェンスの修繕なんかもお願いできたらありがたいんですがね」

そう言って高瀬氏はだいたいの時給を口にし、「まあ、一日二時間とか、そんな感じなんで、たいした収入にはならないとは思いますが」とつけ加えた。

暇つぶしと小遣い稼ぎにはちょうどいいかもしれない。だが、店舗内の掃除はいいが、駐車場のひび割れ修繕というのはどうもピンとこなかった。そのことを聞いてみると、「いや簡単、簡単。ホームセンターで売ってる補修材を流し込むだけのことですから」とのことだった。どうやら、業者に頼むほどのことではないが、他の仕事もあって暇ではないし暑くもあるので高瀬氏自身はやりたくない、ということらしい。

悪い話ではないと思ったので隼は「いいですよ、俺でよかったらやらせていただきます」と応じ、その場でいったん立ち止まって互いにポケットからスマホを取り出しLINE交換することになった。そのとき、座って見上げたマジックがにゅっと口の両端を持ち上げた。高瀬氏もそれに気づいたようで、「あれ？　今笑ったような顔しませんでしたか？」と目を丸くした。

「俺に小遣い稼ぎの話が入ったから、よかったなってことなんでしょう」

「まさかー」高瀬氏は笑ったが、「でも確かにそういう感じだったなあ」としゃがみ、マジックをなでながら「うん、頭がよさそうな顔をしたコだ。黒柴に近いけど、洋犬の血も入っていそうだな」と続けた。

「あ、そうなんですか」

「多分ですがね。純粋な黒柴はもうちょっと顔が丸っこいから」

てことは雑種犬か。なら、飼い主から受け取る謝礼の金額もあまり期待できないかもしれない。

その後、高瀬氏に「リード、持ってみますか?」と言ってみると、高瀬氏は「あ、いいすか」と思った以上にうれしそうな顔をして受け取り、後半は高瀬氏に散歩を任せることになった。高瀬氏は、リードを握ったときに少し苦笑したようだった。ただのロープをリードに使っていることに気づいたからだろう。

高瀬氏の斜め後ろを歩きながら隼が「お陰で臨時収入が入ることになって、助かります。ありがとうございます」と礼を言うと、高瀬氏は「いえいえ、礼を言うのはこっちですよ。まあ、どっちも助かるっていう、ウィンウィンってやつだから、気を遣うのはお互いやめましょうや」と軽い口調で答えた。

そして高瀬氏はさらに「私、若い頃はちょっとヤンチャやってた時期がありましてね。当時ツレだった連中の中には、ヤクザになったけど結局ケツを割って行方をくらましたやつとか、シンナーでおかしくなってしまったやつとか、無免許運転で事故って死んだやつとか、そんなのもいました。牟田さん、失礼ですけど、どっちかっていうと真面目に勉強して公務員になるタイプじゃなくて、私に近いタイプじゃないですか？」

「ええ……否定はしません」

隼から高瀬氏を見たときの第一印象がそうだったように、高瀬氏の方も同様だった。

「そういうのって、判りますからね」高瀬氏は横顔を見せて笑った。「ぱっと見たとき、昔の自分みたいなところがあるなと感じたんで、つい声をかけさせてもらったわけでして。で、話してみたら、悪さをしたことはあったけれど、このままではいけないと考えて、まっとうな道を進もうと頑張ってるらしいことも態度や言葉の端々《はしばし》から伝わってくる。ああ、やっぱり自分と似てるなあ、これは何か協力させてほしいなって」

「はあ……」

「それにこのワンちゃんですよ」歩きながら高瀬氏が再び横顔を見せた。「おとなしくていいコだ。今日出会ったばかりなのに、牟田さんに対して全く警戒したり怖がったりする様子がない。それだけで牟田さんがどういう人なのか判るってもんです」

高瀬氏はそう言ってから、「犬好きに悪い人なんていませんからね」とつけ加えた。

帰宅後、隼はママチャリを漕いでホームセンターに行き、値段高めのドッグフードを買った。マジックにそれを出してやり、あぐらをかいて「マジックさんよ、あんたのお陰で小遣い稼ぎができることになったよ。ありがとさん」と頭と首周りをなで回した。

マジックはちょっとうっとうしそうに頭を横に動かし、隼が手を引っ込めるとドッグフードの匂いをかいで、ふんと鼻を鳴らしてから食べ始めた。

まあ、お前にしては奮発したようだな、とでも言いたげな感じだった。


翌朝、隼は耳の中の気圧が変わったような感覚と共に目を覚ました。マジックから耳に息を吹きかけられていたらしいと気づき、「何やってんだよ」と顔をしかめた。マジックは目の前にちょこんと座り直し、何か言いたげな顔だった。

枕もとに置いてあったスマホに手を伸ばして時間を確認すると、まだ朝の六時前だった。古いエアコンが作動している音が聞こえてきて、カーテンの隙間から差し込む光に目をしかめた。

「まだ早いだろう。もうちょっと寝させろよ」

そう言って、マジックに背を向けて横になり、タオルケットを頭からかぶった。そうしないとまた耳に息が吹きかけられるかもしれない。

すると今度は肩の後ろをぐいっと押された。前足でやったようだった。

無視していると、再びやられた。明らかに、起きろと要求されていた。

舌打ちして身体を起こし、両手で顔をこすった。

カーテンの隙間から差し込む光によって、室内の細かいほこりが舞っているのが判る。

「ああ……早く散歩にいかないと、たちまち陽が高くなって暑くなるぞってことか」

マジックは目を細くして見返している。それぐらいのこと、気づけよと言いたげである。

確かに、早めに行っておかないと散歩だけで汗だくになってしまうだろう。

隼は「判った、判った。準備するから」と、あくびをしながら両手を上に伸ばした。トイレを済ませた後、ロープの端っこを首輪のフックに通して固結びをし、着替えを省略してTシャツにハーフパンツのままスポーツサンダルをはいてマジックを外に連れ出した。

マジックは昨日と同様、舗装されていない場所でおしっこをし、隼の斜め前を、ぐいぐい引っ張ることなく、勝手に方向を決めようともせず、おとなしく歩いた。さきほどは強引に起こされたが、散歩中はおとなしくて素直。隼は心の中で、ツンデレ犬かよ、とつぶやいた。

河畔公園に入る直前、歩道の前方から歩いて来た若い男が路上に唾を吐いた。身体はでかいがメタボ気味の体型、白いジャージ、ツーブロックのソフトモヒカン頭。眉が気持ち悪いぐらいに細い。男の吐いた唾は、マジックのすぐ前に落ちた。

どういうつもりなのか、このチンピラ。

「おい、誰の前に唾吐いてんだ、こら」

立ち止まってとがめると、相手はすれ違いかけてから「ああ?」と顔を向け、「誰の前にも吐いてねえだろうが」と言い返してきた。

しかし、相手が一瞬だがひるんだ表情になったのを隼は見逃さなかった。見た目はそこそこいかついが、さほどケンカ馴れしているやつではないなと感じた。

てめえの出方次第では、鉄拳制裁で社会のルールってものを判らせてやる——そんな気持ちで半歩踏み出した。

「何が、ああ?　だ、この野郎。人が歩いてる目の前に——」と言っている途中で、強い力で引っ張られ、後ろによろけて転びそうになった。

マジックが四本の足を広げて突っ張っていた。隼はマジックに「こら、何してんだ」と叱りながら体勢を立て直した。

振り返ると、相手はもう背を向けて歩き出していた。明らかに、今だとばかりに立ち去ろうという態度だった。

その後ろ姿に向かって言葉を吐こうとしたときに、「あ……」と顔をしかめた。

深呼吸を三回、だった。うっかりしていた。

もしかして、マジックの前でいいところを見せようという妙な欲があったからだったのだろうか。バカ、犬の前で格好つけて何になる。

「おい、マジックさんよ。あんた、わざと引っ張ったんだよな。俺に、つまんねえこととすんな、やめとけって言いたかったのか?」

マジックは目を細くして見返してから、ふん、と鼻を鳴らした。当たり前だ、いい大人が何やってんだ、と言われた気分になってくる。

まさか犬に説教されるとは。隼は小さく舌打ちした。

河畔公園に入ってしばらく歩くと、昨日出会った白い毛がふさふさの犬に再び遭遇した。連れている中年男性も昨日の人物。片手に持ったスマホを見ながら歩いているので、こちらにはまだ気づいていないようだった。

案の定、近づくにつれて白い犬が牙をむき出しにしてうなり声と共に、マジックに向かって来た。ようやく気づいたらしい飼い主が「あっ、こらっ」とリードを引いたが、スマホを持っていたせいで両手で引っ張ることができず、マジックに飛びかかる寸前の距離にまで迫られた。

隼はとっさに二頭の犬の間に入り、白い犬に背を向けてマジックを抱える形でしゃがんだ。白い犬の前足がほんの少し、隼の背中に触れた。

この野郎、ケンカ売ってんのか——と怒鳴りつけてやろうと思ったが、相手の男性がすぐに「どうもすみません。大丈夫ですか」と声をかけてきた。

立ち上がり、隼がわざと笑顔を作って「歩きスマホはよくないねー」と言うと、男性は恐縮した様子で「どうもすみません」とキャップを取って丁寧に頭を下げた。

お陰で怒りのメーターは急降下し、心の中で、これぐらいのことで怒ることはない、何やってんだと自分で自分を叱った。

男性は遠ざかりながら何度か頭を下げてから、キャップをかぶり直した。昨日すれ違ったときはヤな野郎だと感じたが、こちらの勝手な印象に過ぎなかったらしい。

やれやれ。朝からトラブル続きじゃねえか。

ため息をついてからふと見ると、マジックが口の両端をにゅっと持ち上げていた。

「何だ？　もしかして、よく我慢したなって、ほめてんのか？」

ったく、犬に人間がほめられるとは、オーマイガーだな。隼は苦笑して頭を左右に小さく振った。

そのとき急に、取調官から浴びせられた言葉がよみがえった。

——歩いていてぶつかったからケンカになっただと？　小学生でもそんなことでケンカはせんだろうが。恥ずかしくないのか。

取調官は高圧的な中年男で、正論を聞かされてもムカつく気持ちを抑えられず、机の下で何度も拳を握りしめていたが、今思えば確かに恥ずべきことだった。

現場で隼の身柄を拘束したのは割と若そうな警官だったが、パトカーの中で事情を聞かれたときに、「いろいろストレスが溜まってたのかもしれないけど、私は仕事柄、短気を起こして取り返しのつかないことになってしまった人間を何人も見てきたよ。あんたと今こうやって出会って話をしてるのも何かの縁だ。だから言わせてもらうけど、あんたにはもっと人生を大切にしてほしい」みたいな諭《さと》し方をされたことも思い出した。そのときは、何言ってやがるとシラケた気分だったが、後になってじわじわと響いてきた言葉だった。

「確かに人生は一回しかない。ささいなトラブルでカッとなって、大切な人生を棒に振るなんて、最低だよな」

歩きながら語りかけたが、マジックは知らん顔で歩道から外れて草木が茂っている方に入り、後ろ足を開いて腰を低くした。隼は舌打ちと苦笑をしながら、ポケットからたたんだトイレットペーパーを取り出した。

その日の夕方、マジックの散歩中に高瀬氏からＬＩＮＥの連絡が入った。中華料理店の後片付けと清掃の仕事の件で、大将は今日からでもお願いできれば助かる、とのことだがどうだ、というものだった。〔はい、喜んで。〕と返した後、その場でしばらくやり取りをして、深夜〇時から二時までのバイトをすることが決まった。

指定された時間にママチャリで出向いた。店は駅前の繁華街にある新新《しんしん》というこぢんまりした店で、営業を終えて照明を落とされた電光看板の文字の下には〔シンシン〕とルビがふってあった。

店内で待っていた大将は七十を越えていそうな小柄な人で、高瀬氏から事前に教えられていたとおり、愛想はよくないものの実直そうだった。高瀬氏からそう頼まれていたのか、大将自身の発案なのか判らなかったが、店内の片付けや清掃の手順について書かれたメモ帳をもらい、「判らないことがあったら書いてちぎって貼っといてくれりゃいいから」と冷蔵庫にひっついているマグネットを示された。仕事は基本一人で、隼が来るのと入れ違いに大将は帰るという。そういった説明を聞きながら、合い鍵を受け取った。

仕事内容はシンクに残っている洗い物をして水切りカゴに並べ、テーブルやカウンターを拭いて、床にモップがけをし、生ゴミも水を切って一つの袋に集め、トイレをきれいにしておく、という単純なものだった。しかしいざやってみると小さな茶碗ではなく中華丼や大きめの皿が多いので、洗う作業はそれなりの体力が必要だった。高齢の大将にとっては、やっと店の営業が終わったと思ってもさらに一仕事あるというのは確かにきついだろう。一方の隼にとっては、他人と接触しないで黙々とマイペースでできる仕事なのでありがたい。確かにウィンウィンである。身体を動かしながら、自然と鼻歌が出ていた。

仕事を終えて帰宅すると、マジックはすやすやと眠っていて起きる気配がなかった。隼は缶酎ハイを一缶飲んだ後、たちまち眠気に襲われた。タオルケットをかぶりながら、一日二回の散歩をして、二時間身体を動かす仕事をしたお陰で今夜は深く眠れそうだなと思っているうちに、南国の砂浜に寝そべって心地いい波の音を聞き、暖かな光を浴びているという、想像なのか夢なのかよく判らない感覚のまま意識が遠のいた。

翌朝もマジックに起こされたが、目覚めは爽快だった。最近は安酒をたくさん飲んで最後は気絶するような眠り方が続いていて、起きた後もなかなかイライラが消えなかったりしていたのだが、それとは真逆の、久しぶりの充実感だった。しっかり休養できて、身体に力がみなぎっているような感覚。隼は伸びをしながら「これが本当の睡眠ってやつか」とつぶやき、マジックの首周りを両手で乱暴になで回した。

マジックは冷めた目で見返していた。

隼はその後も一日二回、マジックを河畔公園に連れて散歩に行ったが、二週間ほど経って八月に入っても飼い主は見つからないままだった。もしかしたら飼い主が病気や怪我、あるいは急死したなどの事情があるのではないか、あるいはマジックを探すことをとっくにあきらめてもう別の犬を飼い始めているのではないか、犬猫を保護する団体などに連絡してそこのホームページやフリーペーパーなどを通じて迷い犬を預かっていることを公表した方がいいのではないかなど、いろいろ考えたりはしていたが、結局はもう少し様子を見ようという結論に落ち着いた。

中華料理店の清掃の仕事も短時間ながら安アパートの家賃や食費の足しになり、しかも大将が仕事ぶりを気に入ってくれたようで「よかったら食べな」と密閉容器に入ったチャーハンや餃子、ときには酢豚などを置いて帰ってくれるようになったお陰で食費が浮いて、贅沢《ぜいたく》しなければそのバイトだけでも生活できるぐらいになった。

高瀬氏からは不定期に、駐車場などのアスファルト補修の仕事も入った。ホームセンターで売っている補修材とコテを使って、ひび割れ箇所や陥没箇所を埋めるだけなのでママチャリで移動することができたが、奥までしっかり充塡《じゅうてん》しないと後でへこみができたりするので、単純ながらも丁寧な作業が要求される仕事だった。高瀬氏から三回ほど似たような仕事を頼まれた後、「地元経営者の集まりで牟田さんのことを話したら、うちの店舗や建物も頼みたいっていう人がいるんだが、やってもらえるかね」と聞かれ、快諾したところ、不定期にちょいちょい注文を受けるようになった。整骨院の駐車場を直したときは経営者である初老の整体師さんが「ご苦労さん、助かったよ」とねぎらってくれ、報酬を割り増しして支払ってくれた。こういうことは口コミで評判が広まってゆくもののようで、整体師さんからの紹介で民家の金網フェンスとコンクリート部分の修繕を、その住人からの紹介で寿司店の駐車場、さらにその寿司店の紹介で個人経営らしい小規模スーパーの駐車場と、次々と依頼を受けることとなった。そうなるとさらに「網戸の修繕も頼めないか」「雨樋《あまどい》の詰まりを直してもらえないか」「できれば草むしりも」など、要望が増えてきて、徐々に便利屋みたいな感じになってきていたが、身体一つとママチャリで移動できる仕事であれば喜んでやらせてもらう、というスタンスでできる限り対応した。さすがにスズメバチの巣の駆除を頼まれたときは、知識や装備がないと難しいので専門の業者に頼んでくれとお願いしたが、その専門業者をネットで探して仲介したところ、予想外に喜んでくれて、紹介したことについての謝礼をもらった。

もともとの顧客が実直な人たちだったせいか、その顧客から紹介してもらった新しい顧客もみんな対応が親切で、作業が終わると冷たいおしぼりを渡してくれたり缶ジュースをくれたりするので、酷暑の中の作業であっても疲れが吹っ飛んだ気分になれた。足場を組む会社をクビになった後、探しても探しても仕事にありつけなかった時期があったのが不思議なぐらいの変化だったが、元をたどればマジックとの出会いがあったからである。そのため隼はいつの間にか、本当の飼い主がこのまま見つからなくてもいいや、いや見つからない方がいいな、などと思い始めていた。

マジックとの生活が続くうち、隼は自分の内面がいつの間にか穏やかになって、ささいなことでカッとならなくなってきたことにも気づいていた。隼なりに考えてみて、理由は三つあるように思った。

まずは、マジックと散歩をしなければならないので早起きをするようになり、朝の光を浴びたり、結果的にウォーキングという運動を一日二回したりすることが体調を上向きにしてくれていること。深夜の仕事でも身体を動かすのでほどよく身体が疲れ、メシが旨《うま》いと感じるようになり、就寝すればたちまち心地よい眠りに落ちることができるようになった。イライラ感がなくなるのは当然といえば当然のことである。

そして得られた仕事の内容がありがたい。他人からああしろこうしろと命令されるのではなく、自分の裁量で作業ができるせいでストレスがほとんどない。

そして何よりも大きいのは、マジックと一緒にいることなのだと隼は気づかされた。マジックがそばにいるだけで、いつも何だかちょっと楽しいし、そんなことで怒る必要なんかねえよな、という気持ちになる。犬は飼い主に似る、と言われたりするが、隼は自分がマジックにちょっと似てきたのかなと思い、一人苦笑するのだった。

お陰で、以前なら歩いていて他人とぶつかりそうになったりチンピラと目が合ったりすると舌打ちをして睨みつけたりしていたが、今では自分は最近までなぜそんなことで腹を立てていたのだろうかと不思議に思うほどである。ぶつかりそうになったときは、ぶつからなくてよかったと思えばいいし、ぶつかってしまったら微笑んで「ごめんね」と言うか、相手が先に謝罪の言葉を口にすれば「いいえ、こちらこそ」と返せばいいだけのことだ。それだけでちょっとだけ気分がいいのだから、結構なことである。

そんなある日、駐車場のひび割れとへこみを修繕した寿司店からの紹介で、河畔公園山代《やましろ》にほど近い国道沿いにある一軒のトレーニングジムから駐車場の修繕を頼まれた。山代トレーニングセンターというスマートな名称から受ける印象とは裏腹に古い民家を改造したらしいこぢんまりしたジムで、アスファルトの駐車スペースもせいぜい四台分程度しかなかった。聞いてみると、雨が降ると水たまりができる箇所が複数あるので、そこを埋めて欲しい、という依頼だった。

ジムのオーナーである山代さんは、いかにもという筋肉の鎧《よろい》をまとったような体格で、ツーブロックにしたオールバックの髪型も相まっていかつい印象の中年男性だったが、話をすると気さくで柔和な人で、最初は少しそのことが意外だったものの、ジムの経営というのも確かに接客業だからそういう人柄でなければ務まらないのだろうなと納得した。

ジム建物の側面に、犬小屋があったが中が空だったので、作業を終えた後で山代さんにそのことについて尋ねてみたところ、以前飼っていた雑種犬が死んでしまったが、また飼いたいと考えているので置いてある、とのことだった。その話の流れで隼が今、迷い犬を預かっているという話をすると、ジムの一日体験入会チケットを渡されて「よかったらそのワンちゃんも連れて来て体験されてはいかがですか。牟田さんが利用されている間、ワンちゃんはそこの犬小屋で待ってもらったらいいんで」と笑って言われた。

山代さんは冗談半分でそう言ったのかもしれなかったが、河畔公園には毎日マジックの散歩で来ていたので、翌日の夕方にさっそく、散歩帰りにジム体験をさせてもらうことにした。なのでこの日は、安物だが新品のスニーカー、タオル、マジックを待たせる間に飲ませる水を入れたペットボトルと結局百均で購入したペット用の水入れなどをリュックに入れて持参していた。

隼がリードを犬小屋の脚の一つにくくりつけて「ちょっとここで待っててくれな」と、前に水を置くと、マジックはおとなしく飲み始めた。

ジム体験は、山代さんの指導で準備運動から始まって、基本的な種目だというベンチプレスやスクワットなど、いくつかを無理のない範囲で体験させてもらった。やってみると確かにその部位の筋肉がピンポイントで刺激を受けている感覚があり、こういうことを続けてゆけばやがて別人のような体格になってゆくのかと理解できた。

もう一つ気づいたのは、こういうジムはごつい男たちのたまり場だと勝手に想像していたのだが、実際には多くの利用者が普通の人たちで、高齢者や女性も多いということだった。山代さんによると、本格的にトレーニングをする男性はもう少し遅い時間帯に、仕事の後でやって来る、とのことだった。

ジム体験の途中、「こんにちはー」と元気よく入って来た会員らしき初老女性が「ねえねえ、犬小屋に黒柴っぽい犬がいるんですけど会長、新しく飼い始めたんですか？」と聞いてきたので、隼が「あ、それ、俺が連れて来たんです」と説明したところ、ジム内にいた他の利用者たちも「え、犬がいるの?」「どれどれ」などと何人かが外に見に行き始めた。戻って来ると「おとなしくてかわいいワンちゃんですね」「毎回連れて来るんだったら私、利用時間を合わせようかな」などと言われ、それをきっかけに犬を飼っていた体験を語り出す人もいた。

ジム体験がひととおり終わった後は、山代さんもマジックを見に行き、「まるで昔からここに住んでました、みたいな顔してますね」と笑い、よかったら入会して、いつでも連れて来てくださいね、と言われた。

帰宅後、マジックに「あのジムに入会しようかなあと思ってるんだけど、どうだろうね」と話しかけてみたところ、マジックは口の両端をにゅっと持ち上げた。まるで、それはいい考えだぞお前、とでも言いたげな表情だったので、「そうか。そう思うか。あんた、あそこの人気もんになれそうだからな」と首周りをなでた。

最初は、駐車場修繕の顧客からの誘いだったから、一度のジム体験だけで終わりにするつもりだったのだが、今日の体験中に聞いた山代さんからの話に、妙に心をつかまれた。

ジムの壁に、トレーニングを開始した頃の、二十歳そこそこと思われる山代さんのタンクトップ姿の写真と、ボディビルの大会で優勝したときの写真が額縁の中に並んであった。こんなにやせて貧弱そうな若者が、まるで別人のような屈強な男性へと変身したさまは、よくあるビフォーアフター写真ではあったけれど、「その過程で性格も随分と変わりましてねー」という話にとりわけ興味を覚えた。やせていた頃は短気で神経質で、ささいなことでカッとなるところがあったり他人の視線が気になったりしていたけれど、徐々に身体に筋肉がついてくるにつれて、小さなことは気にしないおおらかな性格になり、たいがいのことは笑って済ませることができるようになったというのである。

とすれば、自分のような人間こそ、筋トレをやるべきなのではないか――帰り道の途中、気持ちは迷いから決心に変わっていた。

山代さんの話は、確かに理にかなっていると思えた。格闘技やラグビーなどの選手は、身体と身体が激しくぶつかり合うし、怪我も絶えないが、みんなけろっとした表情でプレイを続行している。身体が頑健になると、多少のダメージなんて小さなことに過ぎなくなるから、たいがいのアクシデントに対して平常心のままでいられる。道を歩いていて他人にぶつかってじまったときなども、腹が立つどころかむしろ相手の人は大丈夫だっただろうかと心配してしまうぐらいに、気持ちに余裕が生まれるのだ。

隼はその翌日の散歩帰りに山代トレーニングセンターに行き、入会手続きをした。その場にいた何人かの年配の会員さんたちから「どうぞよろしくお願いします」「お互い頑張りましょうね」「ワンちゃんも連れて来るんですよね。楽しみが増えたわー」などと声をかけてもらった。

マジックの飼い主は八月下旬になっても見つからなかった。朝と夕方にマジックを連れて河畔公園へ散歩に出かける日々が続き、マジックとの暮らしがすっかり日常のこととなった。安アパートの室内でテレビを見ていて、ふと視線を向けると、マジックは横になってすやすや眠っていたり、伏せの姿勢で目を細くして隼を見返していたりする。隼が仕事から帰宅しても尻尾を振ったり飛びついてきたりしない代わりに、むくっと起き上がり、ちょこんと座って静かに〔おかえり〕と迎えてくれる。そして電気を消して就寝すると、以前は畳の上で勝手に寝ていたのが、最近は隼の布団に乗って来て、背中合わせの形で寝るようになったため、マジックの呼吸とぬくもりを感じながら眠ることとなった。

山代トレーニングセンターにも連れて行って犬小屋で待たせるようになったことで、マジックはすっかり会員さんたちのアイドルになった。犬好きの人が結構いて、トレーニング中に外に出て行ってはマジックに話しかけたりなでたりしている。そしてたまにマジックが口の両端をにゅっと持ち上げるサービスをすると、それを見た会員さんが「本当だ、マジックが笑ったよ」とうれしそうに報告してくるので、他の会員さんたちが「本当に?」などと言いながらまた出て行き、「あくびをされちゃったよ」と苦笑しながら戻って来て、ジム内に軽い笑いが起きたりした。

トレーニングメニューは、山代さんからは一回当たりの利用時間や週の頻度について希望を聞かれた上で作ってもらった。ある日にベンチプレス、ショルダープレス、ケーブルプレスダウン、スクワットなどの押す運動をしたら、翌日か翌々日はプルダウン、バーベルカール、レッグカールなどの引く運動をするという二分割方式である。山代さん自身は四分割にしているそうで、一回当たりのトレーニングの強度を高くして、その分同じ部位のトレーニング頻度を下げる、というやり方である。考えてみれば、トレーニングの設定重量、種目のチョイス、セット数、頻度などは、利用者の目的や体質、スケジュールなどとの兼ね合いによって変わるのは当然のことだった。隼は週に四回以上来られるが一回当たりのトレーニング時間はあまり取りたくない、という希望を伝えたため、それぞれの部位は二セットのみで終わらせる、ということになった。ただしこの二セットはいずれも限界までやることが条件で、最後はうめき声が漏れてしまうことになり、使った部位は翌日、必ず筋肉痛になった。山代さんは「それが筋肉が発達しているというシグナルですから、嫌がるのではなく、喜ばないと」と笑っていた。

ジムに通ううちに、トレーニング理論についても徐々に山代さんや先輩会員たちから教えてもらう機会が増えた。例えば、初心者はベンチプレスの重量にこだわる傾向にあって、ジムに来るたびにベンチプレスの最高重量に挑戦したがる人がいるが、そういうやり方はむしろ遠回りで、肩やひじの怪我を招きやすい。簡単にいうと、筋力は筋肉の断面積に比例するのであり、筋肉量を増やすトレーニングをしなければ筋力もアップしない、ということである。そして筋肉量を増やすためにはある程度の回数が必要であり、そのことによって筋肉へのストレスが高まり、あと一回、さらにもう一回と追い込むことで筋繊維が破壊される。破壊された筋繊維は、家に帰って栄養と休養を摂ることによって回復するわけだが、筋肉には学習能力があって、またああいうストレスをかけられたときに対応できるようにと、以前よりも少しだけ太くて丈夫な筋繊維となって回復する。これが超回復とか、スクラップ&ビルドと呼ばれる生理現象である。骨折した部位が回復したとき、以前よりもそこだけが太くなって回復しているのと同じ理屈である。

隼はまた、筋トレはたくさんやった方がより発達すると思い込んでいたのだが、トレーニング理論としては大間違いだということも知った。隼の勘違いは、プラクティスとエクササイズの区別ができていなかったことによるものだったのである。プラクティスとは要するに技術を習得するためのトレーニングであり、多くのスポーツでスキルをアップさせるためには相応の練習量が必要となる。しかし筋トレはエクササイズであり、トレーニングの分量や頻度が多すぎるとオーバーワークを招いてかえって筋肉が衰えてしまうことになる。だから筋トレは強度は高く、分量は抑えて、そして頻度は強度に応じて丁度いい間隔に、ということになる。二時間筋トレをしたというのは全く自慢にならないばかりか、それは二時間も継続できるような強度の低いトレーニングをしたということであり、むしろ三十分しか継続できないトレーニングをした、ということこそが重要なのである。

さらには、トレーニング種目についてはあまりこだわらず、むしろ同じ種目ばかりやっていると身体が馴れてしまって刺激が低下することになるから、例えば他の利用者がバーベル種目を使っていてふさがっていたら、空くのを待っているのではなく、ダンベルやマシンに切り替えるなど、柔軟に対応した方がそれが筋肉にとっては新鮮な刺激となり、成長ホルモンの分泌を促して好結果をもたらす、といったことも知った。その他、栄養摂取などについても徐々に知識を仕入れてゆくことも含め、筋トレは根性でやるものではなく、頭脳でやるものだという事実は、隼にとって新鮮で、新しい景色が見えてきたような気分だった。

ジム利用者の多くは健康や運動不足解消、あるいは暇つぶし目的のようだったが、ときどき明らかにボディビル体型で全身に日焼けを施した人や、アスリートタイプの人とも遭遇するようになり、話をする機会が増えた。そして、見た目が屈強そうな人ほど、トレーニングが真剣で気合いが入っている一方、休憩中は他の利用者さんたちに親切で、初心者や年配者には「先にいいですよ」と器具を譲ったり、バーベルのプレートを着脱する人に「手伝いましょう」と声をかけたり、トレーニング方法や栄養摂取について尋ねられたら判りやすく説明してあげたりと、山代さんが一人で何もかも会員たちに教えるのではなく、先輩が後輩にいいお手本を見せていた。そして誰かがベンチプレスなどで記録更新させたらみんなが拍手をしたり「頑張って続けてるからねー」とほめたりし、ジムに入って来た人が「こんにちは」とあいさつすると誰もが返事をしてくれ、帰るときには「失礼しまーす」「お疲れでしたー」と声をかけ合う。隼は筋トレで身体を動かすことの充実感を知っただけでなく、ジムのこの居心地のよさがすっかり気に入ると共に、以前の自分はなぜあんなにギスギスしていたのだろうと恥ずかしくなるのだった。

　ジム内の雰囲気に徐々に馴れて、他の会員ともトレーニングの合間に話をするようになったことで、誰もがさまざまな事情や動機があってここに来ているのだということにも気づかされた。去年からパワーリフティングの地方大会に出るようになったという営業職の中年男性は、パチスロのやり過ぎがたたって離婚、息子に会う機会が減ってしまい、このままではいけない、息子に強い父親を見せたいと思うようになり、今はパチスロに行く代わりに自分を確変《かくへん》させようとトレーニングに励んでいた。中学生のときにいじめで不登校になったという隼と同年代の男性は、自分を変えることで見返したい、そしていつか自分と同じ境遇の子どもたちにトレーニングの個別指導をする個人事業を始めたいと夢を語ってくれた。その他、みんなの前で生徒に腕相撲で負けて大恥をかいたのでリベンジしたいという塾講師の男性、夫婦で入会するつもりだったが夫が急死してしまい遺志を継いで夫の分もトレーニングをするつもりで来ているという年配女性などもいて、隼は自分がいかに他人のことを想像できない鈍感な人間だったのか、今ごろになってようやく気づかされた。

ジムで日々汗を流すようになると共に隼は、自分がやらないまま逃げていた問題について考えるようになっていた。どうすれば相手の居場所を調べられるかを考えた結果、山代さんとの会話中にしばしば「押忍《おす》」という言葉が出てきていた若い男性に「空手をやっている人ですか」と声をかけ、ボクシングをやっていた男性に以前迷惑をかけたことがあり、できれば会って謝りたいのだが知らないかという話を、あの男性の人相や体格などを交えて伝えてみたところ、自分には判らないがボクシング経験者も二人ほど同じ道場に来ているので聞いてみる、との返答をもらうことができた。

数日後、もし違っていたら申し訳ないのだがという前置きと共に、その男性は真手野《まての》重という名前の人ではないかと教えてもらった。学生時代に国体で表彰台に立ったことがある人で、今は長浜《ながはま》製材所というところで働いているのではないかという。場所を調べてみると、隼のアパートから意外と近くの、十キロほど北東にその製材所はあった。

その日は、昼前から強めの雨が降り出して少し気温が下がったはずだったが、湿度が上がったせいでかえって蒸し暑さを感じる午後となった。

夕方になって雨足は弱まったものの、小雨が続いていた。隼は長浜製材所に近いバス停で降り、傘をさして正門前に立った。スマホで時刻を確認すると、午後四時五十分。真手野氏の終業時間は午後五時以降だろうと予想してのことだったが、残業があるかもしれないので、一時間や二時間は待つつもりでいた。

五時を過ぎると徐々に従業員らしき人たちが事務所建物から姿を見せて、正門を通って出て行き始めた。男性が多いが女性もいる。ほとんどが中高年だった。

そろそろ五時二十分というところで、それらしき人物が現れた。傘ではなく、黄色いカッパの上下を着て、ママチャリに乗っている。雨のせいで地面の方に注意を向けているようで、カッパのフードの鼻から下しか見えなかったが、シャープな形のあごと無精ひげ、そして体格を見て確信を持った。

目の前を通り過ぎる寸前に「真手野さん」と声をかけると、彼は「え？」と答えてブレーキをかけた。雨のせいでブレーキの効きが少し悪かったようで、甲高《かんだか》いスリップ音と共に三メートルほど先で停まった。振り返って片手でフードを持ち上げた彼と目が合った。「あっ」と驚いた表情を見せて固まっている。相手が誰なのかすぐに気づいたようだった。

「牟田と申します。こんなところですみません」まだ雨は降っていたが隼は傘をたたんで深く頭を下げた。「人づてに、真手野さんがこちらでお仕事をされていると聞きまして、今さらですが、あのときのことを謝りたくて、恥ずかしながら参りました」

後頭部とうなじに生温かい雨がかかった。隼は、頭を下げながら、ゆっくりと呼吸をした。吸って、吐いて、吸って、吐いて……。

「いやいや……」と真手野氏の声がした。「そんなことしなくてもいいのに」

「いいえ。六年も前のことでしたが、ちゃんと謝らないで今まで生きてきたことを、大変恥ずかしく思っております。どうかお許しを――」

「はいはい」予想外に軽い調子の声だった。「判ったんで、もう頭を上げてください。他人が見たら、俺がいじめてるみたいに思われちゃうんで」

確かにそうかもしれない。頭を上げると、真手野氏がちょっと作ったような苦笑いをして、「傘もさして」と促したので、言葉に甘えることにした。

真手野氏が自転車を押して近づいて来て、「俺に謝るために、本当にわざわざ来たの？」と尋ねたので、「ええ」とうなずいた。

「どうやって調べたの、俺の職場を。そもそも名前とかも知らないはずじゃないの？警察は教えないでしょ」

そこで隼が、山代トレーニングセンターに来ている空手関係者に聞いてみたら、ボクシング経験者の知り合いにつながって教えてもらったことを伝えると、「へえ、探偵みたい」と笑った。しかし急に真面目な顔になって「いや、それはありがとう」と彼の方も頭を下げてくれた。「お陰で俺も気分がいいよ。まあ、今日はそう気分が悪かったわけじゃないけど、晩飯がさらに旨くなりそうだ」

製材所から出て来た中年女性が、傘の陰から少し不審げな顔を隼に向けてから、遠ざかって行った。

真手野氏は少し迷ったような表情を一瞬見せた後、「よかったら、その先の高架下で少し話しましょうか」と言ってくれたので、隼は「はい、ありがとうございます」とうなずき、自転車を押す真手野氏の横に並んだ。

JR線の上を通る国道の高架下に入った。そこだけ前後二十メートルほど、アスファルトが乾いていたが、通過した自転車によって濡れたタイヤ痕が描かれていた。

高架下の道の横には、金網フェンスで遮られた小さな水路があった。金網フェンスを見るとつい、補修した方がよさそうな場所を探してしまう。

水路に目をやると、薄暗い水面にときおり銀色に光るものがあり、小魚がヒラを打っているのだと判った。真手野氏もそれに気づいたようで、「田富瀬川《たぶせがわ》から流れてる水路なんで、水質がいいんだね。俺が小学生だったら、金網フェンスを乗り越えて網で獲るだろうな」と言った。

真手野氏は金網フェンスに沿って自転車を停め、二人で水路を見下ろした。

「あのとき現場に駆けつけたお巡りさん、覚えてる？」と真手野氏が言った。「俺と同年代ぐらいの人だったけど。きりっとしたイケメンで」

「ええ、覚えてます。パトカーの中でその人から事情聴取されましたから。そのときに、人生を大切にしろ、みたいなことを言われたのが印象に残ってます」

「へえ、そうだったの」真手野氏は顔を向けて二回うなずいた。「あの人、その二、三年後に亡くなったんだよ。急性骨髄性白血病で」

「えっ」今度は隼の方が顔を向けた。「本当ですか」

「ああ。俺はムタさんとああいうことがあった後、たまたま居酒屋であの人に再会してね、それからもときどき同じ店で顔を合わせてたんだわ。といっても、ああどうもとか、お疲れ様っすって感じのあいさつをするだけだったんだけどね。それが、ある時期を境に見かけなくなったんで店の大将に聞いてみたら、亡くなったって教えてもらって」

「そうでしたか……残念ですね」

「うん」

しばらく間ができた。高架橋の上を大型トラックが通ったようで、リズミカルな振動音が聞こえる。

「ムタさんのムタっていう字は、福岡にある大牟田《おおむた》の牟田？」

「あ、はい、そうです」

「牟田さん、俺も悪かったって思ってたんだよ、あんときのことは」

「へ？」

「俺の方もあの日はちょっと仕事でトラブって、虫の居所が悪かったっていうか……だから、牟田さんとぶつかってごちゃごちゃ言われたときに、やってやろうかっていう気持ちになりかけちゃって」

「なりかけた？」

「つまり、手を出しそうになったわけ」

「なるほど。真手野さんがボクシングを使ってたら、俺は簡単にのびてたでしょうね」

「どうかね」真手野氏は苦笑して水路の方に視線を戻した。

「最初のパンチも、よけられたのにわざともらったんでしょう」

「いやいや」真手野氏はこちらを向かず、水路を見つめたままだった。眉間の上あたりのカッパのフードから、雨が一滴落ちた。

「絶対にそうですよ。理由も判ります。素人相手に一方的に殴ったりしたら加害者になってしまう。ボクシング経験がある人が殴ると、凶器を使って殴ったのと同等に扱われて罪が重くなる。だからまずは一発殴らせてから、正当防衛っていう形でボコボコにしてやろうと思ったけれど、すぐに思い直した。最初の一発目も、ダメージなんてなかったでしょ。ボクシングでいう、顔をそむけながらパンチを受ける、スウェーっていう技術だ」

「…………」真手野氏はやはり顔を向けなかったが、苦笑していることが判った。

「で、痛めつけるようなことはしない代わりに、ちょっと遊んでやろう、からかってやろうと。あの後、一発も当てられなかったのは、真手野さんにとってはお茶の子さいさい。見事に翻弄《ほんろう》されました」

「いや、大人げないことをして申し訳ない。さぞや悔しい思いをされたと思います」

真手野氏はようやくこちらを向き、少し改まった表情で頭を下げた。

「いえ、謝るのはこっちの方なんで」と隼も頭を下げた。

真手野氏が右手を差し出したので、隼は両手で握り返した。ごつごつした手のひらだが、温かみが伝わって来た。

真手野氏はこれから竹原町《たけはらちょう》の方に帰るというので、隼はそこで「お時間を取らせてすみませんでした」ともう一度頭を下げて見送った。竹原町方面ならバス路線がいくつか通っているので隼もそちらに向かうつもりだったが、自転車の真手野氏に徒歩で一緒に行きましょうとは言えない。

真手野氏の姿が見えなくなってしばらく歩くうちに雨がやんだ。隼は「よかった、よかった」とつぶやいた。

竹原町の国道沿いにあるガソリンスタンド前のバス停に立っているとき、向こう側の歩道を歩く真手野氏を見つけた。カッパはもう着てなくてジャージ姿だった。小学生ぐらいの男の子が一緒で、その子はマジックに似た模様の子犬を連れていた。息子だろうか。へえ、彼も犬を飼ってたのか。妙な偶然が重なることに、隼は不思議な思いにかられた。

男の子が振り返って、真手野氏に何か言っている。二人とも笑っていて、楽しそうだった。隼は「アパートに帰って、俺は俺でマジックと散歩だな」と口にした。

乗る予定のバスが近づいて来たが、手前の交差点で信号待ち停止した。

と思っていると目の前に黒いベンツが停まって、助手席側の窓が下りた。運転席にいた高瀬氏が笑って手招きしている。乗せてやる、ということらしい。隼はぺこりと一礼して、助手席のドアを引き、乗り込んだ。

発進してすぐに「アパートに帰るところ?」と聞かれ、「はい」とうなずくと、高瀬氏は「丁度よかった。俺もいったん家に戻るところだったから」と笑った。

「すみません、濡れた傘持ってて」

「気にしなくていいよ、そんなこと」

「お仕事の途中だったんですか」

「うん。いろいろ物件を見て回ったり、取引先に会ったりしなきゃいけないからね」

ベンツに乗るのは初めての経験だった。車内は広く、座席の居心地もさすがと思える感触である。

「最近、河畔公園で会いませんね」と隼が言うと、高瀬氏は「仕事が不規則だからねー。

週に三回ぐらいはウォーキングをしに行ってはいるんだけど、どうしても時間帯がまちまちになっちゃって。ところであのワンちゃん、飼い主は見つかった?」

「いいえ。河畔公園で出会ったんで、毎日連れて行ってるんですけど、いっこうに」

「飼い主に何かあったのかなあ……」

「どうなんでしょうね」

「ずっと牟田さんが預からなきゃいけないっていうのも、迷惑な話だよね」

「ええ……」心の中で、迷惑には思ってませんがね、と訂正した。

「仕事の方はどう?」

「お陰様で、生活できるぐらいにはいただいてます。新新の大将は料理を食わせてくれますし、アスファルトとかの補修作業も、口コミでお客さんを紹介してもらって、最近は雨樋の掃除とか庭の草むしりとか、そういうことも頼まれるようになって」

「あはは。便利屋さんになっちゃったね」

「ええ、でも自分には向いてる仕事だと感じてるんで、楽しんでやらせてもらってます」

「そりゃよかった……ところで牟田さんは、なんでさっきあそこにいたの? 別に詮索するつもりはないんだけど、アスファルトの補修などはママチャリで移動してんでしょ」

少し迷ったが、高瀬氏はある意味、恩人だから、ごまかしたりしないで正直に言うことにした。

ざっと説明すると、高瀬氏は「偉いっ」と大声に近い声の張り方をした。「それが男のけじめってやつだよね。牟田さんに最初に会ったとき、ちょっと昔の自分を見てるみたいだ、的なことを言っちゃったけど、俺の目に狂いはなかったよ。偉いなあ」

隼は「あはは」と作り笑いを返すしかなかった。

「じゃあ、この仕事も牟田さんに相談してみるか……」と高瀬氏が言ったので、隼は「は?」と聞き返した。

「いやね、先日飲食店オーナーの集まりに顔を出したときにさ、市内で小さな炉端《ろばた》焼き屋、まあ、居酒屋だね。オーナーから店を借りてやってる年寄り夫婦がいるんだけどさ、新新の後片付けや掃除を代行してくれてる人がいるっていう話を聞いて、うちもその人に頼めないかって言ってきてるんだよ。ただねー、牟田さん、もともとちゃんとした就職先を探してるって言ってたから、ほら、あんまり頼むと就職活動ができなくなってしまうだろうからさ」

「どの辺にあるんですか」と尋ねてみると、新新と方向が反対側だったが、ママチャリで十数分で行けるところだった。仕事をする時間帯については、夕方の開店時間に間に合えばいつでも構わないという。

隼が「いえ、喜んでやらせてもらいますよ」と言うと、高瀬氏は「え、本当に？」と声が少し高くなった。「でも、俺に気兼ねしてるんだったら――」

「いえいえ、そうじゃないんです。実は俺、飲食店の後片付けとか、アスファルトやコンクリートの補修とか、単純だけど丁寧に仕事をすれば喜んでもらえるし、他人からあしろこうしろと指図もされないので、気に入っちゃいまして。会社に就職するんじゃなくて、こういう仕事の幅を広げていけばいいじゃないかと今は思ってるんです」

「あ、そう。だったら炉端焼き屋の大将に伝えとくよ。そこも新新と同じで、大将がもうしんどいからそろそろ店じまいをしたいと言い始めてるんだけど、常連客たちが許してくれないんだって。後片付けと掃除だけのバイト募集もしてるんだけど、全く連絡がこないって。まあそうだろうね、若いコたちはバイト先で同年代の友人ができたり恋愛につながったりといったことも期待するもんだし、一人で黙々とやらなきゃいけない仕事ってのは、どうしたってねえ」

「でも俺みたいな変わり者にとってはウェルカムの仕事ですよ」

高瀬氏は「何ごとも適材適所ってことだね」と笑ってうなずいた。

隼たちが住む区域に近づいて来たときに、高瀬氏が「うちでも犬を飼うことになりそうだよ」と言った。「下の娘から飼いたい、飼いたいって頼まれてたんだけど、死なれたときのつらさを俺は知ってるからさ、ダメだって言ってたのよ。するとあいつ、家で俺を避けるような態度を取り始めちゃって。話しかけてもろくに返事しないし、俺がリビングに行くと自分の部屋に行っちゃうしで。でも牟田さんが迷い犬と一緒にいるのを見て、やっぱりいいもんだなあってなってきちゃって」

「じゃあ、俺のせいですか」

「まあ、そうなるかね」高瀬氏は短く笑った。「それでつい数日前に、ちゃんと面倒見るって約束するなら飼ってもいいって言ったら、もう満面の笑みで、やったーって拍手しながら飛び跳ねちゃって、兄ちゃんまで一緒になって大喜び。高いゲーム機を買ってやったときでもあんなに喜んでなかったよ」

「あははは」

「で、次の日曜日にペットショップに行こうって言ったんだけど、娘も兄ちゃんも、ペットショップじゃなくて保護犬がいいって。何でって聞いたら、何ちゃらっていう人気アイドルグループのイケメン男子が動物番組に出てて、虐待されて人に心を開かなくなった保護犬の面倒を見るっていうコーナーがあって、特に娘の方が感化されたみたいで」

「へえ。でも立派な考えを持った娘さんですね」

「ああ。だからペットショップじゃなくて、保護犬を預かってる団体の施設に行ってみることになったよ」高瀬氏はそう言ってから、歯の隙間から息を吸い込む音をさせた。

「俺は犬好きだとは言っても、見栄を張ることを優先させちゃってたんだよね。どうせ飼うんだったらついでに他の飼い主より格上、マウントを取りたい、みたいな。アイドルの影響だとはいえ、そこを娘からちょっと説教されちゃったよ。お父さん、どれだけたくさんの犬たちが飼育放棄されたり虐待されたりしてるか知らないのって。血統書付きの犬はおカネ持ちの誰かが飼ってくれるけど、同じ犬なのにひどい目に遭って助けを求めてるコたちがいるのを何とも思わないのかって。だから、すみませんって頭下げたよ」高瀬氏は軽く肩をすくめながらぺろっと舌を出してから、「でも何かちょっと納得できてねえんだよなー。犬を飼ってもいいって許可を出したのに叱られるって何だよ」とつけ加えた。

ふと北の空を見ると、左半分が欠けてる虹がかかっていた。

アパートに戻ると、畳の上で横になっていたマジックが起き上がり、両前足をぐいっと出して伸びをしてから、ちょこんと座った。こいつはいつもこれだ。これまで一度も、尻尾を振ってまとわりついてきたり、飛びつこうとしてきたりしたことはない。ネットで調べてみたところ、柴犬というのはマイペースで、ボールを投げても追いかけないし、遊んでくれとせがんできたりもしない個体が多いという。マジックは雑種犬らしいが、見た目からして柴犬の血が濃いようだから、そういう気質を持っているのだろう。

「マジックさんよ。あんたのお陰でまた仕事が入ったよ。贅沢しなきゃちょっとずつカネも貯めていけるかなってとこまできたよ。あと、ずっと謝ってなかった人に会いに行って、頭を下げて、握手をしてきた。あんたと出会わなかったらそんな気持ちにさえならないまんまだっただろうと思う。あんた、おとなしくて何にもしてない犬って感じなのに、知らないうちに俺に影響与えて、何か魔法使いみたいだな」

何を言ってるんだ？　みたいな感じでマジックは目を細くして見返している。

首の周りを両手でなでてからハグし、それからぽんぽんと背中を軽く叩いた。

「礼を言ってるんだよ。といっても言葉は判んねえよな。そうだ、散歩から帰った後、犬専用のちゃんとしたリードを買ってやるよ。それと、上等の犬用のおやつも」

マジックは興味なさそうにあくびをして見せた。

散歩に連れ出して、河畔公園に入った。暑さの上に雨で草木が濡れたこともあり、中央の芝生広場には誰もおらず、ウォーキングや犬の散歩をする人たちはみんな木陰の遊歩道を行き来している。

ちょいちょい会う、白い毛がふさふさの犬を連れた中年男性が前方からやって来た。互いに気づいて、道の端と端に離れて、「こんにちは」と会釈《えしやく》してすれ違う。白い犬は、ある程度の距離があると吠えてこない。

遊具が集まっている場所に近いベンチに、六十代後半ぐらいと思われる白髪でシマウマ柄のアロハシャツみたいなのを着た年配女性と、黄色いTシャツの孫らしき幼稚園ぐらいの男の子が座っていた。男の子は紙パックのジュースらしきものをストローで飲んでいたが、こちらに気づいて「犬がいる、犬」と指さした。おばあちゃんは「ダメダメ」と男の子を片手で制して行かせまいとしたが、男の子は紙パックを持ったままベンチから降りた。隼が「こんにちは」と片手を振ると、男の子は隼の顔をガン見しながら手を小さく振った。知らない大人の男性が話しかけたせいでちょっと緊張させてしまったらしい。

数メートル前で隼は止まり、「犬、触りたい？　いいよ」と言うと、男の子は振り返った。おばあちゃんから「いいんですか」と聞かれ、「ええ、おとなしいコなんで大丈夫」と答えると、おばあちゃんが「いいんだって」とうなずいた。男の子はこちらに向き直って数歩近づいたが、手前まで来るとちょっとビビったようで、立ち止まった。

隼がしゃがんでお座りをしているマジックの首周りを片手でなでてやり、「こうやってみて」と笑いかけると、ようやく男の子は片手を出してマジックの首に触れた。「ふかふかだ」と男の子が笑い、後ろを振り返る。すぐ後ろに近づいて来ていたおばあちゃんも「よかったねー」とうなずいた。

男の子はその後、おばあちゃんに紙パックを渡して、マジックの首周りや背中をなでた。一度、頭を手のひらで叩いたときはおばあちゃんから「頭を叩いたらダメ。キヨくんもされたらイヤでしょ」と注意されていた。

男の子は満足したようで、おばあちゃんに片手を突き出して紙パックを受け取り、ストローをくわえながらマジックを興味津々という感じで眺めた。隼が立ち上がって「じゃあね、ばいばい」と片手を振ると、男の子は黙って隼に小さく手を振り返してから、マジックに向かって「犬、バイバイ」と大きく手を振った。おばあちゃんは「犬、バイバイって……ワンちゃん、バイバイでしょ」と苦笑した。

おばあちゃんから「ありがとうございました」と言われ、「いいえ、お安いご用ですよ」と答えて歩き出すと、再び男の子が後ろから「バイバーイ」と声をかけてきたので、隼は歩きながら横顔を見せて片手を振り返した。

自分一人だけだったら、見ず知らずの初老女性とその孫に出会ったところで言葉をかけ合うことも、笑顔で手を振って別れるようなこともなく、ほとんど視界にも入らず記憶にも残らないまますれ違っていたに違いない。ところがマジックがいるだけで日常に変化が起こり、人々の気持ちがなごみ、世界がちょっと違って見えてくる。

「マジックさん、あんたと一緒の場合とそうでない場合とは、まるでパラレルワールドみたいに違ってくるんだよなあ」

マジックは知らん顔で歩いている。

その後、今日はマジックがなかなかウンチをしないなあと思ううち、隼自身の腹の具合が悪くなってきた。数時間前、雨の中で真手野氏の退勤を待ったり、その後も高架下でしばらく話をしたりしたせいで、身体を冷やしてしまったことが今ごろになって腹の具合に影響してしまったようである。

遊歩道のカーブを曲がった先にトイレがあったはずだ。いったん腹の調子を気にし始めると、便意の波が急に押し寄せてきた。隼は少し早足になった。

トイレに到着し、リードを付近にあった細い木の幹にくくりつけた。

「マジックさん、ちょっと待ってて。すぐ戻るから」と言い置いて、トイレへ駆け込んだ。

幸い、個室は空いており、間に合った。

しかし、トイレから出ると、マジックの姿がなかった。リードは細い木の幹にくくられたまま。近づいてみると、首輪のリングに固結びをしてあったはずのロープの先端がほどけて芝生の上に横たわっていた。

「えーっ、何でだよ」

隼は周辺を見回したが、マジックはどこにも見えない。足跡が残っていないだろうかと思ったが、舗装された歩道はさきほどまでの雨のせいで全体が濡れていて判らない。

「マジックっ」と大きな声で周辺を小走りで周り、ウォーキング中の人や犬の散歩をしている人と出会うたびに、黒柴ふうの中型犬を見かけなかったかと尋ねたが、誰からも見ていない、知らないと言われた。

河畔公園内を二周したが、マジックはどこにも見つからない。息が切れて汗だくになっていた隼は、ベンチに腰を下ろした。呼吸が苦しくて、心臓も激しく鼓動していた。辺りが暗くなってきていた。隼はさらにもう一度、河畔公園を一周したが、やはりマジックの姿はどこにもなかった。「何でだよぉ」「どこ行ったんだよっ」などと言いながら公園内を歩くうち、頭の隅ではマジックは自分の意思で消えたんじゃないかという気がし始めていた。もともとここでマジックと出会ったときに、飼い主が見つからなかったというのも妙だ。あいつには本当は飼い主なんかいなくて、気ままに放浪していて、誰かを元気づけたり進むべき方向を示したりして、役目が終わったらまたどこかに旅立ってゆく、そういうことをやっている不思議な犬なんじゃないか。

「ないない、そんな犬がいるかよ」

隼は舌打ちして手の甲で額の汗をぬぐった。しかし言葉とは裏腹に、そもそもマジックなんていなかったんじゃないか、幻覚か夢でも見ていたんじゃないかという気さえしてきた。いったんそういうことを考え始めると、思考がどんどん変な方に行ってしまいそうだった。

何なんだよ、あいつは……。

完全に夜になり、とぼとぼとアパートに帰る途中、高瀬氏宅の前を通ったときに、ちょうどガレージにベンツがバックで入って、シャッターが下りているところだった。ベンツのライトが消えた直後、下りていたシャッターが途中で止まった。隼は無視して通り過ぎたが、後ろから「牟田さん」と声がかかった。

振り返ると、ベンツから降りてシャッターからくぐり出て来た高瀬氏が近づきながら「さっきの炉端焼き屋の件なんですけど、あちらの大将も女将さんも是非お願い――」と言いかけて、「どうかしたの？　汗だくで、何か顔色がよくないみたいだけど」と表情を曇らせた。

マジックが消えた経緯について簡単に話すと、高瀬氏は「えっ」と目をむいてから、「うーん……もしかしたら、牟田さんがトイレに入っている間にたまたま元の飼い主がやって来て、辺りを見回したけど誰もいないんでそのまま連れ帰った、とか」と言い、「そうとしか考えられない、かなあ」と腕組みをして頭をかしげた。

隼が「飼い主のところに戻ったんなら、それでいいんですけど……」と答えると、高瀬氏は「うん、そうだと思うよ、俺は」とうなずいた。そういうことにしとこうよ、あんたが悪いんじゃないんだから、という意味合いを感じる言い方だった。

アパートに帰ると、マジックのドッグフードの袋も、水入れやエサ入れも、広げた新聞紙の上にちゃんとあった。隼は「確かに存在してたんだよなー」とつぶやいて、畳の上に大《だい》の字になった。すぐにシャワーを浴びるつもりだったのに、いったん寝転んだら起き上がるのがおっくうになってきた。

右手の指が、畳の上にある小さな異物を感じた。見ないで触覚だけでそれをつまみ、顔の前に持ってくる。マジックの毛だった。黒いのと白っぽいのとが混ざっていた。

その夜、新新の後片付けや掃除を終えて帰宅した隼は、缶酎ハイを痛飲して、無理矢理意識を失わせるようにして眠りに落ちた。

翌日の朝、いつもの時間に河畔公園に行ってもう一度探してみたが、マジックを見つけることはできなかった。夕方にも再び行ってみたがやはりいなかった。ママチャリで仕事の行き帰りの途中も、スーパーへの買い物の途中も、どこかにマジックはいないかときょろきょろしたが、すべて徒労に終わった。

三日ほどそんな状態が続いたが、その間に徐々に、マジックはもう戻っては来ないだろうという気持ちに傾いてきて、そうするうちに元の日常へと戻ってゆくのだろうなと隼は考えたが、すぐにいやそうではないと思い直した。

マジックがいなくなっても、決して元の自分に戻るわけではない。自分に向いている仕事も得たし、筋トレも始めたし、そもそも以前の自分のようにささいなことでカッとなることはなくなったのだから。元の人生なんかではなく、新しい人生を始めているのだ。

それもこれもマジックのお陰。いなくなったことについて恨《うら》み節を口にしたりしたらバチが当たる。マジックとの出会いに感謝しなければ。

その日の就寝前の缶酎ハイは、ここ数日と違って多少は旨いと感じることができた。


日曜日の午後、ママチャリで公営の健康増進センターに行き、サウナで汗をかいてから水風呂に浸かって全身をしゃきっとさせるというルーティーンを三セットやり、帰宅して缶ビールを飲んだ。今日は深夜の新新での仕事しかないので日中は特にやることがなかった。炉端焼き屋の掃除や後片付けの仕事は来週から始めることになっている。

汗をかいた後のビールは全身で旨さを感じることができる。他に誰もいない安アパートの室内で隼は「旨いっ」とアニメ『鬼滅《きめつ》の刃《やいば》』に登場する煉獄《れんごく》杏寿郎《きょうじゅろう》の言い方を真似た。

ちょうど一缶を飲み終えたところでスマホにＬＩＮＥが来た。

高瀬氏からで、至急相談したいことがあるので今から電話しても構わないかというものだった。急な仕事だろうかと思いながら了解の返事をすると、すぐに電話がかかってきた。

「牟田さん、日曜日に申し訳ない」

高瀬氏の声は普段より大きく、誰かに会話内容をわざと聞かせているかのようだった。

「いいえ、大丈夫ですよ」

「今、娘と息子を連れて、ハッピーシェルターっていう施設に来てるんだわ。ほら、犬や猫を保護するボランティア団体の」

「あー、はいはい」そういえばそんな話を数日前に聞いた。

「それでねー、一応は柴犬風の子犬をもらうことで話がまとまったんだけど……娘がねー」

「はい」

「成長した中型犬で、ケージの中でものすごくおびえてるコが一頭いてさ、そのコも引き取りたいって聞かないんだわ」

「おびえてるってことは……あれですか」

「詳しい事情は団体の人も判らないって言うんだけど、多分人間からひどい目に遭わされたコなんじゃないかって。元の飼い主は病死したとかで」

「そうですか」

高瀬氏の娘は、アイドルが保護犬の面倒を見る番組に感化されて犬を飼いたいと言い出したそうだから、おびえているコを見て放っておけないのだろう。

「でも、そのコの面倒を見るのは大変でしょうね」

「そう、そう」高瀬氏は食い気味に同調した。「普通の犬を二頭飼うだけでも結構大変だろうに、一頭は人間不信に陥っててなついてくれないんだから」

「そういう犬を専門に預かって、人間は悪い存在じゃないよって教えるボランティアの人もいるって聞いてますがね」

「全国を探せばいるっちゃあいるんだけど、県内にはいないんだって」

「あー、そうですか。それはやっかいなことになりましたね」とうなずきながら隼は、これは要するに、娘の前で誰か知人に電話をかけて、そういう犬を引き取るのは素人《しろうと》には難しすぎるからやめた方がいい、という意見をもらって、娘を説得する材料にしたい、ということだな、と理解した。実際に迷い犬を預かっていた知り合いに相談してみる、などと娘には事前に言ってあるのだろう。

そこで隼が、やっぱりそれはやめておいた方が、と伝えようとしたときに、高瀬氏の方が先に「それで、あの、牟田さん」と言ってきた。「厚かましい相談なんだけど、そのコを頼めないかな」

「は？」言葉の意味がすぐには理解できなかった。

「あ、もちろん必要経費はすべてこっちで持つし、謝礼も払うから。一か月限定ってことでもいい。その間に少しでも、その犬の人間不信が治ったら安心して引き取ることができると思うから」

「つまり、何ですか。その犬を俺が預かって、人を怖がらないようにしてほしい、と」

「そう、そう、そういうこと。娘が今も泣いてて、手がつけられない状態で、兄ちゃんもこのコを置いては帰れないとか言い出して、ほとほと困ってて」

「俺に、できますかねえ、そんなこと……」と口にはしたが、マジックがいなくなって数日後のタイミングでこの話が来たことは、ただの偶然なんだろうかと隼は思った。

マジックは不思議な力を持った犬だった。あいつと出会ったお陰で冴えなかった人生がいい感じに転換できたし、性格まで変えられてしまった。そのマジックが急にいなくなったことにも、何か意味があるのだとしたら――。

犬から受けた恩は、犬に返せよ。

マジックがもし言葉を話せるとしたら、そう言うんじゃないか。


三十分ほど経って迎えに来た高瀬氏のベンツに乗り込んだ。隼が助手席のシートベルトを締めながら「ええと、子どもさんたちは……」と尋ねると、高瀬氏は「家に置いて来たよ。娘はもっかい一緒に行くって言ってたけど、一度に二つのことをしようとするんじゃなくて、お前は子犬の面倒をちゃんと見てやれって言ったら、一応は納得してくれて」と言ってから「牟田さん、こんなことに巻き込んで本当に申し訳ない」と上半身をこちらに向けて頭を下げた。

「いいえ、お役に立てるかどうか判りませんが、高瀬さんにはいろいろ借りがあるので、気にしないでください」

ハッピーシェルターの施設は、空港方面に向かう田畑が多い地区にあった。高瀬氏によると、以前は別の場所にある歯科医院だった建物を使っていたが、元は河川管理事務所だったというこの建物に最近移転したのだという。そういった説明をした上で高瀬氏は「行政側も、犬猫の殺処分を減らしたいという姿勢を見せようと、そういうボランティア団体には使わなくなった公共施設を優先的に提供してるみたいだね」とつけ加えた。

施設内に入ると、スタッフのユニフォームらしい蛍光ピンクの帽子と薄手のパーカー姿の女性から、「あれ、牟田君じゃない？」と言われて立ち止まった。

やや小柄で細い目。いたずらっぽい感じの笑顔には記憶があった。

「私、私」と彼女は自分の顔を指さした。「タケコバだよ、中一のときに同じクラスだった。一学期の間、隣の席だったじゃん。覚えてない？」

「ああ……」頭の中でタケコバが竹木場に変換された。下の名前は確か……早織《さおり》だ。隼の数学の点数が悪すぎて居残り授業を命じられたときに、一緒に残って教えてくれたのがこの竹木場だった。あの頃の隼はまだ髪型や服装などでとんがったりしておらず、それほどケンカっ早くもなかった。

「覚えてる、覚えてる」と隼はうなずいた。「あんときはにきび面だったよな」

「変なことだけ覚えてるねー、あんただって中二ぐらいからヤンキーになってたじゃん」

「若気《わかげ》の至りだよ。今はちゃんと真面目にやってるって」

「へえ、そうなんだ」

「竹木場は何でこういうことやるようになったの？」

「まあ、いろいろあって。ぱっと説明できることじゃないよ」

「ああ、そうかもな」

横にいた高瀬氏が「知り合い？」と聞いてきたので「中学の同級生です」と教えた。すると竹木場は「あら、じゃあもしかして、あのコを引き取ろうかって人、牟田君なの？」と目をむいた。「えーっ、大丈夫なの？　あんたヤンキーじゃん」

「だから、ガキのときだろうって、それ」

「ふーん、牟田君がねえ」竹木場は両手を腰に当てて、品定めをするようにじろじろと隼を眺めた。「確かに、あの頃とは違ってちゃんとした大人になってるっぽいけどね」

「余計なお世話だよ」

「さっき聞いたけど、迷い犬を預かってたことがあるんだって？」

「まあね」

「じゃあ、犬の飼い方自体は判ってるんだ」

「ああ。飼い方が判ってるっていうより、最初はかわいそうな犬の面倒を見てやるって気持ちだったのが、気がついたら俺の方が犬からいろいろ世話になったと感じてるよ」

「へえ、言うじゃん」竹木場は薄ら笑いを浮かべた。「でもあのコの世話はできるかなあ。普通の犬と違って、人間不信になっちゃってるよ。時間かかるかもよ」

「俺だって自信があるわけじゃないよ。でも、何の専門家でも最初は素人だっただろう」

「おー、中一のときはバカだったのに、頭よくなってるじゃん」竹木場が笑いながら拍手をした。

「いつまでもあの頃のことをいじるなよ。お前が一コ上の先輩にコクってソッコーで振られて泣いてたの、覚えてるぞ」

「あー、判った、判った、お互いもうやめよう」

ケージが集まっている部屋に案内された。子犬は人気があって早く引き取り手が見つかる、ということだろう、二十以上の大小のケージに入っているのは、成犬が多い。そして、人間に対してどういう態度を取ればいいのかという迷いが犬たちの様子から伝わってくる。寝ているけれど目だけは上目遣いで人間の様子を観察する犬、せわしなくケージの中をぐるぐる回っている犬、人間に気に入られようとして尻尾を振って近づいてくる犬。

部屋の隅にいた茶色の細い犬は、丸くなって小刻みに震えていた。洋犬の血が濃い雑種なのだろう。毛が短くて、耳がたれて、尻尾が短い。

「このコ?」と尋ねると、竹木場と高瀬氏が同時に「そう」と答えた。

「オスで、多分八歳ぐらい。エサは人が近くにいると食べないし、散歩に連れ出してもうれしそうにしないし、ウンチとおしっこしたらすぐに帰りたがるんだわ」と竹木場が言った。「最初は一部のスタッフしか触《さわ》れなくて、無理してなでたら身体が硬直してぶるぶる震えるし、それでも触ろうとしたら悲鳴みたいな声出してたんだ。最近になってやっと、ここのスタッフなら抱っこができるようになったけど、まだ喜んではいない感じ」

「ふーん」隼はケージの前にしゃがんだ。「名前はあるの?」

「一応、コエダって呼んでるけどね。カタカナで」

「小枝みたいに細くて茶色いからか?」

「まあね」

「安易なつけ方だな」

「あくまで飼い主が見つかるまで、スタッフが呼んでるだけだから。ほら、あんまり情が移ったら、別れるときにさ」

「ああ、なるほど」

ケージの中で丸くなったまま犬が視線を向けたので隼は「よう、相棒」と呼んでみたが、犬の方はすぐに顔を下げて前足で隠すようにした。だが隼が立ち上がるとまた顔を上げて見てきた。見下ろして視線を合わせるとまたそらす。目の前の人間に興味はあるけれど、警戒心は解くことができないでいるようだった。

竹木場が「最初の数日は、ここに通ってもらった方がいいと思う。やっとここのスタッフに馴れてきたところだから、急に環境が変わったらパニクるかもしれないんで」と言ってから「できる?」と聞いてきた。

「つまり、朝と夕方の散歩とか、エサやりのためにしばらくここに通って、このコが心を開いてきたかな、と判断できたら、うちに連れて行くっていう……」

「そういうこと」

「何日ぐらいかかるかな」

「やってみないと判んないね」竹木場は腕組みをして、ちょっと挑むような目を向けた。あんた、それぐらいのことができないのならやめときな――そんなところだろうか。

「判った。ママチャリで来られる距離だから大丈夫。腰を据えてこいつと向き合うことにするよ」

「判った。信用するから、しっかりお願いします」竹木場は少し神妙な態度で頭を下げてから、「うちらもしっかりサポートすっからね」と笑った。

帰りの車内で高瀬氏が「負担をかけることになって、すまないね。費用はちゃんと持つし、謝礼も払わせてもらうから」とあらためて言ってきたので隼は「いいえ。俺、やりたくてやるんで、そんなに気を遣わないでください。少し時間はかかるかもしれないけど、必ず人間は友達なんだってあのコに判ってもらって、娘さんたちに会わせます」と答えておいた。

　高瀬氏は「ありがとう」と答えてから、「あの同級生だったたっていうコ、しゃきしゃきしててかわいいね」と言った。

　竹木場は独身なんだろうか、彼氏はいるんだろうかといったことを何となく考えていたところだったので隼は少しドキッとなったが、「そうすか？」とわざとそっけなく答えておいた。


　その日の深夜、隼はいつものようにママチャリを漕いで新新に向かった。マジックがいなくなってしまってしばらくは沈んだ気分から抜け出せなかったが、ようやく気持ちを切り替えつつあるところで、コエダと呼ばれているあのコとの出会いがあった。

　犬から受けた恩義は、犬に返す。マジック、お前の言いたいことはもう判ってるからな。

　繁華街に入り、国道同士の交差点で信号待ちをしていたら、背後のパチンコ店駐車場から怒声が上がった。振り返ると、派手な柄物のシャツにシャリシャリの黒いパンツ姿で頭の側面にバリカンの縞模様が入った、いかにもチンピラ風の男が、白いジャージの上下を着た男性を蹴りつけていた。ジャージの男性は倒れていて、蹴りつけられて悲鳴を上げていた。柄シャツの男は「てめえで勝手にやっておきながら、何を人の名前出してんだよぉ、こらぁぁっ」と怒鳴りつけている。どうやら知人同士で、ジャージの方が何かやらかしてしまい、ツレだか兄貴分だか知らないが柄シャツの怒りを買ってしまった、ということのようだった。柄シャツの男は「どう落とし前つける気だ、ああっ?」とさらにサッカーボールキックを放ち、それがジャージの男の腹にめりこんだ。ジャージの男が少し胃の中の物を吐いたようだった。交差点には十数人がいて、ほとんどがその様子を見ており、女性の一人が悲鳴を上げた。それを機に数人がその場から遠ざかり、別の数人はそんな騒動は知りませんとばかりに信号機の方に向き直った。にやついた顔で何やら話しながら見物している若い男たちもいる。うち一人が、目立たないようにスマホで撮影をし始めた。今やちょっとしたアクシデント動画も簡単にネット上にアップされる時代である。

どういう事情であの男が相手を蹴りつけているのかは知らない。もっともな事情があるのかどうかも判らない。そんなことはどうでもいいことだった。

やり過ぎると、取り返しのつかないことになるかもしれない、ということが問題だった。感情を抑えられずに爆発させて、一度しかない人生を棒に振ってしまった人間が少なからずいる。

隼はまたがっていたママチャリから降りて、スタンドを立てた。ゆっくりと息を吸い、吐きながら、そちらに歩み寄った。

柄シャツの男が、獣が威嚇《いかく》してくるような表情を向けてきた。

「おにいさん、あんまりやったらその人、死んじゃうよ」

そう言うと、相手は「何だ、てめえはっ」と唾を飛ばした。

隼がさらに近づくと、想定外の行動に戸惑ったようで、相手は一歩後ろに下がった。さらに一歩。

横向きに倒れているジャージの男の片腕をつかんで、「あんた、大丈夫か？」と問いかけたが、男は荒い息をしながらうめき声を上げただけだった。鼻血で顔が真っ赤で、目の周りは腫れていた。

「関係ねえやつが邪魔してんじゃねえぞ、こらぁぁっ」

かがんだ姿勢だった隼は、相手から蹴りつけられて左肩に衝撃を受け、尻餅をついた。来ることを想定して構えていたせいで、威力を殺すことができた。ボクシングで言うところのスウェー。しかし隼はわざと派手に転んで「痛《いて》ぇーっ」と叫んだ。

立ち上がり、振り返って大声で「みなさん、見ましたよねーっ。今この人、何もしてない私を蹴りましたよーっ。どなたか警察呼んでくださーいっ」と呼びかけた。

「殺すぞ、こらぁぁっ」

相手が近づいて来たので隼は両手を上げて大声で「あんたとやるなんて言ってねえだろ。無抵抗の、見ず知らずの相手を殴んのか？」と言うと、目の前で止まった。

「どういうつもりだ、この野郎」と相手は今にもやってやるぞという感じで、胸の前で拳を固めた。

「あんた、刑務所入ったこと、あんのか？」

「ああ？」相手の表情が、怒りから困惑へと変わってゆく。

「朝から晩まで看守に命令されて怒鳴られて、きついぞぉ。何年も我慢して、やっと外に出られても、それからの人生は大変だ。ツレたちが心配してくれるか？　バカなことやりやがったと笑われるだけだ。家族も犯罪者の兄弟だ親だと後ろ指さされる。それでもまだやんのか？」

多少は言葉が届いたようだった。柄シャツの男は、ちっと舌打ちしてきびすを返した。最初のうちは余裕カマしてる感じでゆっくり歩いていたが、徐々に早足になった。

相手が見えなくなったとき、ジャージの男がふらふらと立ち上がった。

「大丈夫かね、あんた」と尋ねると、男は力なくうなずいた。何かつぶやいたようだったが、聞こえなかった。

そのとき、背後からぱらぱらと拍手が起きた。ふり向くと、交差点にいた何人かの男性たちで、「カッコいい」「しびれた」と声が上がった。結構酒が入っているらしい。

「いやいや、それほどでも」

隼が半笑いで両手を上げると、さらに拍手の数が増えた。妙にうれしくなった隼は、左手を腰の後ろに回し、右手は腹の前で曲げて、マタドール風のお辞儀をした。さらなる拍手と口笛。

何だ、こりゃ。だがちょっといい気分。

マジックさんよ、あんたのお陰で、こういう対処法があるってことに気づくことができたよ。ありがとさん。

秋

リビングのソファでスマホをいじっていた真手野労《つとむ》は、画面をよく見ようと老眼鏡をずり上げ、顔を近づけたり離したりした。老眼鏡は最初のうちは見えているのだが、自分の目に合ってないのか、次第にぼやけてくることが多い。特にスマホ画面を見ているときはそうだ。

「ん？」という労の声に、背もたれを倒したマッサージチェアに横たわっていた妻のかずこが目を閉じたまま「どうかしたの？」と聞いてきた。

「この動画に映ってる若い男性、夏に会った人に似てるんだわ」

「あら、そうなの」

かずこの間延びした言い方は、何ごとにも興味がなさそうに感じられる。実際、かずこはあまり労に対して要求したり相談したりせず、事後報告として聞かされることが多い。去年、風呂のガス給湯器を取り替えたときも業者がやって来たときに初めて知り、尋ねてみると、「とうとう壊れちゃったのよ」と聞かされた。確かに事前に言われていたとしても、「じゃあ取り替えるしかないな」と答えるだけだから、そのことに不満を募らせても仕方がない。

長年にわたって警察官を務めたことも、こういう夫婦関係になった原因だろう。ずっと仕事人間で、家庭のことはかずこに任せっきりだった。今さらガス給湯器のことをなんで教えてくれなかったのか、などとごねたって仕方がない。仮にそういう言葉を口にしたとしても、かずこの返事は「あら、そうだったの」に決まっている。

労はスマホを近づけたり遠ざけたりして眺めてから、画像を少し拡大させる操作をしてみた。やっぱり似てる。プロボクシングの試合動画をいくつか見た後、関連動画として横に表示されていたハプニング動画などをランダムに再生させるうちに、この動画にたどり着いたのだった。

「夏に、練りわさびが切れてたことがあっただろう。お前が今夜は刺身だって言ったから、わさびはまだあったかって俺が聞いて、そしたらないって判って」

「そうだったかしら」

「それで、俺が散歩ついでに買って来るって」

「ふーん」

「そのときにたまたま出会った若い男性がさ、何でか知らないんだがガードレールを蹴りつけたみたいなんだわ。腹が立つことでもあって、八つ当たりをしたんじゃないかと思う」

「腹が立ってもガードレールを蹴ってはダメよね」

心の中で、ああそうだよと軽く舌打ちしながら「ところが雨が上がった後だったんで、ガードレールが濡れてたんだろうな。蹴りつけたと思ったら足をすべらせて、見事に尻餅をついたよ、その人」

「あら」かずこは目を閉じたまま、うふふと笑った。「マンガみたいね」

「しかも水たまりの上に尻餅ついたから、泣きっ面にハチだ。手に持ってたスマホも落としたみたいだった」

「それはちょっと気の毒ね」

「それで俺が近づいて、大丈夫ですかって声かけたんだが、何だか無愛想っていうか、睨みつけてくる感じの態度だったよ」

「格好悪いところを見られたから、構わないでほしかったんじゃないの？」

「まあ、そうなのかもな」

警察官を長年やってきたせいで、犯罪を起こしそうな雰囲気を持った人物というのはある程度判る。詐欺師は詐欺師の特徴があり、窃盗犯には窃盗犯の特徴がある。あの男には、粗暴犯の匂いを少し感じたのだ。

かずこは、その男の人がユーチューブ動画でもやってるのか、どんな動画なのか、などとは聞いてこなかった。やはり興味がないか、既にうたた寝状態に入っているかのどちらかだろう。

そのユーチューブ動画は、繁華街の交差点付近で、派手な柄物シャツを着たチンピラ風の男が、倒れている白いジャージの男性を蹴りつけているところから始まっていた。暴力シーンなどはコンプライアンスに引っかかるのではないかと思うのだが、路上でのケンカの映像などは無数に垂れ流されているのが現状で、これもその一つなのだろう。そこへあの男性が近づいて行き、柄シャツに何やら話しかけ、ジャージの男性を助け起こそうとしたのだが、柄シャツはその男性の肩の辺りを蹴りつけた。男性は派手に尻餅をついたがすぐに立ち上がり、撮影者の方に振り返って「みなさん、見ましたよねーっ。今この人、何もしてない私を蹴りましたよーっ。どなたか警察呼んでくださーいっ」と大声で呼びかけた。その後、さらに男性は柄シャツに何かを言ったところ、柄シャツは表情に動揺が表れて、その場から立ち去った。すると撮影者の周辺から拍手が湧き、「カッコいい」「しびれた」などと声がかかり、男性は両手を上げて笑顔でそれに応え、さらには闘牛士がやるようなお辞儀をして見せ、場を沸かせていた。

労は、ちゃんとしたスポーツとしてのボクシングや格闘技ならともかく、ケンカの動画をわざわざ見たいとは思わない。それでも再生させてみたのは、タイトルが〔花房通《はなぶさ》りのケンカを止めた粋《いき》なお兄さん〕というものだったからである。花房通りは地元の繁華街の名称であり、近隣での出来事らしいということで興味を持ったのだった。

映像の背景に見えるパチンコ店とその駐車場は、確かに花房通りにあるもののようだ。

そしてケンカを仲裁した男性は、夏にたまたま遭遇した人物に似ている。

となると、ちょっとつじつまが合わないような気がする。夏に会ったあの男性には、粗暴犯の匂いがした。暴力事件の加害者として動画に登場するのなら判るのだが、あんなふうにケンカの仲裁をすることには違和感がある。

動画は盆過ぎにアップされている。ということは、あの男性がガードレールを蹴りつけようとして転倒した場面に遭遇してから、一か月ぐらいしか経っていないのではないか。あれは七月のいつ頃だったか……。

短期間のうちに彼に何かがあって、性格が変わったとか。

そのとき、ヤラセ動画の可能性に気づいた。だとしたら納得できる。最近は視聴回数を稼ぐために、仕込まれたハプニングの動画も多いと聞いている。つまり、この動画の加害者も被害者も、仲裁した男性もグルで、演技をしていただけ。

いや……。労はもう一度動画を再生させてみた。

加害者は本気で蹴りつけてるように見える。つま先が被害者の腹にめり込んでいるではないか。あるいは腹に衝撃吸収素材のクッションでも仕込んでいるのか？

もしかして、警察官としての眼力《がんりき》や嗅覚が衰えてしまって、夏に出会った男性を勝手に偏見の目で見てしまったのだろうか。現役を離れて十年も経つのだから、そういう可能性もなくはない。

労は面倒臭くなって、考えるのをやめた。今の自分には関係のないことだ。もし本物の傷害事件であれば、被害届なり目撃者の通報などを経て県警が捜査するだけのことだ。

そもそも、粗暴犯の匂いがする人物だって、情にもろい一面があってもおかしくはないし、善良な行いをすることだって普通にある。逆に、普段は真面目でおとなしい人間が何かのきっかけで豹変《ひょうへん》し、残虐な事件の加害者になることだってある。警察官としての眼力や嗅覚に自信を持ち過ぎると、事件捜査の方向性を見誤ることになる。部下や後輩に口を酸っぱくして言ってきたことではないか。

マッサージチェアの音が止まり、機械音と共に背もたれが上昇し始めた。かずこは「うーん」と両腕を上に伸ばしてから「ふう」と息を吐いた。

「寝てたのか?」

「そうね。うとうとしてたみたい」かずこは壁の時計に目をやり、「あら、もうこんな時間」とひじ掛けに両手をついて腰を浮かせた。

「買い物か?」

「切り絵教室。帰りに買い物もしてくるから。もう十月だけど、まだ暑いからあなたが好きな鍋料理はできないわね。何か食べたいものある?」

「いいや、特にはない」

「じゃあ、適当に買って来るわね」

かずこに料理のリクエストをしても、スーパーで安くて新鮮な材料を見つけると変更してしまうことがよくある。それだけでなく、作り始めたときに考えていたメニューを忘れてしまって別の料理を作ってしまうことだってある。先日は肉じゃがを作ると言っていたのに出てきたのはカレーだった。そのときかずこは「手を動かしてるうちに頭の中がカレーになっちゃったのよ」と笑っていた。

かずこは隣の和室に移動してふすまを閉めた。切り絵教室に行くために着替えをしているらしい物音が聞こえていたが、「あ、さっきの話だけど」と声がした。

「さっきの話?」

てっきりあの動画のことだと思って説明をしようとしたら、かずこは「重のことよ。会うでしょ」と続けた。

「ああ……」

「相手の女性、ちゃんとした人よ」

「中学だかの元同級生だと言ってたよな」

「そう」

先月ぐらいにかずこから聞いた話である。重は同じ県内に住んでいるのに労は何年も顔を合わせておらず、連絡も取り合っていないが、かずこの方はＬＩＮＥで頻繁に情報交換している様子である。

重がつき合っているという女性はシングルマザーで、小四の息子がいるという。別に結婚に反対するつもりはないし、相手の女性もかずこが言うとおり実直な常識人なのだろうが、問題は自分と重とが長年にわたって不仲だったせいで、どんな顔をして会えばいいのか、ということだった。大人げない態度を取るつもりはないが、これを機に急に仲直りをするというのも何だかむずがゆい。重の方も、通らなければならない関門だから言ってきただけのはずだ。

そのとき、かずこがふすまを開けて「白血病で亡くなった旦那さんは警察官だったたって」と言った。

「え、本当か？　何ていう名前だ」

「波多シンイチっていう人だったたって。慎《つつし》むに横一本の一」

「波多慎一……どこかで聞いた、いや名前の字面《じづら》を見た覚えがあるような……」

「直接は知らない？」

「ああ、知らん。うちの県警だけで四千人はいるんだから、知らない方が普通だ。だが、ちょっと珍しい名前でもあるし、名前を何かで見た記憶がある」

少し考えてみたが、それ以上のことは判らなかった。

「五年ぐらい前だっけ？　重が暴力事件に巻き込まれたときに駆けつけた警察官がその波多さんだったんだって。そのときはそれだけだったけど、居酒屋さんでたまたま再会して、互いにあいさつする関係になったんだって」

「それで、その波多さんが亡くなった後、何で奥さんだった、えーと」

「智代《ともよ》さん」

「そうそう。重がどういういきさつで智代さんとつき合うようになったんだ。もしかして、波多さんが亡くなる前から重が目をつけてたとか、そんなんじゃないだろうな」

「違うわよ」かずこは顔をしかめて叩く仕草を見せた。「波多さんが亡くなった後で会ってるんだから。そのときに中学の同級生だと互いに気づいて」

「へえ、そんな偶然があるのか」

「たいした偶然じゃないでしょ、それぐらいのこと」かずこはそう言ってから「じゃあ、会う場所とか日時、決めていいよね」

「小四の息子も来るのか」

「当たり前でしょ」

「だよな」

「いいわね」

「判った」

「ケンカとかしないでよ、絶対に」

「するわけないだろう。変な空気にはなるかもしれんが」

「変な空気にもしちゃダメよ」

「どうすりゃいいんだ、そんなの」

「智代さんに変な質問したり、重にああしろこうしろと言わなければいいだけのことでしょ。世間話とか、息子の賢助君の話とかをしていればいいの。賢助君、サッカークラブのゴールキーパーとして活躍してるんだって。今度、試合があったら見に行ってみようかしらね」

「ふーん」

「とにかく、変な態度取ったら後々《あとあと》響いてくるから気をつけてよ」

「はいはい」

「良好な関係を作るために会うんだからね。目的を見失わないでよ」

「判ってるって」

かずこは性格がおっとりしているせいか、ときどきものの言い方がくどくなる。労があらためて「よーく判っておりますわよ、奥様」と言うと、かずこは「よろしい」とうなずいた。


かずこが切り絵教室に出かけた後、トイレで小用を足していると、リビングのテーブルの上にあるスマホの着信音が鳴った。

かずこからさっそく場所と日時の連絡がきたのではないかと思っていたが、桃川透《ももかわとおる》からの電話だった。桃川は大学時代からの悪友で、互いの結婚式や、四十代のときと還暦頃にやった同窓会などで互いの近況を確認し合うなど、腐れ縁が続いているが、ここ十年近くは年賀状のやり取りだけになっている。書き込む言葉も、労が〔ひざが痛くて最近は階段がきつくて。〕と書けば翌年に桃川から〔こっちも疲れやすくなっている。あちこちガタがきてるよ。〕と返されるなど、健康不安にまつわる報告ばかりになっている。

だが、今かかってきたのが何の電話かは見当がついた。今年の年賀状でも〔例の計画、秋頃に是非実行しよう。〕と念押しの言葉を書き込んであるし、そろそろこちらから電話を入れようと思っていたところでもあった。

出ると、「ああ、俺だ、桃川。今大丈夫か?」と桃川の声がした。

「ああ、いいぞ。あの計画の件だろ。いつ頃にしようか。最近は日中も涼しくなってきたんで、そろそろいいかもしれないとは思ってたんだが」

「いや、それなんだが……」桃川は歯の隙間から息を吸い込んだようだった。「お互い年だから、歩くのはやめて、普通に現地集合ということにしないか」

「どうした。古希《こき》までに何としても実行しようと言ってたのはお前の方じゃないか。体調に問題でもあるのか」

「ああ。最近は軽い運動をしただけで息が切れるし、何でもないところでつまずいたりするんで、二泊もしなきゃいけない徒歩旅行なんてとんでもない話だって女房と息子に猛反対されちゃって」

「奥さんには……どういうふうに説明してるんだ？」

「単に互いの家から出発して中間地点で落ち合い、古希になっても元気だということを確認し合ってお祝いをしようって」桃川はそう言ってから「真手野の方から熱心に誘われた、みたいな説明はしちゃったかもしれんが」

それは労の方も似たようなものである。中間地点に中里優子《なかざとゆうこ》の家があるので、飲みながら若い頃の思い出話や近況報告などをしようという当初の計画については、邪推されたくないので、かずこにも伝えていない。

もっとも、その中里優子は六年前に他界してしまったのだけれど。

「桃川がそうしたいのならしていいぞ。俺は歩くつもりだがな」

「ひざ、大丈夫なのか？」

「騙し騙し歩けば大丈夫だと思う。トレッキングポールっていう道具は知ってるか？」

「いや」

「スキーで使うストックみたいなやつだよ」

「ああ、ウォーキングする人がときどき使ってるのを見るよ」

「ひざの具合が悪くなったら、あれを使うから大丈夫だ。短くコンパクトにできるからリュックにも余裕で入るしな」

「真手野、頼むからお前も歩きはやめてくれんか。お前が歩いて行くってのに、俺だけがＪＲやバスを使うわけにはいかんじゃないか」

「別にいいだろう」

「いや、それじゃ負けた気がするし、自分が情けなくてお前に会わせる顔がない。優子からも軽蔑《けいべつ》される」

「そんなことを気にするなよ」

「いや、するさ、それは」

「じゃあ、どうするんだよ」

「だからお互い歩きはなしで、ただ単に——」

「そんなんだったら俺はやらない」

「真手野……」

「もう後悔はしたくないんだよ。もともと還暦祝いを兼ねての同窓会のときにそういう発案をしたのはお前じゃないか。そしたら優子も面白がって同意してくれたから本当にやろうってことになったのに、お前が何ちゃらとかいう感染症で入院したり、翌年は俺が痔の手術をすることになったりして、ずるずると延期してるうちに優子があんなことになって」

「ああ……」

優子の死因はくも膜下出血だった。

「これ以上延期したら、いよいよ身体にガタがきて本当にやらないままで終わってしまうんだぞ。そのことでほっとするような人間ではいたくないんだよ、俺は」

「何でそこまで……」

桃川が笑ったようだったのでカチンときた。

「何でそこまでとは何だ。俺たちにとっては大切な約束だったんじゃないのか」

「………」

桃川はそのまま黙り込んでしまった。しばらく無言で待ったが何も言ってこない。

「判った」と労は沈黙を破った。「だったら俺は勝手にやらせてもらうよ。お前は、自分だけが歩きじゃないのは嫌だというのなら来なくていい。俺は自分で勝手に徒歩旅行をする。それでいいな」

桃川は「うーん」と声を出したが、労はいくら話を続けてもどうせ結論は変わらないだろうと思い、「じゃあ、そういうことで」と電話を切った。

夕方、フライパンに敷いたアルミホイルの上に出来合いの焼き鳥を並べていたかずこは「あら、本当に一人で行くの?」とあきれ顔になった。

隣に立ってキャベツを一口サイズにちぎっていた労は「ああ。やらないと後悔するような気がしてな」と何でもないことのような態度を作った。

「でも、二泊もかけて歩くなんて、本当にできるの?」

「ひざの具合が悪くなったり体調が悪くなったら迷わずリタイアするから心配しなくていい。やってもみないで逃げるのは嫌なんでね」

「そういうところ、あるわよね、昔から」かずこは上を向いた。「警察官時代は仕事人間。退職して始めたジョギングはのめり込みすぎてひざを壊しちゃうし、庭で木刀《ぼくとう》の素振りをするようになったら裏のアパートの人が警察に通報したり、子どもが怖がるからやめてほしいってご近所から言われるし」

「それとこれとは違うだろう」

「違わないわよ。こうと決めたことはやらないでは済まない性格なのよ。要するに融通が利かない人だってこと」

だから重とも衝突するのよ。似たもの同士だってことにあなたは気づいてないみたいだけど——以前、かずこからそんなことを言われた。そのときはどこも似てないだろうと思ったのだが、かずこの言葉は後になってじわじわと効いてきて、ときどきそのことを考えるようになった。

「ま、とにかく気楽にチャレンジするってことなんでよろしく。重や智代さんに会うのは来週で調整してるんだよな」

「ええ」

「その前に終わらせときたいんで、明日の早朝に出発するよ」

「明日？」かずこがあきれ顔で声のボリュームを上げた。「どうしてそんなに急がなきゃいけないの？」

「天気予報では、明日から三日間ぐらいは晴れが続くけど、その後は雨模様らしいんだ。それに、すぐに行動しないとやる気がぶれる。必要なものはもう揃えてあるから、あとはやるだけだ」

「あきれた人ね」かずこは大きくため息をついてから、「本当に具合が悪くなったらすぐに中止して、おカネかかってもいいからタクシーで帰って来るのよ」と釘を刺した。

桃川の夫人はもともと心配性で神経質なところがあるという。だから猛反対されて、やる気をなくしたのだろう。労は、かずこがのほほんとした楽天家であることに少し感謝した。

朝の五時に出発するつもりだったが寝坊してしまい、六時過ぎの出発になった。かずこはあくびをしながら「おカネ持ってる？」「本当に忘れ物ない？」などと、小学生の息子にかけるような言葉と共に送り出した。

背負ったリュックはパンパン状態だが、さほど重くはない。一泊目に利用する予定のビジネスホテルも、二泊目の旅館も、昨夜《ゆうべ》ちゃんと予約が取れた。日中に気温が上がりすぎて休憩する必要が出てきたときのために、エアマットもリュックに入っている。空気を抜いてたためばウイスキーボトル程度の体積になるのでかさばらない。あとは着替えと短くまとめたトレッキングポール、ペットボトルの水、タオル、軍手、ポケットティッシュ、ポリ袋など。

足もとは、そこそこ奮発して買ったブランドもののトレッキングシューズ。足になじませるため、ここ二週間ぐらいは外出するたびにはくようにしていた。服装もアウトドア用品店でそろえたベージュのパーカーにカーゴパンツ。頭にはベージュのアウトドア用ハット。かずこからは昨夜「若返ったように見えるわね」と言われてスマホで写真を数枚、片手を腰に当てろだの、両手をポケットに入れろだのと指示されて撮られた。

しばらく国道沿いの歩道を進んだ後、左折して一級河川の香世川《かせがわ》に沿った歩道に入った。川の反対側は車道だが、道幅が狭くてカーブが多いため交通量は少ない。労は歩道を上流に向かって進んだ。川は流れが静かで水質がよく、魚がヒラを打って銀色に光ったり、川岸に立っているサギなどを眺めながら歩くことができる。天気もよく、入念な計画のお陰でそこそこ楽しい一人旅になりそうだった。

スマホは電源を切って自宅に置いてきた。桃川からまた電話がかかってきて、考え直せ、などと言われたくなかったし、日常生活と切り離した旅をしたいと思ったからである。もし緊急の用事があったときは、宿泊予定のホテルや旅館に伝言を頼むようにと、かずこには言ってある。

「これぐらいの徒歩旅行にビビるとは桃川、情けない野郎だ」と労は吐き捨てた。

桃川と優子とは大学で出会った。法学部は女性が少なかったため、優子はどうしたって男子学生たちから注目を集めることとなった。色白で切れ長の目、普段はきりっとした表情だがときおり見せる柔和な笑顔。彼女は真面目に授業に出ており、労や桃川と同じく、後期課程で刑法を専攻し、同じゼミになった。労は警察官か刑務官になることを考えてのことだったが、桃川は犯罪映画や推理小説が好きだからというややいい加減な理由での選択だった。優子は統計学にも興味を持っていて、法務省に入って刑事関連の統計調査にかかわりたい、と言っていた。彼女が尊敬しているというナイチンゲールが、野戦病院での死亡理由の多くが戦闘によるものではなく不充分な手当てに起因する感染症によるものだという統計を出し、野戦病院の衛生環境を改善して多くの負傷兵を救ったことに感銘を受けたのだという。

優子は真面目な性格で、同じゼミにいたもう一人の女子学生によると、男子学生から何度となくアプローチを受けたが、すべて断っていたようだった。チャラい男に対しては嫌悪感を抱いている、父親がそのチャラいタイプの男で、家庭を壊して幼少期にいなくなったことが影響しているらしい、といった情報も得ていた。

ゼミでディスカッションをしたり大学の図書館で情報交換をしたりするうちに、優子とは気楽に話せる関係になった。労があらかじめ用意しておいた冗談にもころころ笑ってくれ、ゼミ後に何となく学食に集まっていたときも労が話しかけると嫌そうな顔を全く見せず、それどころか優子の方からもよく話しかけてくれたので、自分はチャラい男とは正反対ともいえる硬派な剣道部員だったし、脈があるのではないかと思うようになった。桃川がときどき、「優子ちゃんにつき合ってくれって、言ってみようかな」などと言い出したせいで焦る気持ちもあった。

ゼミの忘年会の後、優子と帰りが同じ方向だったので途中まで送ることになり、バス停で勇気を出して、つき合ってほしいと伝えた。具体的にどういう言葉を口にしたかを思い出せないのは、そのとき優子が「ない、ない」と片手を振り、「なーに言ってんのよ」とほがらかに笑い出した様子が強烈過ぎたせいだろう。雪が少しだけ降り始めていたことと、吐く息が白かったことと、優子が笑いながら吐いたその白い息を吸い込みたい衝動にかられたができなかったことなら覚えているのだが。

正月明けにそのことを知った桃川は「じゃあ次は俺だな」と言い出し、その翌日に「俺も大笑いされてフラれたよ」と報告してきて、二人でヤケ酒を飲んだ。桃川は最初のうちは「まあ、判りきった結果だったがな」とへらへら笑っていたが、酒が進むと

「本気で好きだったのにぃ」と泣き出した。

しかし優子とはその後もあまり意識しないで友人関係を続けることができた。あのとき彼女がケタケタと笑って断ってくれたお陰かもしれない。

桃川とはその後、〔共にフラれた会〕と称して、卒業、就職、互いの結婚などの節目に二人だけで飲む機会を作るようになった。仕事が忙しくなって延期が続いた時期もあったが、たまに電話で近況報告をし合った。優子が結婚して立花《たちばな》という姓に変わったことを知ったのも桃川からの電話だった。優子はそれに合わせて法務省も退職した、とのことだった。寿《ことぶき》退社というより、期待していたような仕事内容ではなくて幻滅したことが退職の理由だったらしい……。

国道を横断する交差点で信号待ちをしているときに、背後に子どもがいるような気配を感じて振り返り、労は「わっ」と声を出した。

一頭の中型犬がすぐ後ろにちょこんと座っていた。頭や背中は黒いが、腹や足の先は白い。白と黒の境目は茶色の層がある。黒柴のようにも見えるが、顔つきには少し洋犬の要素もあるように思えた。赤い首輪をしており、労に見返されても逃げようとしないところからして、明らかに人馴れした飼い犬である。

周囲を見回したが、飼い主らしき人影はなかった。

「おい、どうした」労がしゃがんで目線を合わせると、犬は目を細くして見返してきた。

参ったなあ……近くに交番は……三キロほど戻ればあるが、そこまで連れて行く義理はないし、そんなことをすれば徒歩旅行のスケジュールが狂ってしまう。

「もしかして、俺について来てたのか？　俺は飼い主じゃないし、残念ながら飼うつもりもない。さ、行った、行った」

両手で追い払う仕草をしたが、犬は目を細くしたまま小首をかしげた。何やってんの？　とでも言いたげだった。

「ついて来られると困るんだ。俺は用事があるから。お前はお前で帰るところがあるだろ」

そのとき信号が青になった。労が渡り始めると犬もついて来たので、あわてて引き返した。このままだと犬が飼い主の家からどんどん遠ざかってしまう。途中で交差点を渡ってしまうと、戻るときにそれだけ危険が増すことになる。

「何てこった。せっかく順調に計画が進みそうだったのに」

労は舌打ちして、来た道を引き返した。犬はやはりついて来た。

しばらく歩いて民家が集まっている区域まで戻り、振り返ってしゃがんだ。犬は目の前で座る。

「お前んち、この辺りにあるんじゃないか？　ここでお別れだ、さ、帰んな」

犬はまた小首をかしげた。労が右手を伸ばして首の辺りを触ったが、犬は全く警戒した様子をみせない。

ふかふかした首だった。そういえば動物を触ったのはいつ以来だろうか。こうやってなでて感触や体温を感じると、こいつも立派な生き物でそれなりに意思や感情を持っていて、人間とはそんなに遠くない存在なのだなと実感させられる。

「はい、ではさいならー」

労は両手で犬の前足のつけ根辺りをぽんと軽く叩いて立ち上がった。

だが、歩き始めると、明らかについて来ていることが判った。

しまった。なでたり話しかけたせいで、余計になつかれてしまったか……。

労は考えを切り替えて、無視することにした。構ってもらえなくなったら犬の方も飽きて、いなくなるだろう。その後で車にはねられたりする可能性を考えると、ためらいはあるが、そこまで心配するのは逆におせっかいというものだろう。

あの犬は大丈夫。車がびゅんびゅん行き交うような道路に進入してゆくようなバカ犬ではないと思う。車が停まってくれたり、人間が歩いて横断したりするのに合わせてちゃんと渡れるはず。

労はもう振り返らない、話しかけない、見ないと自分に言い聞かせて先へと進んだ。

交差点を渡るときも、犬はついて来た。その後もずっと後ろを歩いている。労は、早くどこかに行ってくれと念じていたが、そういう気持ちは犬に伝わってしまうかもしれないと思い、犬なんていないのだと気持ちのスイッチを入れ替えた。

やらないで後悔するよりも、やって後悔した方がいい。

徒歩旅行をやろうという気持ちが強まったのは、高校時代の同窓生である大久保《おおくぼ》太《ふとし》の急死が少なからず影響したように思う。特に仲がよかったわけではないが、大久保は野球部の一番サードで活躍し、甲子園出場も果たした学校の花形だった。長打はないが守備の上手さと俊足を活かして大学でも活躍し、同じクラスでちょいちょい話をしたりはしていたので、それなりに応援していた。そして彼はプロには入れなかったが、就職や転職など紆余《うよ》曲折《きょくせつ》の末に母校の監督に就任、たびたび甲子園に出場する強豪校に育て上げた。五十代のときに催された同窓会では彼の方から声をかけてくれて、「ノートを見せてもらったりテスト直前に最低限覚えておくべきことを教えてもらったりしたよね。あのときは世話になった、ありがとう」と丁寧に頭を下げてくれ、それをきっかけに年賀状を送り合うようになった。毎年の年賀状には〔お互いもう一踏ん張りですね。〕〔若いもんにはまだ負けたくありませんね。〕などと短いコメントが入っていたのだが、五年ほど前にもらった年賀状には監督を引退したということと、〔ずっとやりたかったけれどできなかった釣りと夫婦での旅行をしたいと思います。〕とあった。ところが引退直後にガンを発病、そのまま一年も経たないうちに亡くなってしまった。労はそのことを、同窓会の幹事をやってくれた友人からＬＩＮＥで知らされた。

年賀状だけの関係だったとはいえ、労にとっては結構な衝撃だった。大久保はきっと、充実した野球人生ではあったと思うが、釣りや夫人との旅行を先延ばしにしてきたことを後悔したまま逝《い》ってしまったはずである。

それと較べて、二泊の徒歩旅行ぐらいのことで二の足を踏んでいた自分は何なのかという忸怩《じくじ》たる思いにかられた。やろう、やろうと思っていたのなら、四の五の言わずにやればいいのである。やってみて、ひざが痛くなったり体調が悪くなったりすれば、そこでやめればいい。やってみての後悔は、やらないままだったことの後悔よりは、よほど気分もすっきりするはずだ。

もう一つ、心をつかまれることがあった。お笑い番組のドッキリ企画で、山中でのロケ中に大きくて深い落とし穴に落とされた芸人たちが、いつまでもスタッフがやって来ないままだったらどんな反応をするのかというのを隠し撮りした悪趣味な内容だった。労は、ひどいことをする番組だなと腹立たしい気持ちになり、チャンネルを変えようかと思ったのだが、かずこが面白がっていたので仕方なく一緒に視聴することになった。

助けを求めて叫んでも誰もやって来ない。壁はつるつるした素材のようで登れない。三時間、四時間と経過してもそのまま。そうすると芸人それぞれの性格が表れるようで、スタッフに悪態をつく者、あきらめてじっと横たわり体力の消耗を防ごうとする者。企画自体は、絶対に脱出できない落とし穴に何時間も放置されたらどうなるか、というものであり、脱出しようとする者がいたとしても、早々にあきらめることを想定していたようだった。

そんな中、労の知らない一人の芸人が、服を脱いでロープ代わりにし、ヘルメットをつけて外に投げるなどして脱出を試み始めた。五時間、六時間と経過して、他の芸人たちはスタッフが迎えにやって来て救出されるが、一人だけ脱出しようとしている彼についてはもう少し様子を見ようということになる。そして彼はついに複数の穴を手がかり足がかりにして壁をよじ登り、脱出に成功する。やって来たスタッフに対して彼は「これ、何が面白いんすか」と怒鳴るが、すぐに「面白くなってんすか？」と聞き直し、いい撮れ高だと知らされて、だったらいいですけどと納得、お疲れ様でしたと頭を下げていた。

かずこによると、その芸人は人気トリオの一人だが、ネタを作るのは相方の二人で、体力と大声だけが自慢のポンコツという印象しかなかったという。しかし多くの視聴者があの番組で彼を見る目が変わったそうで、番組後はネット上で大反響となったようである。ポンコツ芸人だったのが、悪趣味なドッキリ企画を心が揺さぶられる物語に変えた奇跡の男となったのである。一緒に見ていたかずこも、途中から「頑張れ、頑張れ」と声援を送り、最後はティッシュで目をぬぐっていた。そのとき労は、ポンコツだと言われていた男がこんな心揺さぶることをやっているのに、二泊の徒歩旅行でさえやろうかやるまいかと迷っている自分が恥ずかしく情けなくなった。

シンクロニシティという言葉がある。意味のある偶然の一致。これまで運命というものを信じた覚えはないのだが、徒歩旅行を中止するための口実を頭の隅で探していたときに、やりたいことをやれずに逝ってしまった旧友のことを知らされ、企画の意図を越えて想定外の感動をもたらしてくれた芸人が現れた。それを、お前はそれでも徒歩旅行を中止するのか、という天の声だと解釈することは、本当にただのこじつけだろうか。

太陽が高くなってきて、気温が上昇してきた。労は水門施設の日陰に立ち寄ってリュックを下ろし、パーカーを脱ぎ、ポロシャツ姿になった。リュックからペットボトルの水を出して少し飲み、ふうと一息ついてから背負い直した。

すぐ横にあの犬が座ったので、嫌でも視界に入ったが、労は無視した。声をかけたり目を合わせたりしたら、いつまでもついて来るかもしれない。我慢、我慢。

この川沿いの歩道を進む限り、民家よりも田畑が多い区域がその後もしばらく続く。途中で国道や県道を横断しなければならないが、犬が単独で帰宅するには比較的安全な道ではある。

労は再び歩き出したところで、いけない、いけないと自分に言い聞かせた。犬のことを意識してはダメだ。今もまだあの犬がついて来ていることが気配で判ったが、そんなものはいない、何もしない、と心の中で唱《とな》えた。

しばらく歩くと、前方から黒い中型犬を連れた男性がやって来た。細身で長身、労と同年代ぐらいに見える。

黒い犬が労の背後にいる犬に向かって行こうとしたが、男性は「これっ」とリードを引っ張って止めた。

すれ違った直後、「すみませんが」と声がかかったので、立ち止まって「は？」と振り返った。

「犬、リードでつないでおいてください。条例でも決まってることですし、トラブルの元ですよ」

上等そうなシャツとパンツ。白髪頭もきれいに櫛《くし》が入っている。役人や教師をやっていた堅物《かたぶつ》タイプという印象だった。警察官も堅物が多いが、警察出身者は逆にそういう雰囲気は出さないよう気をつけるものである。警察嫌いの市民から言いがかりをつけられたくないので、特にプライベートな時間は警察官であることがバレないように行動する習慣が身についている。

「犬？」労は怪訝な表情を意識して振り返り、「えっ？」と言ってから、「私の犬じゃない。今初めて見たよ」と続けた。

「あなたの犬じゃないんですか？」と男性も困惑顔になった。

「ええ、知りません」

ばつの悪い間ができたが、労はそのまま歩き出した。男性は疑わしげな目で見ていたようだったが、それ以上のことは言われずに済んだ。

やはり後ろについて来ている気配。やめてくれよ、頼むから。さっきの男性からはウソをついたと思われてるぞ、きっと。

まだ出発して二時間程度だったが、早くも右ひざが少し痛み始めた。歩くペースが速かったのかもしれない。あるいは、気にならない重さのリュックとはいえ、体重に加えてそれだけ負荷がかかっていることが影響し始めているのか。

最初はジョギング中だった。退職後の運動不足を解消するために始め、徐々に心肺機能も向上して走行距離が伸びてきたので順調な進歩を喜んでいたのだが、あるとき急に右ひざが痛み出した。その日は途中で引き返し、すぐに治ると思っていたのだが、翌日から走り始めて十分も経つと決まって痛み出すようになった。それでも騙し騙し続けていると、今度は左ひざまで痛み始めた。半ば無意識のうちに、右ひざをかばうようにして走っていたからだろう。整形外科で診《み》てもらったところ、軟骨がすり減っていて神経を圧迫している上に、靭帯《じんたい》もオーバーワークで細かい亀裂が入っておりこのまま走り続けたら断裂すると脅された。走ることをやめたら痛みも消えたのだが、たまに階段の上り下りのときや長い距離を歩くと痛み出すことがある。だからこそ今回は上等のトレッキングシューズを用意したというのに……。

おまけに腹も減ってきた。出発前はインスタントコーヒーしか飲んでいない。腕時計を見ると午前八時半。普段は朝食を終わらせている時間である。

そのとき、急に犬が前に回り込んで来たので、つんのめりそうになりながらあわてて足を止めた。

「こらっ、危ないだろうっ」と叱りつけるように言った次の瞬間、右側から現れた黒いワンボックスカーが猛然と目の前を横切り、顔にかかった風圧を残して、あっという間に左手に遠ざかって小さくなっていった。

信号機のない交差点の手前だった。右手にある倉庫のような建物のせいで見通しが悪く、しかも車道も道幅が狭くて歩道と同じような色合いなので判りづらい。ひざの痛みや朝食のことを考えていたせいもあって、気づかなかった……。

よく見ると、車道の方には一時停止の標識がちゃんとあるではないか。あの黒いワンボックスめ、人をはねる気か。

とはいえ、塗装が劣化しているものの、目の前にはちゃんと横断歩道が描かれていた。太陽光の反射によって見えにくかった、などという言い訳は通用しない。労は退職後に三年間、自動車学校の校長を務めている。あけすけに言えば、元警察幹部の天下《あまくだ》り先の一つである。何はともあれ、交通ルールに人一倍厳格でなければならない立場である。

気をつけなければ。

見上げている犬と目が合った。目を細くしたその表情は、大丈夫か？　とでも言いたげだった。

「お前、もしかして、危険を知らせてくれたのか？」

言ってから、まさか、と思ったが、いや、さっきのこいつの行動は確信的だったぞ、などと気持ちが揺らぎ、混乱した。

いずれにせよ結果としてこの犬のお陰で事故を回避できた。下手したら大怪我をしていたかもしれないし、打ち所が悪ければ死んでいた可能性だってある。

どうやら借りができてしまったようだった。相手が犬であっても、助けてくれた相手である。さすがに知らん顔でいるわけにはいかない。

車道の左右を見た。交通量はあまり多くないし、道幅が狭くて中央線がなく、かろうじて離合《りごう》できる程度。その一方でカーブがなく見通しがいいため、スピードを出してしまいやすい。ここは〔注意　事故多発〕の警告看板が必要だなと思った。

車道の左の先に、コンビニエンスストアらしき店舗が見えた。看板のデザインは、大手ではなく、たまに田舎道などで見かけるマイナーなコンビニのようだった。

近くに見つけた児童公園には他に人はおらず、奥には大きなクスノキがあった。その木陰にコンクリートのベンチがあったので、労はリュックを下ろして腰かけた。ついて来た犬は当たり前のような顔で目の前に座って見上げてきたので労は苦笑するしかなかった。さっきコンビニで買い物をしていたときは、外からガラス越しにずっと見られていた。まるで新しい飼い主み一つけた、とでも言いたげな表情だった。

ポリ袋から鮭《しゃけ》と昆布のおにぎりを出してベンチに置き、それから紙ボウルの袋をやぶいて二つを下に置いた。さらに一緒に買ったアルミホイルを適当な大きさで切って紙ボウルの底に密着させるようにして敷き、片方にはレトルトのドッグフードを入れ、もう片方にはペットボトルの水を入れた。こうすれば紙ボウルは汚れず濡れず、繰り返し使える。しかも安くて超軽量。我ながらいいアイデアである。

「さっきの礼と言ってはなんだが、まあまあ上等のドッグフードみたいだぞ。遠慮しないで食べてくれ」

労がそう言うと、犬は小首をかしげた。「ほれ、よし」と言ってもなかなか食べようとしない。「別に食いたくなきゃ食わんでもいいがね。俺は俺で遅めの朝食を摂らせてもらうから」と、おにぎりを食べ始めると、犬もようやくドッグフードを食べ始めた。

徒歩旅行の道中、食事は就寝前以外は腹七分目までと決めていた。食べ過ぎると内臓と筋肉が血液の取り合い状態になってよくないし、眠くなってしまう。なので今はおにぎりは一つだけにしておき、夜にちゃんとした食事を摂るまでの間は、腹が減ったら少しずつもう一つのおにぎりをかじる、という程度にしておくつもりだった。それでも足りなかったらまたどこかで何か買えばいい。

犬の方が先にドッグフードを食べ終えて、水を飲み始めた。児童公園内にトイレがあったのでそこの洗面所でペットボトルの水を補充した。日本はこういう場所の水も安心して飲める国である。自分が何かをしたわけではないが、ちょっと誇らしい。

トイレで小用を足して出て来ると、犬は隅の細い木々が茂っている場所で片足を上げていた。労が「お前は気楽にどこでもそういうことができていいな。人間がやったら軽犯罪法や条例違反で捕まるんだぞ」と声をかけたが、どこ吹く風といった表情で戻って来て、ちょこんと座り直した。

さて、この後どうするか。労は、紙ボウルを片付けてポリ袋に戻し、他の荷物で潰《つぶ》れないよう工夫してリュックに詰めながら考えた。

曲がりなりにも身の危険から救ってくれた犬なので、邪険に扱うわけにはいかない。かといって、ずっとついて来られても困る。午後に気温が上がったときには休憩できる施設に立ち寄るつもりでいるし、今夜は予約してあるビジネスホテルに泊まることになっている。休憩場所としては、県立の健康運動センター、カラオケルーム、マンガ喫茶など、事前に候補を調べてある。だが、盲導犬や介助犬でない限り、犬の同伴なんてどこも絶対に無理に決まってる。

途中で交番に立ち寄って預けるか？　それで飼い主が見つかればいいのだが、もし捨てられた犬だったりすると、そのまま動物管理センターなどに移されて、引き取り手が見つからないまま殺処分されてしまうかもしれない。最近は保護犬や保護猫を預かってくれるボランティア団体もあるようだが、報道番組によると、地域によっては満杯状態のため引き取りたくても引き取れないという状況だという。

そういえば、犬の首輪などには予防接種をしたことを証明する小さな金属プレートなどがついていたりするのではなかったか。その金属プレートの記号や番号は市役所に登録されていて、飼い主の住所氏名なども判るようになっているはずだ。

労はしゃがんで犬の首周りをなでてから、「ちょっと拝見」と赤い首輪をつまんでゆっくりと一周させてみた。

残念ながらその手の金属プレートは見当たらなかったが、小さく何かが書いてあった。老眼のせいで小さい文字は読みづらい。顔を離して凝視して、ようやく「マジック」と書かれてあることが判った。この犬の名前らしい。

「お前、マジックっていうのか。まあ、しっくりこなくもないな」

するとマジックは口の両端をにゅっと持ち上げた。まるで笑っているような、自分の名前を聞いて、そうそう、マジックだよと喜んでいるかのような表情だった。

とりあえず、好きにさせてみるか。ビジネスホテルに泊まっている間にいなくなれば、仕方がないということで。もともと自分が飼っている犬でもなんでもない、さっき知り合っただけの関係である。それに、この犬は放っておいても大丈夫そうな気がする。自分勝手な推測かもしれないが。

再び歩き始めると、また右ひざが痛み始めたので、リュックからトレッキングポールを出して、使いやすい長さに伸ばした。リュックを背負い直してグリップ部分についている輪っかに両手を通して握る。マジックがちょっと不思議そうに見上げていたので、「ひざにかかる負担を減らすための道具だ。人間ってすごいだろう」と言うと、マジックはしらけたように目を細くした。奇妙な犬である。人間の言葉が理解できるはずがないのに、こうして話しかけると、ちゃんと伝わっているような気がしてくる。

トレッキングポールの効果は上々で、右ひざの痛みはほとんどなくなった。これを使っている限り大丈夫だとすれば、ありがたい。ただし時間が経つと、今度は腕などが疲れてくるかもしれないが……。

そのとき、労はあることに気づいて噴き出した。立ち止まって振り返り、マジックに「人間ってすごいだろうって言ったが、取り消すよ」と言った。マジックはもちろん返事をせず、小首をかしげた。

労は「だって俺は今、二足歩行から四足歩行に戻っちゃってるからな」と続けた。「これじゃ進化じゃなくて退化だ。道具を使ってわざわざ四足歩行に逆戻りだ」

マジックはそっぽを向いて、ふん、と鼻を鳴らした。くっだらねーとでも言いたげだった。

行き交う自転車や歩行者は少なかったが、ときどきすれ違うときに視線を感じた。おそらく、犬をつないでいない飼い主をとがめる視線なのだろう。そのうちにまた、さっきの白髪長身の男のように注意されることもあるかもしれないが、そのときは自分は飼い主ではないし知らない犬だと言い張ればいい。本当に飼い主ではないのだから。

香世川沿いの歩道から左の道に折れ、国道と並行している裏道へと進んだ。国道は車も人も多いが、こちらの裏道は田畑ばかりの場所で、広い農道でなく狭い道を選べばほとんど車に出会うことがない。民家も少なめなので歩行者や自転車もほとんど見かけない。むしろ耕耘機《こううんき》や草刈り機の方が遭遇しやすいかもしれない。実際、ひび割れたアスファルトのあちこちに、それらしいタイヤ痕が乾いた泥によって残されている。

問題は天気がよすぎることだった。午前十一時を過ぎた頃になると十月下旬とは思えない暑さになってきた。そのことも考慮して日中に休憩する時間は多めに取ることを計画に組み込んでいたのだが、マジックがついて来ているせいで、健康運動センターやカラオケボックスを利用するかどうかが、いよいよ目前の問題になってきた。

それと、思っていたよりも早く腹が減っていた。

健康運動センターは、大型焼却施設を備えた清掃工場に隣接しており、その焼却による発電によってすべての電気がまかなわれている。施設内には温水プール、トレーニングジムなどがあり、テニスコートや多目的グラウンド、遊具をたくさん設置したアスレチック公園などもある。労自身もかずこと一緒に何度か車で出かけてここのプールやジムを利用したことがある。サウナや浴場もあったので労は気に入っていたのだが、かずこは水泳もジムでのトレーニングも好きになれず、あまり行きたがらないので最後に利用したのは五年以上前である。

アスレチック公園にあった東屋《あずまや》は床も屋根もコンクリートのようで、ちょっとした洞窟《どうくつ》状態になるせいか、まあまあ涼が取れた。労はトイレで用を足した後、洗面所の水でタオルを濡らして顔や首を拭いた。誰もいないのに「ああ、気持ちいい」と声が出た。近くの自販機でペットボトルのスポーツドリンクを買って東屋のベンチで飲み、マジックにはアルミホイル防水の紙ボウルで水を飲ませた。

暑さのせいで、アスレチック公園で遊んでいる子どもはいなかった。

労が二つ目のおにぎりを食べ始めると、マジックがじっと見てきたので「食いたいか？」と聞いてみると、そっぽを向かれた。食いたくて見てきたのではなくて、お前はよく食うなとあきれているのかもしれない。

腕時計を見ると正午過ぎ。ここから先はこまめに休憩しながらでないと体力を奪われてしまう。

横になってしばらく休むことに決め、リュックからエアマットを出した。たたんで丸めて専用の袋に入った状態だとウイスキーボトル程度の大きさだが、これがあっという間にシングルサイズのふかふかマットになる。

ベンチの上でエアマットを広げ、アウトドア用ハットとトレッキングシューズを脱いでその上に乗る。足もと側にある二つの空気弁キャップを外して、その近くにある足跡マークを踏むと、内蔵されているエアポンプによってたちまち空気が注入される。たたむときは裏側にある別の空気弁キャップを外して丁寧に手で押しながらたたんでゆけばすぐにぺちゃんこになる。アウトドア用品店の店員によると、最近はソロキャンプや車中泊をする人が増えただけでなく、独り暮らしの若い男性などがふとんのように洗ったり干したりしなくても済み、ベッドのように場所も取らないということでよく売れているのだという。

ほんの三分ほどでエアマット完成。足踏みの途中、マジックは不思議そうに見上げ、近づいてエアマットの匂いをかいだので、「エアマットっていうんだ。やわらかくて寝心地がよくて、コンパクトに収納できる。人間ってすごいだろう」と言ってから、「いや、そんなものがなくてもどこででも寝られるお前の方がすごいか」とつけ加えた。マジックはエアマットへの興味をすぐに失ったのか、反対方向を向いて伏せの姿勢になった。

「俺はしばらくここで横になって休憩するからな。お前はここにいてもいいし、どこかに行っても構わん。そういうことでよろしく」

リュックは頭側のマットに密着させて立てて置き、ウエストベルトをマットの下に押し込んだ。こうしておけば、誰かが持ち去ろうとしたときも後頭部の違和感で気づくことができる。トレッキングポールは盗まれる心配などないとは思ったが、一応短くしてリュックに収納し直した。

マットに仰向けになり、目を閉じた。どこかで小鳥が鳴いており、ときおり国道からクラクション音が聞こえる。すべてここに来たときから聞こえてはいたが、気づかなかっただけのことである。

人間は見たり聞いたり触れたりしたもののうち、一部しか認識しない。厳密に言うと、ちゃんと認識はしていて脳にインプットはされていても、本人はそう思っていないのでアウトプットができないということである。腹が減って飲食店を探していた人間は、文具店や美容院が視界に入っていてもどこにあったか、あったかどうかも思い出せない。事件捜査で聞き込みをしていた若手時代、本人は覚えていないと言っても実はそう思い込んでいるだけということがあるので、質問の仕方を工夫しろと先輩から教わった。実際、強盗犯が長身だったか中背だったか、同じ施設内の離れた場所から見ただけなので判らないと言っていた目撃者に、刃物を持って立っていた犯人の背後にあった観葉植物や壁の配電盤の高さと較べてどうだったかという形で尋ねたら、おおよその身長を思い出してくれたことがある。

退職して十年が経つのに、またこんなことを考えている。労は目を閉じたまま苦笑した。

マジックが出て行った気配がない。気づいていないだけで、もういなくなったのかもしれない。労は、見て確かめたい誘惑をこらえて、ゆっくり呼吸をした。

強行犯担当の刑事をやった期間は短く、窃盗犯担当の方が長かった。特に希望したわけではなかったが、巡査部長に昇進した後は交通規制課や交通指導課など交通畑を歩むことになり、最後は白川《しらかわ》署の署長で締めくくることができた。県内で最も小さな署だが、内示が出たとき、かずこは出前の高級寿司と吟醸酒《ぎんじょうしゅ》で祝ってくれた。

かずこは事前に重にもそのことを伝えておいたというが、あいつは顔を出さなかった。何万円分だったか忘れたが、全国共通の商品券が送られてきて、それに前後してかずこに電話があり、「おめでとうと伝えておいて」と言われただけだった。かずこは珍しく「実の親が警察署長になったというのに、まるで他人事みたいな態度ね」と怒っていたが、労の退職と自動車学校の校長就任が決まったときも重は同じことをし、かずこも「よくも悪くもあの子はぶれないわね」とあきらめ顔だった。

自分自身は、重とは水と油だと思っていたのだが、かずこによると、似たもの同士だから衝突するのだという。そして、数年前にあるテレビ番組の中で、ベタという熱帯魚のことを知ったときに、かずこが何度も言ってきたことは理屈に合っているかもしれないと気づかされた。

ベタは赤、青、ピンクなど鮮やかな色をしており、ドレスのように大きなヒレをなびかせて泳ぐ熱帯魚である。優雅で気高さを感じる姿をしているのだが、オス同士を一緒に水槽に入れると、互いのヒレがぼろぼろになるまで、ときにはどちらかが死ぬまでケンカをする。原産国のタイでは、この習性を利用して〔闘魚〕というギャンブルまで催されているという。

仕事人間で、家庭のことは妻のかずこに任せっきりだった。今ではとても通用しそうにない考え方だが、労の現役時代はむしろそれが当たり前だった。警察組織という上下関係や規律を重んじる世界ではなおさらである。

だから、重の授業参観にも運動会にも、入学式や卒業式も参加したことはなかった。警察官は常に臨戦態勢でなければならず、非番も決して休日ではなく、連絡が入ればいつでも臨場《りんじょう》できるように待機しているだけ、という感覚だった。刑事になった頃、上司の一人と飲んでいて、いい警察官とはどんな警察官だと問われ、治安を守るだの市民の生命財産がどうのといったお題目を口にすると「バカ」とあっさり却下された。その上司によると、いい警察官とは、行けと言われれば四の五の言わずに行く、やれと言われたら「はい」と返事をして即座にやる警察官のことだという。後々《のちのち》、確かにそうでないと警察組織は回らないということを身に染みて体験した。殺人事件や連続強盗事件などが発生して帳場が立てば何日も泊まり込みになるし、暇な時期が続いたと思っていたら急に応援にかり出されもする。仕事よりも子どもの入学式を優先させるような人間は、あの頃の警察に居場所などなかったのだ。

重は学校の成績は中の上ぐらいで、特にグレたり素行の悪い連中とつき合うようなこともなく、運動神経も悪くないようだったので、それでいいと思っていた。ボクシングを始めたときも、もし後に警察官や刑務官などを進路として希望するようになれば大いに役立つだろうと期待もしていた。もちろん、重が普通の会社員になりたいと言えばそれでいいと考えていた。

ところが重は、プロボクサーになって世界を目指したい、などと言い出した。プロの世界で食える人間はほんの一握り。日本王者でさえほとんどがバイトをしながらでないとやっていけないという。世界ランカーになるだけでも、日本王者や東洋太平洋王者などを倒さなければならず、広大な砂漠の中で一粒の砂金を探すようなバクチ人生である。しかも、もし活躍できたとしても、パンチドランカーや網膜剝離《もうまくはくり》などの危険性が常につきまとう。有名な元世界王者が久しぶりにテレビに出ていると思ったら、ろれつが回らなくて言葉が聞き取りにくかったり、歩くのも動きが怪しかったりしているのを見たこともある。もちろんみんながみんなそうなるわけではないが、重は大丈夫だという保証などない。

だからそのときは父親として猛反対し、家のリビングで口論となり、やがてののしり合いになった。気がつくと重の胸ぐらを両手でつかんでいたが、重の方は既に冷めた顔つきだった。

大声で怒鳴り返されたのならまだよかった。重は冷静に、静かに言った。

親だからって、ああしろこうしろと人の生き方を指図《さしず》するなよ。

確か、それに続いて、俺はあんたの持ち物じゃない、仕事仕事で家族のことなんかろくに考えてこなかったくせに急に父親ヅラしてんじゃねえよ、みたいな言葉があったはずだ。

ボクシングでは、全力で繰り出したパンチがヒットしても相手を倒せないこともあれば、ちょっとかすっただけに見えるパンチで相手が白目をむいて崩れ落ちることもある。要するに、来ると判っているものが来れば対応できるが、予想外のパンチは異様に効くということだ。

あのときの重の態度がそうだった。それまでは何を言われても言い返したりしない息子だっただけに、冷や水を浴びせられたような感覚になった。

労は急に全身から力が抜けて、胸ぐらをつかんでいた手を下ろした。重はその後、黙って出て行った。もうあんたとぶつかり合う気はないよ、いくらやり合っても交わることはない、延々と平行線が続く二本のレールみたいなもの——もし言葉にするなら、そんなところだったのではないか。

重が国体で表彰台に上がったと知ったときは、もしかしたら自分の見立て違いで、トンビがタカを生んだということなのだろうかと思ったが、重はプロになった後、二試合だけして引退した。いずれも判定勝利だったというが、こんなところで圧勝できないようではとても頂点を目指すのは無理だと観念したらしい。かずこには電話で「自分は頑張ってもこんなものだって思い知らされたよ」と努《つと》めて明るい調子で伝えてきたという。

ほっとする気持ちはほんの一時期だった。重はそれをきっかけに普通に就職する道に進んでくれると思っていた。あいつも組織の中で働き、やがて夫になり父親になれば、価値観の齟齬《そご》も埋まって和解できるはずだと思っていた。

ところが重は、今度はアクション俳優を目指す、などとほざいて上京してしまった。事前にそんな話を聞いてなかったのでかずこを問いただしたが、かずこも寝耳に水だったという。事前に伝えても反対されるだけで、反対されたからといって考えを変えることなんてない。今思えば、事後報告が最も平穏なやり方だったのだと判る。

結局、リハーサル中に骨折したり、二年、三年と経っても芽が出ないなどでこちらも結果を出すことはできず、いつの間にか地元に帰って来ていたが実家には顔を出さず、いくつかの仕事を渡り歩いた末に、今は製材所の社員として働いている。

二度も夢が破れた息子に下手に声をかけることははばかられたので、労の方からも接触はせず、近くに戻って来ているのに知らんふりをしたまま。かろうじてかずこ経由で近況が知らされるのみ。――と思っていたら、シングルマザーの元同級生と所帯を持ちたい、会ってほしいと言ってきた。かずこ経由で。

ボクシングやアクション俳優のときに較べれば、衝撃度は低かった。労が若い頃と違って、最近はシングルマザーの再婚など珍しくも何ともないし、重はもう結婚などせず、労は孫の顔を見ることもかなわないだろうと半ば覚悟していたので、多少のわだかまりなど気にせず歓迎すべきだと思っている。

問題は、どういう態度で臨めばいいか、だ。これまでの確執からして、急に重と仲のいい父子を演じるのは不自然すぎるし、重もそんなことは望んでいないはずだ。だからといって、嫁と血のつながりのない孫に遠慮してよそよそしい感じで接し続けていたら、冷たいおじいちゃんだと思われてしまう。

重はその辺のことをどう考えているのか……。

次にあいつと何かで衝突してしまったら、いよいよ絶縁かもしれない。重はそれを汲んで、大人の対応をしてくれるだろうか。会うのはいいが、話をするうちにボクシングのことやアクション俳優のことが持ち出されてしまって、またケンカにならないだろうか……。

いつの間にか寝入ってしまったようだった。子どもの声が聞こえていることに気づいて目を開けると、小学校高学年とそれより少し年下ぐらいの女児二人が近くに立っていた。二人とも似たようなピンク系のキャップ、Tシャツ、ハーフパンツ、ビーチサンダルという格好。どうやら姉妹らしい。

労がむくっと上体を起こすと、マジックはまだベンチのそばで伏せをしており、姉妹の妹らしき方が少しびっくりしたのか、お姉ちゃんの後ろに隠れるようにして下がった。

「すみません」とお姉ちゃんの方が言った。「犬、触ってもいいですか?」

「へ? ……ああ、いいよ」

自分の犬ではないのだからいいもダメもないが、触っても安全だろうとは思うので労はうなずいた。

お姉ちゃんから「触ってもいいって」と言われた妹は、少しだけはにかんでお姉ちゃんに手を引かれて近づいた。二人でマジックの前にしゃがみ、顔を見合わせて「かわいいね」「うん」と笑ってうなずく。労が「なでるなら首の周りがいいよ。頭は嫌がるかも」と言うと、お姉ちゃんは「はい」と応じ、先にマジックの首の側面をなで始めた。それを見た妹も首の反対側をなで始める。マジックは目を細くしたまま、されるがままになっていた。

「君たちは姉妹？」と尋ねると、お姉ちゃんが「従姉妹《いとこ》です」と言ってから、「でもすぐ近所に家があって、行ったり来たりしたりしてるから、姉妹と変わんないよね」と続け、妹の方も「うん」と笑う。労は「へえ」とうなずき、自分の顔の筋肉が弛んでることを自覚した。自分一人だけでいたら、小学生の女児の方から話しかけてくるようなことは絶対にないだろう。だがマジックが一緒だと、こんなことが起きる。

「名前、何ていうの？」と妹の方が尋ねたので「マジック。オスだよ。だから美人さん二人になでられて喜んでるよ、きっと」と答えたが、二人は笑わなかった。代わりにお姉ちゃんの方だけがかすかに微笑んで軽く肩をすくめた。知らないおじいちゃんのサブい冗談に反応してあげた、みたいな感じだった。

途中でマジックは姿勢をお座りに変更し、女児二人はさらになで続けながら労に「マジックは何歳？」「おうちはどの辺？」「よくここに来るの？」などと聞いてきたので、「何歳だったかなあ。割と年寄りだけどね」「ちょっとここからは遠いなあ」「ここに連れて来たのは初めてで、次にいつ来るかは判らないなあ」などと適当にごまかした。お姉ちゃんの方がマジックの首に両手を回して抱きしめると、妹の方も「あっ、私もー」と催促し、代わってもらって同じことをした。「ふわふわだー」といかにもうれしそうな顔。

労はエアマットの空気を抜いて丸め、専用の収納袋に詰めた。女児二人は「あ、あくびしたよ」「胸んとこ触ったら、どっきんどっきんて動いてるね」「うちでも犬、飼いたいなー」「お母さんに頼んでみる？」「ダメって言われるよ、多分」「毎日交替で世話をするって言ったらどうかな」「今日うちに来たら明日はひーねーちゃんのとこ？」「そう」「すてきー」などと話していたが、途中で妹の方が労に「それ、海で乗って遊ぶやつ？」と聞いてきたので、「いや、これはキャンプ用のベッドだよ」と説明した。

女児二人はたっぷりマジックと触れあってから、「あー、楽しかった」と満足そうに立ち上がり、お姉ちゃんの方は「ありがとうございました」と言い、妹の方は「ばいばーい」とマジックと労に交互に手を振ってくれた。

二人に手を振り返して見送った後、何気なく腕時計を見た労は「わっ」と声を出した。午後四時半を回っている。ここに来て、眠りに落ちたのは一時前ぐらいだろうか。女児二人の声で目を覚ましてから二、三十分ぐらいか。ということは、三時間ぐらい眠ってしまったということになる。

計画が早くも狂ってきた。まずい。労は紙ボウルなども回収してリュックに詰め、トイレで小用を足した。トイレから出るとマジックがちょこんと座って待っている。そろそろ行くか？　みたいな態度に苦笑するしかなかった。

午後六時半を過ぎて、辺りが少し暗くなってきた。国道の裏通りにあたる農道沿いを労はトレッキングポールを使って歩き、マジックはすぐ後ろについて来ていた。予定していたよりも二時間ぐらい遅れてしまったが、この調子だと一時間後ぐらいには予約しておいたビジネスホテルに到着できそうだった。

だが、そんな算段をした途端、またひざがじわじわと痛み始めた。半ば無意識のうちに右ひざをかばうようにして歩いていたのだろう。左ひざも今は同じぐらい痛い。

まずいなあ……労は我慢してさらに歩いた後、敷地内に木々が茂っている神社にある石のベンチで休むことにした。リュックに入っているひざ用サポーターを装着しよう。

すぐ先には児童公園もあったが、神社の方が日陰が多くて涼しそうである。明らかに無人の神社で、社務所のような建物もなく、中央に古いお堂があり、両脇にあちこち欠けて元の色がよく判らない黒さび色をした狛犬。あまり手入れされているとは言えず、石のベンチの周りに限らず、あちこち雑草が伸びていた。

労がトレッキングポールを石ベンチに立てかけようとしたとき、マジックが急に前に回り込んで来て、両方の前足を浮かせ、労の腿辺りをその前足でぐいと押した。そのせいで労は二、三歩後ずさる羽目になった。足もとに何か障害物でもあれば転倒していたかもしれない。

「おい、危ないだろう。何やってんだ」

しかしマジックはさらにもう一度、後ろ足だけで立って労の両腿を押した。

「何がしたい。ウンチか？　神社でそういうことをやったらまずいから、いったん外に出たいってことか？」

するとマジックは予想外の音量でバウッと吠えた。初めて聞くマジックの声だった。だが、怒っているようでもないし、用を足したいという感じにも見えなかった。試しにもう一度石ベンチの方に近づこうとすると、マジックは再びそれを妨害するように前足を浮かせ、これ以上来たらまたやるぞ、という構えを見せた。

マジックは午前中も一度、今みたいに急に進路妨害をした。あのときはそのお陰で黒いワンボックスカーとの接触を免《まぬが》れている。

「変なやつだな。何がしたいんだ」と言った直後、石ベンチのすぐ裏側でかさかさと音がして、その辺りの雑草が揺れた。マジックが、それだよ、それ、みたいな顔で鼻を持ち上げ、少し目をむいた。

労は石ベンチを遠巻きに回り込み、右手を伸ばして、トレッキングポールの先で雑草が揺れた辺りをつついてみた。

再び雑草が揺れた。トレッキングポールを使ってその辺りをかき分けるようにしてみたところ、まだら模様のくねくねと曲がった生き物が雑草の奥へと分け入って行くのが見えた。後ろ半分ぐらいしか見えなかったが、老眼の目にもそれが何かは明らかだった。

マムシだ。

「マジック、お前、マムシがいると気づいて、俺を守ってくれたのか？」

マジックは、ふん、と鼻を鳴らした。当たり前だろう、てか、それぐらい自分で気づけよ、とでも言いたげな表情だった。


目的の五階建てビジネスホテルに到着したのは夜の八時過ぎだった。ビジネスホテルとはいうものの、駐車場出入り口にある色あせた案内看板には宿泊料金よりも大きな文字で休憩料金の値段が表示されてあり、実際には安価なラブホテルとして利用されている施設なのだろう。国道から少し外れたいわゆる旧道沿いにあり、同じ通りにあるのは広い墓地がある寺、シャッターを下ろしたまま何年も空き店舗になっていると思われるドライブインレストラン、車の修理工場などで、車の交通量も少ない場所だった。背後には低い山があり、明日はこの山の中腹を通って北西に向かうことになっている。

ホテルのエントランスに入る前に労は立ち止まって振り返り、「マジックさん」と声をかけた。「俺はここで一泊させてもらう。ホテルの人に、お前が休憩できる場所を貸してもらえないかと聞いてみるが、ダメかもしれん。そのときは、その辺にある空き店舗の軒先でも使ってくれ。それが気に入らなければどこかに行っても構わんし、その後は好きにすればいい。お前にはいろいろ世話になったが、俺は飼い主じゃないし、明日になったらさらに先に進まなきゃならんから、お前の面倒を見てくれる人を探す時間もないんだ。すまんな」

ちょこんと座って聞いていたマジックは、小首をかしげてから、その場で伏せの姿勢になった。多少は状況が理解できているのか、いないのか。

ガラスの自動ドアが開き、エントランスへと入った。幸い、内装などは普通にある田舎町のビジネスホテルという感じで、ラブホテル感は皆無だった。だからこそ利用する客もいるのだろう。

安っぽいソファがあるロビーもフロントのカウンターも無人だった。労は背負っていたリュックを下ろし、トレッキングポールを短くたたんでリュックに突っ込んでから、フロントのベルを鳴らした。奥の方でテレビらしき音がしている。

ほどなくして現れ、「いらっしゃいませ」とあいさつをした三十代半ばぐらいと思われる細身のフロントマンは、濃紺のスーツにワインレッドのネクタイをしていたが、ネクタイの結び目が少し横にずれていて、センター分けの頭頂部には寝癖がついていた。このホテルの水準はこんなところです、と言葉を使わず説明を受けたような気がした。

労は「予約しておいた真手野です」と告げ、現金で前払い料金を払い、フロントマンの機械的な口調による簡単な利用案内を聞きながら記帳した。フロントマンからカードキーを受け取り、「ごゆっくりどうぞ」と言われたところで労は「あのー」と切り出した。「建物の前に犬がいるんですが、見えますかね」

フロントマンはカウンターから少し身を乗り出すようにしてガラスの自動ドアの向こうにいるマジックを確認し、「ああ、いますね。追い払った方がいいかな」と言った。

「あー、いやいや」労は苦笑いをしながら片手を振った。「実はここに来る途中で出会って、なぜかついて来たんです。できればこの施設内のどこかであいつも休憩させてやりたいんだが、どんなものでしょうか」

「えっ」フロントマンは露骨に眉根を寄せた。

「いや、建物の中に入れてくれってことじゃなくて、例えば裏口辺りの、他のお客さんに迷惑がかからないようなスペースとか——」

フロントマンは頭を横に振って「残念ですが」と顔をしかめた。「あの犬が同じ場所でじっとしているという保証もないでしょうし、うろうろしているうちに敷地内でお客様の車と接触するおそれだってあります。いわゆる迷い犬なんですよね」

「ええ、まあ、そういうことになるかな……」

「何かあったときに責任の所在がはっきりしていないわけですから、我々としては何とも……」

確かにもっともな話である。立場が逆であれば、自分もそういう返答をして断るだろう。その犬が利用客を黒いワンボックスカーやマムシから守ってくれたという事情など、ホテル側にとっては関係ないことである。

「判りました。変な頼みごとをして申し訳ない。部屋に入る前にちょっとあの犬を連れ出して、迷惑にならない別の場所に置いて来ます」

フロントマンは返事はせずに軽く頭を下げた。ご理解いただき感謝しますという意味で頭を下げたのではなく、そりゃそうでしょといううなずきだろう。

行きかけてから気づいてフロント前に戻り「すみませんが、不要なダンボールなんかがあったら、いただけないでしょうか」と聞いてみると、フロントマンは再び眉根を寄せてから小さくため息をつき、奥に引っ込んだ。しばらく待たされた後、たたまれたダンボール箱を受け取った。よく目にする、宅配便の会社名が大きく入ったダンボールだった。

リュックをかつぎ直し、ダンボールを抱えて外に出ると、伏せのまま待っていたマジックがお座りの姿勢になった。労が「あっちに行こう」と歩き出すと、素直について来る。何だか騙すような形になってしまいそうで、少し罪悪感を覚える。

さきほど目をつけておいた、空き店舗のままになっているドライブインレストランに移動。アスファルトの割れ目からあちこち雑草が伸びている駐車場の隅に、経営者用だったのか別の用途に使われていたのか判らないが車一台分のかまぼこ形のカーポートがあるので、ここを使わせてもらうことにする。金属製の骨組みにホロをかぶせたタイプのもので、ちょっとしたテントのようなものである。

最初は中が真っ暗に感じて、出入り口付近しか視界が利かなかったが、すぐに目が慣れてきて、ここもアスファルトの割れ目から雑草が生えていたり、隅っこに何者かが放り込んだと思われるポリ袋に詰まったゴミが二つあることが確認できた。幸い、変な匂いはしていない。

腰を少しかがめないと入れない高さなので労はリュックを下ろし、手に提《さ》げて中に入った。ダンボールを中央に敷いて近くにリュックを下ろすと、マジックも入って来た。ダンボール箱をくんくんとかいでから、労を見返す。

「マジックさん、こんな場所で申し訳ないが、我慢してくれ。俺はビジネスホテルに泊まるが、お前はここで休んでほしい。もちろんどこかに行ってても構わんから」

リュックから、アルミホイルを敷いた紙ボウルを二つ出して、ペットボトルの水と、健康運動センターからマムシの神社までの移動中にコンビニに立ち寄って新たに買った、レトルトのドッグフードを入れる。一袋分だけだと少ないと感じたので二袋分入れた。マジックがじっと見返しているので労が「よし」とうなずくと、ドッグフードを食べ始めた。

労は外に出てリュックを背負い直し、「じゃ、おやすみ。いい夢を」と声をかけたが、マジックは尻を向けてドッグフードをもそもそと食べていた。

途中で振り返ったが、マジックはついて来なかった。

ホテルの部屋で労はベッドに腰かけ、カーゴパンツを脱いでマジックテープ式のひざ用サポーターを左右とも外した。マムシ事件の後、近くの児童公園で装着したもので、少しでも痛みを軽減しようときつく絞めたため、血の巡りが悪くなってしまったらしい。サポーターのラインに沿って、うっすらと紫色になっていた。

狭いユニットバスの浴槽に湯を張って、体育座りの姿勢で浸かった。温まってくると両ひざの関節が少しほぐれてきた感覚になり、労は「うーっ」と声を出した。

退職後も身体はそれなりに鍛えてきたつもりだったが、やはりこの年で一日じゅう歩くというのはこたえる。いや、逆にこの年でこんなことをやろうという心意気、自分で自分をほめてやるべきだろう。

両ひざの凝りをほぐそうと両手でもみ始めたが、トレッキングポールを使い続けたせいで、肩や腕も疲れが溜まっており、だるさに負けてあきらめた。右ひざをかばっていると左ひざが痛み始める。下半身をかばっていると上半身が悲鳴を上げ始める。こちらを気にかけるとあちらが不機嫌になる。モテ男の悩みが少しだけ判ったような気がした。

身体の汗と汚れを落とすついでに、備え付けのボディシャンプーで下着類を洗って室内干しをするつもりだったが、腕がだるいのでやめておいた。下着は二泊三日分用意してあるので、帰宅してからまとめて洗濯機に放り込めばいい。

ベッドに腰かけて、ドッグフードと共にコンビニで買っておいたサンドイッチ二種類と紙パックの野菜ジュースの夕食を摂り、大の字になった。

今日は何とかなったが、この後ひざは大丈夫だろうか。途中で無理だと思ったら中止すればいいという気楽な気持ちで臨んだものの、ここまで来たら簡単にはあきらめたくはない。身体が疲れているのにあまり眠気を感じないのは、予想外に長い昼寝をしてしまったことが影響しているのか。

いや、あいつのことが気になってるからだ。

あのまま、あのカーポートの中で眠ってくれただろうか。

それとも、エサを食べ終えたらさっさとどこかに行ってしまっただろうか。

車にひかれたりしていないだろうか。あの通りは交通量が少なかったが、少ないだけに深夜になるとスピードを出して通り抜ける車があるかもしれない。それに、すぐ近くにある国道は、片側二車線で中央分離帯がある、大型トラックなどがバンバン通る場所だ。あんなところに迷い込んでしまったら……。

労はベッドから身体を起こした。これではとても眠れそうにない。このままマジックのことを忘れて徒歩旅行を続けることはできそうになかった。あいつは二度も助けてくれた恩人、いや恩犬なのだから。

急いで身支度を調え、リュックをかつぎ、伸ばしたトレッキングポールを持って部屋を出た。エレベーターで一階に下り、カウンターのベルを鳴らした。奥から姿を見せたあのフロントマンにカードキーを差し出してチェックアウトしたいと告げると、さすがに「えっ」と目を丸くされたが、理由などは聞かれなかった。

すぐさまマジックがいるはずのカーポートへ。アウトドア用ハットを脱いで中を覗き、目をこらしたが、真っ暗な空間にマジックがいる気配はなかった。徐々に目が慣れてきて、敷いたままのダンボールと、アルミホイルをかぶせた紙ボウル二つが確認できたが、マジックの姿はなかった。エサはなくなっている。

やっぱり、どこかに行ってしまったか……。そりゃそうだろう、こんなところに連れて来られて、飼い主でもない男が再びやって来ると信じて待っているわけがない。労は「当たり前だろうが、バカ」と自分に毒づいた。

ビジネスホテルはもうチェックアウトしてしまった。あそこに行って、あらためて宿泊したいと告げたら、あのフロントマンはどんな顔をするだろうか。見てみたい気持ちはあったが、今夜はここで明け方まで過ごすことに決めた。命を助けてくれた犬を置いてけぼりにしたペナルティだ。

労はダンボール箱を外に出して、接着部分を引きちぎって広げた。面積広めの一枚のダンボールシートになったものをカーポートの中で敷き直し、リュックからエアマットを出してダンボールシートの上で広げ、中腰でエアポンプを踏んで膨らませ始めた。数分で空気が入り、今夜のねぐらが完成。

この後気温が下がってくるかもしれないが、今の時期は知れている。寒さを感じてきたら重ね着をすれば何とかなるだろう。

そのまま寝ようと思ったが、リュックから紙パックを出し、ついているストローを差し込んだ。コンビニに立ち寄ったときについでに買った芋焼酎である。身体が疲れているから、飲めば眠りに落ちやすいだろう。ストローですすると、胃が少し熱くなるのを感じた。

紙パックを空にしたところで、「よっこらせ」と声に出して仰向けになった。最初は真っ暗だと思っていたが、カーポートを覆うホロは、あちこち穴が空いていたり、下の方は裂け目ができていたりしていた。

近くにある国道の方から、車が行き交う音が聞こえていた。この辺りの雑草に隠れているらしい虫の声も聞こえる。子どもの頃はコオロギ、スズムシ、マツムシ、キリギリスなどを捕まえて虫かごに入れたりして、鳴き声も区別できたはずだったが、今は記憶があいまいになってしまった。この鳴き声は何という虫だったか……。

さらに目が慣れてきて、ホロの穴から入って来るかすかな光が、プラネタリウムのように見えてきた。もしかしたらビジネスホテルよりここの方が快適かもしれないと気づき、労は短く笑った。

そのとき、出入り口の方に気配があったので首をひねって見た。「あっ」と声を漏らすと、マジックがたったたったっと中に入って来て、労の顔に鼻先を近づけて少しかいでから、労の足もと側に行き、エアマットの空きスペースに乗った。

「お前、戻って来たのか」

暗がりの中、マジックの目が光っていた。大きくあくびをしたかと思うと、マジックはそのまま、当たり前のことのように横に丸くなった。

辺りを偵察して戻って来たところなのか、どこかで用を足して戻って来たのか、あるいは〔相棒〕が心配で探し回っていたのか。

よかった、車にひかれたりしてなくて。

労も横向きになって目を閉じた。労は横向きになるとき、最初は右側を下にすることが習慣になっている。いつだったかテレビ番組でやっていたが、右側を下にして寝る人の方が左派よりも多数派らしい。それは右腹を下にした方が胃から腸に消化物がスムーズに移動するからだという説があるが実は科学的な裏づけはなく、むしろ逆流性食道炎を防ぐためには左を下にした方がいい、と医学博士だか何だかの男性が発言していた。その番組ではさらに、右側を下にする人が多いのは本能的に利き腕を守ろうとしているからではないか、みたいな説を紹介していた。

さっきは胃が温かくなるのを感じたが、じわじわとそれが腹の方に移動しているのが判った。こんな場所ではあるが、どうやら眠れそうだった。

夜中に目が覚めた。予想していたよりも気温が下がっているようで、労は上体を起こしてぶるっと身体を震わせた。

マジックは……足もとのスペースで横になっていた。腹がゆっくりと上下している。寝る前に焼酎を飲んだりしたせいで、尿意を覚えた。カーポートから出て周囲を見回す。トイレらしきものは見当たらない。

すぐ隣は空き地だった。雑草が伸び放題になっていて、道路に面したところはひざ上ぐらいの高さのロープが張られてある。

労はロープをまたぎ越して雑草の中に入り込み、「ごめんなさい、軽犯罪法違反だということは判っております」と小声で言いながら用を足した。元警察署長がこんなことをやっている。現役時代に、こんな自分の姿を想像できただろうか。労は短く笑った。

カーポートの中に戻り、首にタオルを巻いて、頭にパーカーのフードをかぶり、ひもを引っ張ってフードを頭に密着させた。こうすれば空気の侵入を防いで温かくできる。軍手も両手にはめた。手のひらには多くの毛細血管が集まっているため、手を温かくすればここで温度を上げられた血液が全身に渡り、身体も温まる。焚き火に手をかざすのも、そういう効果があるからである。

再び横になり、できるだけ体温の放出を抑えるため、腕組みをした。

しばらくするとマジックが起き上がり、労の目の前にやって来た。

「何だ、お前もトイレか？」と聞くと、マジックは労の腹の近くに前足を置いた。ふん、と鼻を鳴らしてきたので「何だよ、どけってのか？」と腕組みをほどくと、マジックは半ば強引にエアマットに乗って来て、労の胸や腹と密着する形で横になり、背を押しつけてきた。

すぐにマジックの背中を通じて体温が伝わってきた。最近まで家の中で飼われていたのか、獣臭《けものしゅう》がしない。労は左手でマジックの首周りをなで、それから前足や腹もなでた。

もしかしたらマジックは、〔相棒〕が寒がっているようだから温めてやろうとしているのか。

だとしたら、また借りが増えてしまうな。労は「お前、いいやつだな」とつぶやいて目を閉じた。マジックが呼吸をするたびに腹が膨らんだりへこんだりするのが、体感で伝わってきた。

腕時計のアラームで目を覚ました。朝の早いうちに出発して、気温が高くなる日中はどこかで休むという計画を立てていたので、午前四時に鳴るようセットしてある。目の前にマジックの後頭部があった。あのまま、後ろから抱くような形で眠りに落ちたらしい。だがお陰でその後は寒さをしのぐことができた。

アラームが鳴ってもマジックは起きなかったが、労がエアマットの上で座り直してカーゴパンツをずらし、ひざ用サポーターを装着し始めるとむくっと起き上がり、エアマットの横に座り直して労の様子をじっと見ていた。出発するということが理解できたのか、マジックは途中で外に出て、前足を大きく出して伸びをした。

エアマットの空気を抜いて丸め、リュックに詰め直した。ダンボールはたたんでカーポートの奥に立てかけた。ごみの放置はよくないが、最近は野宿やテント泊などをしながら自転車や徒歩で全国を旅して回る若者がちょいちょいいる。近いうちにここが誰かの一夜の宿泊場所になり、ダンボールシートの存在に感謝してくれそうな気がした。

出発前に隣の空き地で再び小用を足していると、マジックもやって来て近くで片足を上げた。労は「お前も共犯だな」と笑ってから、「いや、犬は犯罪には問われないんだったな」と言い直した。

リュックを背負い、トレッキングポールを両手に持って「よし、行くか」と声をかけると、マジックは目を細くして鼻先をくいっと持ち上げた。いちいち声にしないでさっさと行けよ、みたいな仕草だった。歩き始めると、マジックはすぐ後ろをついて来た。

途中でコンビニに寄ってトイレを使い、おにぎりなどの食料と共にレトルトのドッグフードも仕入れた。

陽が昇って明るくなってきた。今日も天気はよさそうだが、日中はまた暑くなりそうだ。

住宅街を通り抜ける途中で見つけた児童公園に立ち寄り、ベンチでマジックと共に朝食を摂った。小型犬を連れて公園に入って来た年配女性に「おはようございます」と声をかけたが、相づちを打たれただけで遠巻きに歩き、再び出て行った。愛想が悪いわけではなく、マジックがリードでつながれていないことに気づいて、トラブルを避けるために遠慮させてしまったようだった。

再び田畑が多い区域に入って、山道へ。徐々に傾斜角度が上がってきたため、労は歩幅を狭くした。標高六百メートル程度の低い山だが、別に頂上を目指すわけではなく、川に沿って途中まで登り、後は横に巻く形で進んで向こう側の平地に出るルートである。だが、全コースの中で最も体力を使う場所であることは間違いない。

左はガードレールとその向こう側が川、右は山の斜面。ときおり車が上って来て追い抜いて行くのはいいが、カーブを曲がって来たトラックなどに遭遇するとヒヤリとさせられる。道幅は車二台がかろうじて離合できる程度で、歩道がない。労は途中から左側に移り、ガードレールに沿って進むことにした。この方が下りて来る車に早く気づくことができるし、ドライバーからも視認しやすい。

案の定、両ひざが痛みを訴え始めた。足を踏み出すたびにズキンとくる。ときおり、脳天に響くぐらいの痛みに襲われるときがあり、「うっ」「くそっ」と声が漏れた。途中で後ろ向きになって歩いたり、さまざまな歩幅を試したりしたが、焼け石に水だった。最も効果的だったのは、少し歩いて痛みが強いときはしばらく止まり、また少し歩いて痛みがひどくなってきたらしばらく止まる、というやり方だった。だがこの方法だと時間がかかる。

山の斜面側にお地蔵さんがいて、その横に小さなコンクリートベンチがあった。お地蔵さんとベンチの間には、山肌を覆っているシダの葉の中からにょきっと突き出た塩化ビニールのパイプ。パイプの先からは水がしゃばしゃばと流れ出ていて、その水は格子模様になっている金属製の側溝ぶたに吸い込まれていた。パイプからぶら下がっている短冊形のプレートには、マジックペンによる手書きで〈山の湧き水です。マナーを守って使いましょう。〉とあった。労は「よし、ここで休憩しよう」と声にして、トレッキングポールをベンチに立てかけ、リュックも下ろして腰かけた。ふう、と大きなため息が勝手に漏れた。

マジックが目の前にちょこんと座って、労の顔を凝視してきた。お前大丈夫かよ、とでも言いたげだった。

「心配ない。これぐらいのことは想定済みだ。ここからが真価の見せどころ。騙し騙し行けば何とかなる。学生時代は剣道の一回戦で左肩が外れちゃって、はめた後も痛くて使い物にならなかったが、それでも準決勝まで進んだことがあるんだ。あのときのことを思えばへっちゃらさ」

湧き水に口を近づけて少し飲んでみると、冷たくて旨い。労はペットボトルに入っていた水を捨てて、湧き水を入れ直した。マジックにも、アルミを敷いた紙ボウルでそれを飲ませた。

ペットボトルから湧き水を飲み、再び補充してキャップをした後、リュックの上にふくらはぎを載せるようにして、ベンチの上で仰向けになった。気のせいなのか実際にそうなのかはよく判らないが、足に溜まった疲労物質が運び出されて分解されているような感覚が得られた。

途中で一度、軽自動車が近くに停まり、六十歳ぐらいと思われるピンクのジャージに白いキャップ姿で小太り体型の女性が大きなポリタンクを持って近づいて来た。労が「あ、すみませんね、ベンチを占領しちゃって」と身体を起こしたが、女性は「いいえ、水を汲みに来ただけですから、そのままでいいですよ」と笑顔で応え、「あら、ワンちゃんも一緒にハイキングですか」と聞いてきた。労が「ええ、そんなとこです」とお茶を濁すと、女性は犬好きらしく、「触ってもいいですか」と断ってから、しゃがんで

「あら、おりこうそうな顔ですねー」「ご主人を守ってあげてねー」などと言いながらマジックをなでた。水を汲み終えた後も女性は名残惜《なごりお》しかったようで、「おばちゃん、もう行かなきゃならないのよー」「せっかく出会ったのに残念ねー」「元気でねー」などと話しかけていた。マジックは終始、目を細くしてお座りのままで、なで回されたり話しかけられるのをちょっと我慢しているように見えた。

たっぷり三十分ほど休憩してから再出発。伏せの姿勢で待機していたマジックは立ち上がり、一度労をじっと見上げてから先に進み始めた。最初は休憩が長かったから気がはやってのことかと思ったが、マジックはときおり労の様子をチェックするかのように耳をひねったり横顔を向けたりして、常に二メートルほど前を歩いた。労がひざの痛みを感じて立ち止まると、マジックもすぐに止まって待ってくれた。

再び歩き出して、マジックの後ろ姿を見るうち、何となくマジックが見えないロープを使って引っ張ってくれているような感覚になってきた。マジックには透明のロープつきハーネスが装着されていて、そのロープの先は労の腰に巻かれている。そう思うことで、両ひざの負担が軽減されたような気がしてきた。

「マジックさん」と引っ張ってもらう感覚のまま労は声をかけた。「ずっと後ろからついて来てたのに、急に前を進むことにしたのは、俺を引っ張るためなのか？　そうなんだろ。馬鹿馬鹿しい発想だが、不思議と効果があるみたいだ。ありがとう」

マジックはきっと、実際に引っ張っているつもりで進んでいるのだろう。何となく、前足のつけ根が隆起して力が入っているようだ。

気功《きこう》について詳しくはないが、気を送る側と受け取る側が互いに意識することで、力などを伝えることができるというのは決して眉唾《まゆつば》ではないと労は思っている。若い頃、警察の道場で合気道の実力者を招いて動作を少し教わったことがあるが、両手を握られて軽く振ったと思ったら、全身の力が入らなくなってひざから崩れ落ちた体験をしている。第三者的に見ただけならインチキだと思うようなことも、実際に体験すると評価はまるで違う。もともと〔手当てをする〕という言葉は、手のひらをかざして気を送ることが語源だと聞いている。手のひらをかざして気を送り、受け止める方もそれを意識すれば、本当に患部の痛みがやわらいだり、温かく感じたりすることを先人は知っていたということだろう。催眠術なんかも、かける側とかけられる側の信頼関係がないと上手くはいかないと聞いたことがある。

今、マジックはロープで引っ張ってくれている。自分は引っ張られている。お陰で両ひざの負担が軽減して、痛みがやわらいでいる。労はこの不思議な感覚に、困惑する気持ちやありがたさだけでなく、わくわくし始めていた。最近、スポーツや芸術の世界で〔ゾーンに入る〕という表現をときどき耳にするが、今体験しているこれも、まさにその一種ではないか。

霊園や変電所、放置された倉庫らしき建物などの前を通り過ぎ、いつの間にか左側は川ではなく木々が生《お》い茂る斜面を見下ろす形になって、道も下り坂になった。ひざは上りよりも下りの方が痛みがきやすい。案の定、ときおり両ひざに痛みを感じるようになってはきたものの、無視しようと思えばできる程度だったので、歩くスピードを遅くするだけで、休憩なしで進んだ。その間もマジックは二メートルほど手前にいて、見えないロープで引っ張り続けてくれている。

再び田畑の中に民家や穀物倉庫などが点在する平地にたどり着いた。少し進んだところで地元の農家が運営していると思われるプレハブの直売所を発見。砂利が敷かれた駐車スペースの奥には運動会のときなどに見かける大型テントがあり、自由に飲食ができるテーブルや椅子も用意されてあるので、ここで早めの昼食を摂ることにした。駐車場に車は一台もなく、テントもテーブルも独占できそうである。

労がトレッキングポールを椅子の一つに立てかけて、「ちょっと飯を調達してくるから待っててくれ」と言うと、マジックはテントの日陰に入り、その椅子の横に座った。

直売所は五十代と思われる割烹着《かっぽうぎ》を身につけた大柄な女性がレジ付近にいて、笑顔で「おはようございます」と迎えてくれた。野菜や果物の他、地元で加工されたらしい真空パックのスモークチキンやスモークエッグ、佃煮類《つくだに》の瓶詰めなどが並んでいる。弁当コーナーもあったが、並んでいた四つはすべて中身が同じで、海苔《のり》を巻いたおにぎりが二つと、鶏肉、シイタケ、レンコン、インゲン、ニンジンなどの煮物、そして煮卵が入っている。地味ではあったが煮物はつやつやしていて、ふたに貼っている「すべて地元食材です。」というラベルのせいもあり、旨そうだった。

弁当一つを持ってレジに行き、「お茶もありますか」と尋ねると、店の女性から「緑茶とほうじ茶、それぞれ温かいものと冷たいものがありますが」と言われたので、温かいほうじ茶を注文。すると女性は横にあるガラスケースから「これでいいですか」と昔懐かしいものを出してきたので労は「おおーっ」と声を出した。

昔の駅弁の隣に常に存在した、ずんぐりした半透明の容器に入ったお茶。針金の把手がついていて、ふたは小型の湯飲みとして使えるようになっている。確か、ポリ茶瓶《ちゃびん》という名称ではなかったか。

「こんなものが今の時代にもあるんですか」と労が言うと、女性は「最近、レトロブームで、こういうのを喜ぶお客さんがいるからって、地元の青年部が言い出しましてね。確かに年配の人は懐かしがってくれますし、若い人も驚いたり喜んだりしてくれてます。それにペットボトルとか缶と違って捨てないで持って帰ってくれるんですよ」と説明してから、「あ、青年部って言っても、みんな五十過ぎてるんですけどね」と言って口に片手を当ててケタケタ笑った。もしかしたらこの女性が店内で使う鉄板ジョークなのかもしれない。

弁当とお茶を持ってテントに戻り、リュックを下ろした。マジックが鼻をひくひくさせているので「これは俺用。お前にはドッグフードをやるから。人間の食べ物は塩分が多すぎて犬には毒だからな」と言い、紙ボウルに水とドッグフードを入れた。「よし」と言ってもマジックはしばらくの間、うらめしそうに労を見て、首を伸ばしてテーブルの上にある弁当を覗き込もうとしてから、ようやくドッグフードを食べ始めた。

弁当の味は昔懐かしい感じがした。煮物は少し甘めで、鶏肉にも野菜にも出汁《だし》がよく染みていた。レンコンやインゲンの歯ごたえもちょうどいい。おにぎりの中身はコンビニなどで売っているものと違い、ゼンマイなどの山菜煮だった。これがまた飯に合っていて、労は嚙みしめながらつい「うーん」と目を閉じた。そしてポリ茶瓶のほうじ茶。ぐい吞みのように一口飲んではまた注ぐ。周囲を眺めると田畑があり、遠くに山々があり、青空には立体的な雲が泳いでいる。車窓からの風景のようだった。業務用の大型テントに会議用の折りたたみ式長机と丸パイプ椅子だったが、これぞ日本の田舎ならではのオープンカフェだろう。

その後もマジックは労の前に出て、牽引《けんいん》する感覚で歩いてくれた。それでもひざの痛みが徐々に増してきたが、そのことよりも午前十一時を過ぎた頃になると気温の上昇が予想以上で、真夏のような暑さになった。旨い弁当と懐かしいお茶で体力回復を図ることはできたものの、このまま進むのは危険だった。ひざも休ませたい。

児童公園のトイレに立ち寄って用を足した後、辺りをきょろきょろしながら進むうちに見つけたのは、農産物の貯蔵か選別のためらしいコンクリート壁の施設だった。古い工場のような外観だが、窓が全くない壁には〔タマネギ〕〔みかん〕などのかすれた文字がかろうじて残っており、トラックを横付けして搬入搬出させるために外にせり出している船着き場のような部分は、労の胸ぐらいの高さがあった。今は無人状態らしく静かで、施設の壁に並んでいる四つの大きなシャッターもすべて下りていた。

ありがたいのは、シャッターが並んでいる場所はひさしが大きく張り出していて、しかも建物自体がコンクリート製なので、結構な涼しさが期待できるということだった。

一応、許可を取って休憩させてもらおうと、建物の周囲を回ったが、事務所の出入り口らしき金属製のドアは叩いても反応がなく、インターホンらしきものもなく、ノブを回してみても明らかに施錠されていた。

黙って施設内に立ち入れば建造物侵入罪。だが、日陰に入らせてもらうだけで、建物の中に入るわけではないし、もしとがめられたら謝れば済むことである。やや疲れた表情を心がけて、「徒歩旅行をしていたが軽い熱中症にかかってしまったようで、頭がくらくらして身体にも力が入らなくなってしまいまして」などと説明すれば、七十手前の年寄りにとっととといなくなれとは誰も言うまい。

「マジックさんよ、ここで休憩させてもらおう。涼しくて快適そうだ」

そう呼びかけて、施設の隅のスロープを上った。マジックはその途中で労を追い越して前に回る。だが、引っ張ってもらう感覚になる前に上りきってしまった。すぐに下りられるよう、一番手前のシャッターの前でリュックを下ろし、エアマットの空気を入れた。マジックは、休憩するのだなと理解したようで、すぐ横で伏せの姿勢になった。

空気が入り、アウトドア用ハットを脱いで、出来上がった簡易ベッドの上に寝転ぶと、ひざの痛みも全身のだるさもかき消えてゆく感覚が得られた。それに、目をつけたとおり、涼しい。心地よい風が流れ込んで来て、身体の熱を吸い取って運んで行ってくれる。労は「あ、どうせなら」とトレッキングシューズも脱いであらためて仰向けになり、腹の上で両手の指を組んで、目を閉じた。

到着予定は明日の午前中。ひざの具合によってはもしかしたら昼前か午後になってしまうかもしれないが、もともと余裕を持って計画を立てたので明日の日中にゴールという目標は何とか達成できそうである。

マジックがいてくれたお陰だなとつくづく思う。マジックがいなければ黒いワンボックスカーと接触したりマムシに咬まれたりして今ごろ病院のベッドに寝ていたかもしれないのである。仮にマジックなしで運よくワンボックスカーとの接触もマムシも回避できたとしても、今日のあの坂道でアウトだったような気がする。マジックが「引っ張ってくれた」からこそ、ひざの痛みが軽減したのだ。他人が聞いたら、それはあんたの思い込みだ、プラシーボ効果みたいなものだろうと言われるかもしれないが、自身のあのときの感覚は、間違いなくマジックに引っ張ってもらっていた。

「マジックさん、ベッドに乗らなくていいのか」労は薄目を開けて顔を向けたが、マジックはこちらに背を向ける形でコンクリートの上で横になり、ゆっくりとした呼吸と共に腹を上下させていた。

直《じか》にコンクリートの方が、確かに涼しいだろう。

心地よかったせいで完全に熟睡していた。「ちょっと、おたく」という声も夢の中のことかと思った。北極だか南極だかの広大な雪原を犬ゾリに乗って走っている夢だった。多分、あの山道でマジックに引っ張ってもらった体験のせいで、夢がそういう形になったのだろう。

目の前に、制服の男性警察官が二人立っていた。彼らは雪の中に埋まっているのか？などと一瞬考えたが、すぐに現実に引き戻された。自分が寝転んでいる場所が平地よりも高いからだ。警察官たちの背後には自転車とバイク。付近の交番勤務らしい。

「ここで寝てる人がいるっていう通報があったから来たんだけど、何してんの？」

四十過ぎぐらいの四角い顔をした警察官が険しい顔で言った。相手の年齢からして十年ぐらいは労と同じ県警に所属していたはずだが、知らない男である。ここの県警だけで四千人以上の警察官を抱えるのだから、知らない方が普通ではある。

元署長のOBに対して失礼なやつだな——と内心ぼやきながら労は「すみません。徒歩旅行の途中で、ちょっとしんどくなっちゃったもので、休憩させてもらってたんです」と苦笑いで座り直し、住所地や目的地も伝えた。

後方にいる警察官はもっと若いようで、表情も柔和な感じだった。やや太っているようだが、骨格はがっちりしている。こちらも知らない顔だった。

「その犬は、おたくの？」と先輩警察官の方が言った。「リードでつないでないじゃん」

「ああ、すみません」

「ちゃんとあるの、リード」

「いや、それが……必要になったら使おうと思ってリュックに入れといたつもりなんですが、どうやら家に忘れて来てしまったようで」

「ダメじゃん」先輩警察官は両手を腰に当て、声のボリュームを上げた。「条例で、犬を外に連れ出すときにはリードなどでつながなきゃいけないことになってんだよ。知らないで飼ってるのか？」

「いえ、知ってます。忘れてしまって申し訳ない」

「ここから五百メートルぐらい向こうに」と後輩警察官が苦笑交じりで北東の方向を指さした。「ホームセンターがあるので、そこで買ってもらえますか」

「ああ、はい、判りました。必ず買います」

「おたく、年は何歳？」と再び先輩警察官が聞いてきた。

「もうすぐ七十になります」

「その年齢で徒歩旅行をしようって考えは立派だけどね、ちょっと自分を過信してないか？」

「そうですかね……」

「実際、他人の施設を勝手に間借りしてるじゃないの。断り、入れてないんでしょ」

「許可をもらうつもりで事務室らしきところを訪ねたんですが、留守だったもんで」

「だからって、勝手にこんなところで居眠りしちゃダメでしょうが」

「はい、面目《めんぼく》ないことで」

頭を下げながら、内心ため息をついた。こいつ、市民と接触すると問題を起こしやすいタイプの警察官だな。必ず一定の割合で、こういうやつがいるのだ。

そのとき無線が入り、先輩警察官が肩についている無線マイクを外して労に背を向け、何やらやり取りを始めた。連絡はすぐに済んだようで、後輩警察官に向かって小声で何か言い、後輩警察官が「はい、了解しました」とうなずいた。

先輩警察官はそのまま労に対しては何も言わず、一瞥をくれてから、バイクに乗ってすぐにいなくなった。

そのとき、少し離れた場所から自転車にまたがった女の子がこちらをじっと見ていることに気づいた。小学校の低学年ぐらいだろうか。麦わら帽子に黄色いTシャツ。どうやら、知らないおじいさんが警察官に注意されているのを、何ごとだろうかと思って注視していたようである。労が作り笑顔で片手を振ると、女の子は自転車を漕ぎ出して遠ざかって行った。犯罪者かもしれない男から手を振られて気持ち悪くなったのだろうか。余計なことをしてしまったようだ。

労は気を取り直して「何かあったんですか。応援要請ですか」と後輩警察官に尋ねた。

「ええ、まあ……」後輩警察官は先輩警察官が走り去った方を見てから苦笑し、「まあ、そういうことなんで、お休みのところ何ですが、退去していただけますか」

「はい、判りました」

「それと、犬用のリードを買うよう、お願いしますね」

「はい、もちろん。お手数かけました」

労は脱いであったトレッキングシューズをはき直し、エアマットをめくって裏側のキャップを外して両手で押して空気を抜き始めたが、後輩警察官はまだ立ち去る様子を見せなかった。実際に退去するまで確認するつもりらしい。

「さっきの先輩」と労は話しかけた。「巡査長ですか」

後輩警察官は少し驚いた顔になり、「どうしてですか」と尋ねた。

「ああいう、横柄《おうへい》な態度で市民に接するタイプは、昇任試験に受かるのは難しいだろうと思って。最近は特に市民がSNSなどで警察官の対応についていろいろ書き込む時代だから」

「あはは」後輩警察官は両手を腰に当てて苦笑いしたが、「どうでしょうかね」とお茶を濁すように言った。

「交番勤務の前は……留置《りゅうち》管理ってとこかな」

すると後輩警察官の苦笑いが消えた。市民とトラブルを起こしやすいベテラン警察官は留置管理課に行かされることが多い。中には各警察署の留置場担当ばかり転々とする者もいる。市民と接触させたらろくなことがないから留置場で被疑者を見張らせておけ、ということである。

「失礼ですが」と後輩警察官が探るような表情で言った。「警察OBの方でしょうか」

「ええ。もう退職して十年経つのでご存じじゃないのは当然でしょうが」

「お名前を伺《うかが》ってもよろしいでしょうか」

後輩警察官は直立不動になった。

「真手野と言います」

「えっ……白川署の」

「ええ、最後はあそこでした」

「これは大変失礼致しました」後輩警察官は緊張した様子で敬礼をした。

「いや、とんでもない」労はエアマットを丸める手を止めて笑いかけた。「勝手にこんなところで寝入ってたんだから、ＯＢであろうが総理大臣であろうが同じように説諭《せつゆ》すればいいんです。気にしないで」

「そうでしたか……徒歩旅行だと伺いましたが」

「はい、ちょっと思うところがあって」

「明日がゴールですか」

「ええ」

「実は自分も学生の頃に、テントや寝袋を自転車に積んで、一か月ほど国内をあちこち回ったことがあるんです」

「へえ、そうなの」

「はいっ」後輩警察官は少しうれしそうな顔を見せた。「だから、このお年、と言っては失礼ですが、こういうことにチャレンジされる方を見ると、ちょっとうれしくなっちゃいましてね」

それで、横柄な態度の先輩警察官を複雑そうな顔で見ていたわけか。

エアマットを専用の袋に収納しているとき、後輩警察官は近づいて来てマジックに「つ、つ、つ」と片手を伸ばした。マジックは少し面倒臭そうではあったが、立ち上がって近づき、なでられ始めた。

「おとなしいワンちゃんですね」

「まあ、そうだね」

「あ、それで」と後輩警察官は声を少し大きくした。「自転車旅行中に公園にテント張って寝てたときに、自分も職質されたんですよ。それで事情を説明したら、泊まっても大丈夫な場所に案内してくれて、頑張れよ、車に注意しろよってそのお巡りさんが言ってくれて。他県の県警の方でしたけど、親切にしてもらって、それがきっかけで自分も警察官になろうって思ったんですよ」

「へえ」労は愛想笑いをしながら相づちを打った。相手が元署長の警察OBだと判ると、えらく態度が変わるものである。「真手野さんが白川署長をされてたとき、自分は大曲《おおまがり》交番におりました」

「ああ、そうなの。そういえば強盗殺人事件の帳場が白川署に立ったとき、大曲交番の警察官が職質した相手がたまたま犯人で、即逮捕して事件解決っていうことがあったね」

白川署に捜査本部が設置され、これは大ごとだと気を引き締めてたのだが、捜査方針や班割りが決まった矢先に犯人が逮捕され、肩すかしを食らったような出来事だったのでよく覚えている。

「ああ、あれは自分と同じ大曲交番の先輩で、ハタさんという方です」

ハタと聞いて、一、二秒で頭の中で波多に変換された。

そうだった。かずこから、重が交際している女性の、亡くなった夫が波多慎一という警察官だったと知り、字面に記憶があったのは、そういうことだったのだ。

「ああ、波多っていう人だったね。不審者だと思って職質をかけたんじゃなくて、腹痛に見舞われて墓地で苦しそうにしていた犯人に、大丈夫ですかって声をかけたと聞いてるよ」

「はい。腹が冷えて少し痛むだけですって犯人が言ったので波多さん、自販機で温かい缶コーヒーを買って飲ませて。犯人は遠くに逃げるつもりだったけど、どうせ捕まるから無駄なあがきはやめようと思い直して、だったら親切にしてくれたお巡りさんの手柄にして終わろうってなったんです」

「そうそう、そうだったね……そういえば、人づてに聞いた覚えがあるんだけど、病気で亡くなったそうだね、波多さんは」

「ええ、自分はあの人にはいろいろ面倒みてもらったんで、残念です」後輩警察官はしんみりとした口調になった。「あのときに本部長賞をもらって、機動捜査隊に引き抜かれて、元気にやっておられたのに……」

「よかったら、あなたの名前も教えてもらえますか」

「あ、もちろんです」後輩警察官はマジックをなでていた手を引っ込めて再び敬礼し、「自分はセトヒロシと申します。瀬戸内海の瀬戸に、広い志《こころざし》と書きます」と説明した。

労がアウトドア用ハットをかぶり直してリュックを背負い、両手にトレッキングポールを握ると、伏せの姿勢で待機していたマジックは心得たとばかりに立ち上がった。

なぜか瀬戸さんがにやにやしていたので「ん？」と問うてみると、彼は「いや、さっきの先輩ですよ」と言った。「がみがみ怒った相手が、元白川署長だと知ったら、きっと青ざめるだろうなって」

「そのことは言わなくていいよ」

「いえ、言いますよ。あの先輩、市民に対してだけじゃなくて、後輩に対してもかなり上から言ってくる人なんで、こらしめるいい機会ですから」

労は苦笑して、「あんまりいじめなさんなよ」と形だけ釘を刺しておいた。

スロープを下りるときに、両ひざに軽い痛みがあった。また騙し騙し進まなければならないようである。

労が「では、ここで。いろいろとお手数かけました」と軽く会釈をすると、瀬戸さんは、「いえ、こちらこそ申し訳ありませんでした。どうぞお気をつけて」と敬礼で見送ってくれたが、歩き出すとすぐに「あ、あの、犬と一緒で、宿泊する場所とか、大丈夫ですか」と声がかかった。

「何とかするよ。お巡りさんの手をわずらわせないように気をつけるから」

これ以上足止めされたくないので労は「じゃあ」とトレッキングポールを軽く持ち上げて会釈し、「あっちに五百メートルだったね、ホームセンターは」と言って歩き出した。

瀬戸さんは「道中お気をつけて」と言ったが、自転車にまたがろうとせず、途中で振り返ると手を振った。その後さらに二度振り返ったが、瀬戸巡査はそのたびに手を振り、カーブを曲がって見えなくなるまでそれは続いた。

労のひざの具合が判るのか、マジックは前に出て歩いていた。不思議なことに、やはり引っ張られているような感覚になり、痛みが軽減されているようだった。

「マジックさんよ、この旅が終わったら、俺んちで暮らすか？　もちろん飼い主が見つからなかったら、だけど」

マジックは確かに聞いたよとばかりに片方の耳をひねったが、立ち止まったり振り返ったりはしなかった。話半分で聞いとくよ、とでも言われたような感じだった。

ホームセンターが左手に見えてきた。今歩いているのはＪＲの単線沿いの、両側に古い民家が並ぶ細い道だが、ホームセンターは北側に並行して通っている国道沿いにあるようだった。

しっかり休憩したはずなのに、両ひざが早くも痛み始めた。マジックに引っ張ってもらう感覚に助けてもらってきたが、それでも痛みが増してきたということは、いよいよマズい状態なのかもしれない……。

左に折れる道が見つかったところで、背後からクラクションを鳴らされた。ちゃんと路肩を歩いているっていうのに何だと、むっとなる気持ちで振り返ると、白い軽自動車の運転席の窓が下り、縁なしメガネに白髪の女性が顔を見せて「あら本当、そっくり」と目を見張った。助手席にいた見覚えのある女の子も身を乗り出すようにして「ね、だから言ったでしょ」と声を弾ませた。

二人の視線は、マジックに向けられていた。


マジック共々、近くにあるお宅に立ち寄らせてもらうことになった。労は最初のうち、ただの社交辞令だろうと思って遠慮していたのだが、女の子から「お願い」と両手を合わせて頼まれてしまい、では少しの時間なら、ということで家に上がらせてもらった。

女性は脇野《わきの》さんという名前で、ご主人が経営しているという鍼灸院《しんきゅういん》の裏に庭つきの家があった。芝生が敷かれた庭の隅には空《から》の犬小屋が一つ。テツという犬を十五年以上飼っていたが、三か月前に亡くなったのだという。

女の子はみあちゃんという名前で、両親が共働きのため、祖母である脇野さんが夕方まで預かることが多いとのことだった。脇野さんは細身で白髪を後ろでまとめており、一見して理知的な人という印象がある。

リビングに通してもらい、アウトドア用ハットをかぶったままだったことに気づいて脱ぎ、ソファに座らせてもらった。脇野さんが庭に面したサッシ戸を開け、「みあ、マジックちゃんはずっと歩いてて疲れてるそうだから、休ませてあげてよね」と声をかけると、芝生の上で伏せの姿勢になっているマジックをみあちゃんはしゃがんでなでながら「オッケー」と片手で輪っかを作って顔の片側をしかめて見せた。ウインクのつもりだったらしい。

「本当に似てるんですよ、ほら」

脇野さんから差し出された、開いた状態の写真アルバムを見て労は「ありゃ、本当だ」と目をこらした。

マジックにそっくりな犬を、みあちゃんが後ろから抱きしめて笑っている。他にも散歩中の写真、みあちゃんの父親と思われる若い男性がテツを抱き上げての家族写真、芝生の上ですやすや眠っているテツなど、どれも体格や表情がマジックによく似ていた。脇野さんによると、テツも黒柴ふうの雑種犬で、保護犬の譲渡会で生後三か月のときに脇野家に迎え入れられたのだという。

「こんなものでよろしければどうぞ」と紅茶を出してもらい、労は「ああ、これはどうも」と頭を下げた。アールグレイの香りが鼻腔《びこう》に届いた。

「テツが死んで、みあは大泣きしてました」脇野さんは向かいに腰かけて、みあちゃんの方を見ながら小さめの声で言った。「困り果てて、新しい犬をもらいに行こうって提案しても、テツじゃないと嫌だって聞かなくて」

「ペットロスってやつですか」

「みあにとっては、物心ついた頃にはすでにいて、家族みたいな存在だったんです」

「かわいがっておられただろうことは、みあちゃんの今の表情を見ただけでも想像がつきますよ」

その後、いくつか尋ねられて、労は自分が住んでいる場所、二泊三日の徒歩旅行をしていること、みあちゃんに見られてしまった警察官による職務質問のことなどについてざっと話した。マジックについては、事情があって知人から預かっている、ということにしておいた。脇野さんからさらに「犬と一緒で宿泊などはどうなさってるんですか」と聞かれ、昨夜は空き店舗のカーポートにエアマットを敷いたこと、今夜も野宿ができる場所を探すつもりだということを伝えた。すると「うちでよかったらお泊まりになりませんか。マジックちゃんがいてくれたら、みあも喜ぶと思いますし。うちの人も絶対に歓迎してくれると思いますから」と提案されたが、残念ながらここに泊まったら明日の午前中に目的地に到着できそうにないので、と固辞した。いくら何でも初対面の人のお宅に泊まらせてもらうなんてことはできないし、実際これからもっと進んでおかないと計画が狂ってしまう。

脇野さんは「そうですか、残念ですね」と一応は了承してくれたが、「お風呂にはお入りになってないんじゃありませんか？」と聞かれ、返答に困って口ごもっていると、彼女はさっさとダイニングに移動して壁のパネルボタンを押して、「じゃあ、せめてお風呂に浸かって休憩なさってくださいな」とやや強引に勧めてきた。ピポンと音がして、「オフロガ、ハイリマス」という女性っぽい人工音声が聞こえた。

一応、「初対面の方のお宅で風呂を使わせていただくなんて、とんでもない」と断ったのだが、「そうおっしゃらずに。みあがマジックと一緒にいられる時間をもう少し作ってくださいな」と頼まれて、最後はありがたく使わせていただくことにした。

十分ほど後、労は湯船に浸かって両ひざをマッサージしていた。この後、ひざが持ってくれるかどうか。労は「両ひざさんたち、明日の昼まで何とか頼む」と声に出して念じた。

借りたバスタオルで身体を拭き、服を着てリビングに戻ると、サッシ戸の向こうに見える庭に、みあちゃんとマジックに加えて、労と同年代ぐらいの男性がしゃがんでいた。白髪の坊主刈りで、看護師が着るような半袖白衣に白ズボン。その男性が脇野さんから

「お父さん、真手野さんが戻ってらしたわよ」と声をかけられて顔を上げ、笑って会釈をした。彼が鍼灸院をやっているというご主人らしい。労も「ご迷惑をおかけしてしまいまして」と頭を下げた。

「いえいえ、何の何の」とご主人は立ち上がり、近づいて来て網戸を引いた。「こんなにテツにそっくりなワンちゃんの飼い主さんだ、歓迎しないとバチが当たりますよ」

「お写真を拝見しましたが」と労からも近づいた。「確かに似てますね。もしかしたら一緒の親から生まれたんじゃないかっていうぐらい」

「かもしれませんね。でもまあ、黒柴ふうの雑種犬なんて、ごまんといますから」

脇野氏は腕組みして少し苦笑いをした。彼に絵本の朗読でもさせれば子どもたちが集まってくるんじゃないかと思うほど、味わいのある低い声の持ち主である。表情はどこかひょうひょうとしていて、マイペースの人、という印象だった。

話が途絶えて、少し気まずい間ができたところで脇野氏が「あ、そうそう。玄関にあった、ウォーキングなどで使うスティックみたいなのは……」と言ったので労は「ああ、トレッキングポールですね。お恥ずかしい話ですが、両ひざに爆弾を抱えてるもので、少しでも負担を減らそうと思いまして」と話を引き取った。

「ほう、ひざですか」脇野氏は興味ありげな表情になり、片手であごをなでた。

「ええ。還暦を過ぎて、運動不足解消のために走り始めたんですが、どうもやり方が悪かったようで、だんだんと痛み始めてしまって。そこでやめればよかったのに、根性で乗り切ろうなんて無謀なことを考えて、騙し騙し続けてるうちに、とうとう走れなくなっちゃいました。今では走るとものの十分も経たないうちに痛み出しますし、階段の上り下りや、ちょっと長距離のウォーキングでもときどき——」

「よかったら、ちょっと見せていただけませんか」

「えっ？」

「もしかしたらお役に立てるかもしれないので」

脇野氏は、ちょっといたずらっぽい笑顔を見せた。

労は家に隣接する鍼灸院に案内され、ベッドに仰向けになって、ひざを曲げた状態、伸ばした状態などで触診《しょくしん》をされ、いくつか質問を受けて応えてから、鍼《はり》治療を施術してもらった。労は鍼灸の経験がなく、少し身構える気持ちがあったが、痛点《つうてん》を避けているということなのか、結構奥深くまで細い鍼がひざの周辺に入っている感覚と、妙にその部分が温かくなる感覚があったものの、痛みは皆無だった。

仰向けのまま、両ひざの関節がほぐれてゆくような心地よさを味わううちに眠気に囚《とら》われ、不覚にもしばらくうたた寝をしてしまったようだった。「はい、いいですよ」という声で目を覚まし、口の端から少し垂れていたよだれを手の甲で拭きながら上体を起こすと、両ひざの周辺に小さな白い絆創膏《ばんそうこう》のようなものが複数貼ってあった。

「それも実は鍼なんですよ」と脇野氏が笑った。「このまま貼った状態で徒歩旅行を続けてみてください。多分、役に立つと思います」

「このシールみたいなのが鍼なんですか？」

「鍼といっても実際に刺さってるわけではありませんがね。触ると表面がザラザラするんですが、虫眼鏡などでよく見ると〇・三ミリぐらいの細い樹脂製の突起物がたくさんついてるんです。それが皮膚を刺激して、痛みにつながる自律神経の興奮を抑えてくれる、という仕組みでして」

「皮膚を刺激するだけで痛みが軽減するんですか」

「不思議でしょう」

「ええ……」

「ま、ものは試しということで」

脇野氏はにやりとしてうなずいた。

治療費を払おうとしたが、脇野氏は「マジックちゃんをみあに引き合わせてくださったお礼ということで」と言って受け取ろうとしなかった。鍼灸院から裏の家に移動するとき、確かにひざの痛みがなくなっている感覚があった。脇野氏は、「多分、ひざ用サポーターの出番はもうなくなるかと」と自信ありげだった。

あまり長居をするとゴールへの到着が遅れてしまうため、身支度を調え、脇野夫妻には「ご用があればいつでもご連絡ください」と自宅にあるスマホの番号をメモ書きして渡し、丁寧に礼を言って頭を下げた。みあちゃんは出発ぎりぎりまでマジックをなでていて、祖母の脇野さんによると、やっぱり新しい保護犬を迎え入れたいと言い出した、とのことだった。

いよいよ出発というときになって、みあちゃんが「マジック、行っちゃうの？　さびしいよー」とマジックを抱きしめたので、労が「みあちゃん、よかったらマジックを新しい家族にする？」と冗談半分で言ってみたところ、みあちゃんは予想に反してキッと労を睨むように見上げてきて、「犬は物じゃないんだよ。おじいさんにこんなになついてるのに。マジックの気持ちを考えてよ」と叱られてしまった。労は「あ、そうだよね、ごめん、ごめん」と謝る羽目になった。

警察官の瀬戸さんのときと同じく、脇野夫妻とみあちゃんは、角を曲がって見えなくなるまで手を振って見送ってくれた。みあちゃんは何度か「ばいばーい」「元気でねー」と大声で呼びかけてくれた。労に対してではなく、マジックに対してだろう。

しばらく歩いてみて、労は「うーむ、これは」とつぶやいた。

まだ歩き始めだから断言はできないが、両ひざの感覚が明らかに違っていた。痛みはかすかなものとなり、施術を受ける直前と較べると半減、いやそれ以下の痛みでしかなくなっていた。

直接的に助けてくれたのは脇野氏だが、彼に引き合わせてくれたのはマジックである。またこいつの世話になったか。

「マジックさん、あんたには本当に助けてもらってる。あと少しだからよろしくな」

前を歩くマジックは振り返ったり立ち止まったりせず、片方の耳だけをひねって、聞こえてるよ、ということを教えてくれた。


脇野氏による鍼治療と鍼テープのお陰でペースを落とすことなく進むことができ、予約していた旅館には午後七時過ぎに到着した。もちろん宿泊するために来たのではなく、伝言が入っていないかの確認と、キャンセル料を払うためである。事前にキャンセルを伝えてないので、おそらく宿泊料金をそのまま払うことになるだろう。

旅館というより民宿に近い、小さな宿だった。応対した五十代ぐらいの女性も着物姿ではなく、トレーナーの上にエプロンという軽装だった。

伝言はなし。キャンセルについて労が伝えると、その女性はガラス戸の外に座っているマジックを見て、「ワンちゃんがご一緒なんですか？」と尋ね、さらに事情を聞かれた。労は説明することを想定していなかったので、とっさの作り話ができず、途中で出会ってついて来た犬だが、車との接触やマムシから守ってくれた恩義があるので、自分だけ布団で寝るわけにはいかないということを話した。

女性は犬好きのようで、話を聞くとつっかけをはいて外に出て、マジックをなでた。「えらいコねー」女性はなでながらいかにも感心したように何度もうなずいた。「できればこのワンちゃんもどこか近くで寝かせてあげたいんですけど……」

「いえいえ、大丈夫ですから」労は苦笑いしながら片手を振った。「昨夜も空き店舗の駐車場でこいつと一緒にちゃんと眠れましたし、幸い今夜も天気はよさそうだから、どこか適当な場所を探しますんで」

「そうですか？　あ、だったら」女性は両手をぽんと一度叩いて、「知り合いの家を何軒か当たってみます。一晩ぐらいなら犬を預かってくれそうなところも、なくはないと思いますから」

「いえ、とんでもない。こちらも気を遣いますし、犬もリラックスできないかもしれないので」

女性はそれでも何とかしたいと思っているようで、さらに少しやり取りが続いたが、宿泊はキャンセルということで了承してもらった。しかし労がキャンセル料を払おうとすると女性は「大丈夫です。事情を知ったからにはいただくわけにはいきません」と受け取ろうとせず、少し押し問答《もんどう》のような感じになった。女性はまるで自身が悪いことをしてしまったかのように申し訳なさそうな態度だった。

結局、宿泊料の半分をキャンセル料として受け取ってもらうことになったが、女性は

「じゃあせめて、ワンちゃんと一緒に寝られそうな場所を、ちょっと調べてみますから」と言い置いて奥に引っ込み、労は出入り口前でマジックをなでながらしばらく待つことになった。

十分ほど経って戻って来た女性から、ノートを破いたものと思われる紙切れと、新聞紙にくるまれた何かを渡された。新聞紙越しに伝わる感触で、おにぎりではないかと思ったが、労が口を開くよりも先に「いいから、遠慮しないで。ただのおにぎりですから」と言われて持たされた。

紙には、手書きの地図が描かれてあった。海岸通りの国道と並行して通っている細い道を五キロほど行くと、ＪＲの無人駅があり、そこは横になれるベンチが複数あるという。さらに四キロほど進んだ場所にも同様の無人駅があり、そのどちらかを使えばいいと思いますよと言われた。

労が「なるほど、ここなら大丈夫そうですね。いや、これは助かりました、ありがとうございます」と頭を下げると、女性は「いえいえ、これぐらいのこと、お安いご用ですから」と頭を横に振り、「本当は、ワンちゃんも一緒にここに泊めて差し上げたいんですけどねえ」と残念そうだった。

おにぎりをリュックに詰め、あらためて礼を言って出発しようとすると、女性は「あ、付近の交番には私から電話をかけておいて、無人駅にいる人は不審人物ではなくてうちのお客様だからって伝えときますから、安心してご利用になってくださいね」と心強い言葉と共に送り出してくれた。

昨夜のビジネスホテルとはえらい違いだな。自身で宿を経営している人と、雇われているだけの人は、立場も考えることも違うということか。


一つ目の無人駅に到着したとき、まだ両ひざは軽い痛みしかなく、体力的にも問題なかったので、ここでは小休止を兼ねて、もらったおにぎりを食べ、もう一つ先の無人駅に宿泊させてもらうことにした。

狭い待合室には他に人がおらず、労はマジックにドッグフードと水をやり、新聞包みを広げた。

海苔を巻いた三角おにぎりが二つ、それぞれラップで包まれていた。さらにアルミホイルにくるまれた小魚と昆布の佃煮。ラップをはがすと、子どもの頃に弁当箱を開けたときに感じた、あの懐かしい匂いがして、「おー、いいねー」と自然と顔がほころんだ。おにぎりはあまり強く握っていない感じがちょうどご飯の旨さを生かしていて、塩加減も完璧だった。佃煮は調味料が控えめな分、素材の旨さを感じる。きっと市販のものではなく、自家製だろう。

普段からあの旅館は、お客さんを送り出すときにこれを持たせているのではないかと労は思った。日々続けているからこその安定した旨さなのだ。

それにしても、直売所で食べた地元食材の弁当に、このおにぎり。今日は素朴だが旨い飯にありつくことができた。たくさん歩いて腹が減っていることも、旨さを増してくれている。いい思い出になりそうで、やってよかった、この徒歩旅行。

マジックは、既にドッグフードのボウルも水のボウルも空になっていて、目を細くして労を見ていた。まだ歩くんだろ、とっとと食えよ、とでも言いたげな表情だった。

その後、両ひざの痛みが多少は増してきたものの、十時前に無事に二つ目の無人駅に到着できた。こちらも構内は無人で、時刻表を見ると、十時十五分に上り列車が、三十五分に下り列車があと一本ずつ到着する予定になっていた。いかにも地方の単線らしい、余白だらけの時刻表。昔はきっと、もっと発着数が多かったのだろうが、道路が整備されて自動車での移動が当たり前になり、中学高校などの通学や、今もたまに見かける行商のおばあちゃんぐらいしか列車を利用しなくなったのだ。やがて近い将来、廃線の運命をたどることになるのかもしれない。

労はリュックから、芋焼酎の紙パックを出して、ストローをさした。旅館を出発した直後に見つけたコンビニで買い込んだものである。明日の朝にもう少し歩けば目的地に到着するので、一人で前祝いをしようと思い、二つ買ってある。

マジックは、労が座るベンチのすぐ横に、伏せの姿勢で休んでいた。

「マジックさんよ」と労は焼酎を一口飲んで話しかけた。「あんたが一緒にいてくれたお陰で、何ていうか、気持ちの持ちようが違ったよ。心強かったし、楽しかった。出発するときはこの苦行をやり遂げてやる、みたいに気負っていたし、途中でひざが痛くなったりもしたが、そういうことも含めて本当に楽しかった。そして、あんたの存在によって俺は気づかされたよ。俺は息子の重のそばにいてやる時間があまりにも短かったんだ。男は仕事をしてりゃいいなんて考えは、完全に間違ってたってことが、今ごろになって判ったよ。キャッチボールをしたり、一緒にプラモデルを作ったり、テストで間違えたところを教えてやったりするべきだったし、やってみれば実は親の義務だとか責任だとか、全然そんなものじゃなくて、きっと単純に楽しかったと思うんだよ。何でそれが判らなかったのか、何で自分はバカだったんだろうって今は反省してるよ。俺は人生の楽しみをいっぱい捨ててしまってたんだ」

マジックはゆっくりとまばたきをした。

「そりゃ、重に見限られて当たり前だよな」と労は続ける。「カネを稼いで、ちゃんと進学させて、いいところに就職するまでを見届けることが親の務めだなんて。俺は何も判っちゃいなかった。あいつがやりたいことを理解できず、自分の物差しで測れないってだけで頭ごなしに否定して」

高い警告音がけたたましく響いた。続いて列車が近づいて来る音と震動。そして構内に差し込む列車のライト。停止し、ドアが開く音。構内は無人のままなので、ここから乗車する客はいないようだった。

時間帯が時間帯なので、数人の降車客の中に学生ふうの若者はおらず、スラックスにしわがよった会社員ふうや作業ジャンパー姿の男性たち数人だけだった。誰もが労とマジックを一瞥したが、ときどき自転車旅行やヒッチハイクの途中でここを利用する者がいるのか、いちいち声をかけられることはなく、みんなそそくさと出て行った。

「徒歩旅行にチャレンジして、重がやってきたことの意味がやっと判ったよ」と労はマジックに再び語りかけた。「あいつはボクシングにのめり込んだけど挫折して、それからアクション俳優を目指したけどそれもダメだった。俺はそれをずっと、それ見たことか、敗北の人生、失敗の人生だと思ってたけど、違うんだよ、全く逆なんだ。あいつはきっと、何も後悔なんてしてない。俺はこの徒歩旅行をやらなかったらきっと、後悔しただろう。でも、やってみて、ひざが痛くて途中であきらめることになっても、後悔はしなかったと思う。運よくここまで来ることができたが、それがかなわなかったとしても後悔なんてしない。うん」焼酎を吸い込んで一息入れた。「あいつは二泊三日の徒歩旅行なんかよりもはるかに大きなチャレンジを、人生をかけてやったんだ、後悔なんてしてるわけがない。うん、そうなんだよ」

マジックは伏せの姿勢で、目を閉じていた。うとうとしているのか、それとも話を聞くことに集中しているのか。

焼酎のパックが空になった。もう一つは就寝前、最後の下り列車が来た後にしよう。

「本当は立派なやつなんだよ。尊敬すべき男なんだよ、真手野重ってやつは。そのことが判って、今は素直に仲直りできそうな気がしてるよ」労はそう言ってから、「うん」とうなずいた。

そのとき、マジックが急に目を開けて、口の両端をにゅっと持ち上げて、笑ったかのような表情になった。

お前、成長したな。そういうことが判るようになったんだな――そう言われたような気がした。

やがて最後の下り列車がやって来たが、乗車客も降車客もいなかった。

「じゃあ、寝るとするか」

労はリュックからエアマットを出して空気を入れた。ベンチの上は面積が狭すぎるので、隅っこの床の上に敷いた。

完成したエアマットの上に座ってアウトドア用ハットを脱ぎ、続いてトレッキングシューズを脱いでいると、マジックもエアマットの隅に乗って来た。労が「川の字じゃなくて、リの字だな」と言うと、マジックはまるで判っているかのように、身体の右側を下にして、労の前に寝転んだ。

あぐらをかいて二つ目の焼酎を飲みながら、目の前で横になっているマジックに向かってさらに続けた。

「あいつはきっと、まだ何か企んでるような気がするよ。結婚して家庭を持つだけじゃなくて。もちろんそれだけでも充分な人生だとは思うが、あいつのことだ、また何か始めるような気がする。今度はちゃんと応援してやらないとな。うん」

焼酎が妙に旨かった。疲れた身体と、話を聞いてくれるマジックの存在と、徒歩旅行のゴールがいよいよ見えてきたこと。そして重に対する気持ちがこの徒歩旅行によって大きく変わったこと。酒が旨くなる条件がいくつも重なってるんだから、そりゃ旨い。

二つ目の焼酎を飲み干した頃には、頭がぼーっとして、深い水の底にゆっくりと沈んでいくような感覚だった。マジックを後ろから抱くようにして眠りに落ちたときは、まだ意識があるのか、それとも既に夢の世界に入っているのか判別できなくなっていた。


自宅の近所を、マジックを連れて散歩をしていた。リードがついていない。結局ホームセンターで買わなかったのだ。

近くの児童公園に入ると、坊主頭の若者が一人いて、シャドーボクシングをしている。動きが本格的で、結構な実力者なのかもしれない。

目が合うと、彼は動きを止めて、人懐っこい笑顔でぺこりと会釈した。労は、どこかで見たような顔だなと思いながら話しかけると、彼は律儀に答えた。プロになりたてで、まだ大口は叩きたくないけれど、目下のところは新人王を目指していますと言った。

練習の邪魔をしてはいけないと思い、話を終わらせて離れると、児童公園内には別の男性がもう一人いて、砂場の上でバク宙の練習をやっていた。普通のバク宙ではなく、何やら敵に切られたか蹴られたかしたという想定で、派手にひっくり返って倒される、という演技の練習をしているようだった。振り返ると、いつの間にかボクシングをやっていた若者の姿は消えていた。

バク宙の若者と目が合い、笑顔であいさつをされた。売れてないアクション俳優をやっていて、思ったとおり、格闘シーンでやられる場面の練習中なのだという。坊主頭に無精ひげ。やはりどこかで見たような顔だなと思いながら、励ましの言葉をかけると、彼は照れくさそうに頭を下げてから、再び練習を始めた。

公園の金網フェンスの向こうではフォークリフトが木材を運んでいた。操縦するヘルメットの男性は真剣な表情をしている。

気づくとバク宙の若者はいなくなっていて、代わりに四十ぐらいの男性と十歳ぐらいの男の子がサッカーをしていた。男の子はゴールキーパーの練習をしているらしい。男性が軽くボールを蹴り、男の子はすばやく動いてキャッチ。男性は手を叩いて男の子をほめている。うれしそうに親指を立てる男の子。坊主頭に無精ひげのその男性はやはり見覚えがあるような気がした。

親子でサッカーの練習か。いいな。そう話しかけたが、横にいたはずのマジックがいなかった。辺りを見回すと、マジックは出入り口の方に向かって歩いていた。

呼びかけると、マジックは立ち止まって振り返った。戻って来るよう言ったが、マジックは口の両端をにゅっと持ち上げて、それから背を向け、軽やかに走り去ってしまった。

追いかけようとしたが身体が動かない。立っていたはずなのに、いつの間にか横向きに寝転んでいる。早く立ち上がって、マジックを追いかけないと……。

視界にはくすんだ色の天井があった。上体を起こして、他に誰もいない待合スペースにいることを理解した。窓の外は明るみが差している。腕時計を見ると、もうすぐ五時半。四時にアラームが鳴ったはずだったが、気づかずに眠っていたらしい。

間もなく始発の列車が入って来る。労は大きく伸びをして立ち上がり、アウトドア用ハットをかぶり、エアマットの空気を抜いてたたむ作業を始めた。

その途中で何かおかしい気がした。

マジックがいない。

いなくなったのは夢の中での出来事だったはずだ。

無人駅の改札を抜けて、ホームや線路を見回した。両手でメガホンを作って「おーい、マジックーっ、おーい」と呼びかけたが、左側の線路内にいた二羽のカラスが飛び立っただけだった。

駅舎から外に出た。シャッターが下りた商店、農業用倉庫、民家。道路上を右に左にと歩き回ったが、マジックの姿はどこにもなかった。

あの夢を見たとき、現実世界でもマジックは姿を消したのだろうか。

用を足しに行っているだけかもしれないと思い、リュックに荷物を詰めていつでも出発できる態勢で待っていたが、マジックは戻って来なかった。やがて、始発列車の時刻が迫ってきて、高校生らしき男女がぱらぱらとやって来た。労は彼ら一人一人に、黒柴ふうの犬を見かけなかったかと尋ねたが、みんな「いいえ」「見てません」「知りません」と頭を横に振るだけだった。一人、気の毒に思ったらしい女子高生が「どれぐらいの大きさの犬ですか」「いついなくなったんですか」などと聞いてきて、一緒に探しましょうかと言ってくれたが、さすがにそんなことを頼むつもりはなかったので、「ありがとう。でもそれは大丈夫」と気持ちだけ受け取っておいた。

無人駅のベンチから外を眺めながら、ときにはホームや線路も見に行くなどして待ったが、マジックは一時間経っても戻って来なかった。

そのうち、マジックは意図していなくなったような気がしてきた。なぜ自分の前に現れて、黒いワンボックスカーとの接触やマムシから守ってくれて、坂道が続く場所では目に見えないロープで引っ張ってくれて、ひざの痛みをやわらげてくれる人に引き合わせてくれたのか。そしてその道中を通じて、息子の重とのこれからの向き合い方を気づかせてくれもした。なぜマジックがそこまで自分に関わってくれたのか、理由はさっぱり判らないが、これで自分の役目は一区切りついたとあいつは判断したような気がするのだった。

犬がそんなことを考えて行動するものだろうか。

いや、マジックなら、ありえる。短くても濃密な時間を一緒に過ごした自分には判る。

労は決心して、一人で出発した。

二時間ほど歩いて、いよいよ目的地が近づいてきた。目指すは椿原《つばきはら》小学校。優子の娘が卒業した小学校で、彼女が住んでいた住居もその付近にある。十年前の還暦祝いを兼ねての同窓会で優子と桃川と労の三人が集まって飲もうと約束したときに、待ち合わせ場所として決めたのがこの小学校である。

両ひざは多少の痛みがあったが、脇野氏による鍼治療と鍼テープのお陰で、我慢できないほどにはならずに済んだ。

だが、急に腹の具合がおかしくなってきた。無人駅での就寝は快適だったはずだが、腹を冷やしてしまったらしい。

　コンビニか児童公園のトイレなどを探しながら進むが、こういうときに限って見つからない。小規模なスーパーや飲食店があったが、どこもまだ開店時間前で、閉まっていた。雑草だらけの空き地があったが、立ち小便ぐらいならともかく、まさか野グソをするわけにはいかない。

　こうなったら民家のチャイムを鳴らして頼み込むしかなさそうだった。労は国道沿いの歩道から横道に入り、住宅街に入った。まだ早朝である。寝入っている人たちを起こして頼むのはまずい。不審者だと勘違いされて警察に通報されてしまうおそれもある。だから、住人が既に起きている気配を確かめた上でチャイムを鳴らさないと。

　まずい。腹がきゅるるると鳴った。我慢の限界が近づいていた。

　古い民家が集まっている通りに一軒だけ、廃屋《はいおく》だと思われる家があった。ブロック塀に囲まれた二階建てだが、敷地内は雑草が伸び放題になっており、玄関ドアの格子戸《こうしど》もすりガラスに何か所か、ひびが入っていた。玄関ドア横に表札らしきものがあるが、黒くすすけてしまって読み取りにくい。目をこらしてまで何と書いてあるのか確かめる余裕はなかった。

　雑草をかき分けて、その中にしゃがんでしれっと用を足したい思いはあったが、念のため玄関ドアのチャイムを鳴らそうとするも、それらしいボタンが見当たらない。トレッキングポールを壁に立てかけてドアを叩き、「すみません、ごめんください」と声をかけてみると、予想に反してガラス戸に人影らしきものが映り、すべりの悪い引き戸ががたがたと何度かつっかえながら半分ほど開いた。

ぼさぼさの白髪で、カマを片手に持った年配女性が現れた。面長《おもなが》の顔はかさかさでしわが目立っており、目には生気が感じられなかった。労が「うわっ」と後ずさりすると、彼女は「どちらさんですか」と無表情のまま尋ねてきた。あちこち染みがついているグレーのトレーナーは、サイズが大きすぎで、誰か別人からの借り物を着ているようだった。

「ああ……」労は唾を飲み込んで、一度咳払いをした。「大変申し訳ないのですが、トイレを貸していただけないでしょうか。急に腹の具合が悪くなってしまって……」

労がさらに、怪しい者ではありませんと続けようとしたとき、彼女は横に動いて、カマを持っていない方の手で家の奥を指さし、「上がってすぐ左」と言った。

礼を言う余裕もなく、その場でリュックを下ろし、トレッキングシューズのひもをほどいて脱ぎ、靴をそろえることもせず彼女の横をすり抜けるようにして家に上がった。床がきしむ音がして、少し沈む感触があった。

トイレは狭かったがちゃんとした水洗の洋式だった。派手な音をさせて用を足し、ようやく一息ついた。腹の痛みもすーっと引いて、労は「あー、助かった……」とつぶやいた。

レバーを引いて水を流し、下着とカーゴパンツをはきながら、彼女が持っていたカマのことが気になり始めた。防犯のために持っているのだろうか。だとしたら、ちょっとヤバい人だぞ。

年齢は……結構いっているだろう。おそらく傘寿《さんじゅ》ぐらいか、もしかしたらそれ以上。伸び放題の雑草に囲まれた家、生気のない白髪の老女、片手にカマ。労は一瞬、この後カマで殺されて食われてしまうことを想像して、「いやいや」と頭を横に振った。

トイレから出ると、老女の姿はなかった。「ありがとうございました。助かりました」と声をかけたが返事がない。耳が遠いのかもしれない。

玄関の引き戸が半分開いたままだった。耳を澄ますと、外で何やら物音がしているようだったので、トレッキングシューズをはいて出てみると、老女はしゃがんで、カマで雑草刈りをしていた。お世辞にも手際がいいという感じではなく、むしろ危なっかしさを感じる手の動きだった。

「あの、どうもありがとうございました」労は声を大きめに心がけながら頭を下げた。

「本当に助かりました」

老女は手を止めて労を見上げ、誰？　みたいな表情を見せたが、「ああ」とうなずいた。

「間に合《お》うたかね」

「ええ、お陰様で」

「そりゃよかった」

老女はそれだけ言うと、再び草刈りを始めた。終わったのなら帰りな、みたいな感じだった。

労は玄関ドア横の表札に目をこらした。〔原屋敷〕という名前らしい。

「あのう、原屋敷《はらやしき》さん」と労が近づいて声をかけると、原屋敷さんは手を動かしたままで「何かね」と言った。

「お礼と言っては何ですが、その草刈り、手伝わせていただけませんか」

原屋敷さんは手を止めて前方を見つめ、それから顔を上げた。

「ほんとかね？」

「ええ。喜んでやらせていただきますよ」

原屋敷さんは初めて、感情のある表情を見せた。かすかに目を細めて口もとを弛め、

「カマが一本しかなかけん、頼んでしもうてよかかね？」と言った。

九州の出身らしい。労が「よかですよー、任せてくんしゃい」とにわか九州なまりで応じると、原屋敷さんは「いやー、助かるわ、それは」と、よろよろ立ち上がった。

「町内会長さんから草を刈ってくれ刈ってくれって何回も言われとったけど、神経痛で

あちこち痛かったりしてなかなかできんでねー。そやけん調子がいいときにちょっとずつでもやることにしとったんよ」

原屋敷さんからは「疲れたとこでやめてよかよ」と言われていたが、一時間ほどかけて敷地内の雑草を刈った。あまり丁寧にはできなかったが、狭い庭の隅に、刈り取った雑草がそこそこの山となった。手押し一輪車に積んだら二回分ぐらいありそうだったが、しばらく置いておけば水分が蒸発して、半分以下のかさになるだろう。

ゆっくりペースを心がけたが、少し汗をかいた。アウトドア用ハットを脱いでみると、ベージュの生地の結構な面積が汗で濃い色になっていた。ひざは大丈夫だったが、何度もしゃがんだり立ったりしたせいで大腿部《だいたいぶ》の筋肉がパンパンだった。明日辺り、筋肉痛になるかもしれない。

玄関戸を開けて「原屋敷さーん、終わりましたー」と声をかけると、「はー、ありがとねー。申し訳ないけど、今トイレなんよー」と返事があった。

「カマは玄関の足もとに置いといていいですかー」

「はーい」

「刈った草はどうしますかー」

「そのままにしといてよかー。ちょっとずつ燃えるゴミで出すけん」

「判りましたー。じゃあ私はこれで失礼します。トイレありがとうございましたー」

「もう行くんかねー。お茶でも飲んで休憩していかんねー」

「すみませんが、ちょっと用事があるんです。お気持ちだけいただいておきます」

「あー、そうかねー」

年はいっているとしても、トイレで用を足している最中の女性といつまでも会話を続けていいものではないだろう。労はがたがたと音をさせながら、すべりの悪い玄関戸を閉めた。閉まる直前に原屋敷さんが「でもやっぱりお茶ぐらい――」と言ったようだったが、聞こえなかったことにしてリュックを背負った。

最後の約一キロは、「わっせ、わっせ」とお祭りのような言葉をつぶやきながら進んだ。身体はかなり疲れているはずだったが、気持ちは高揚していた。

一瞬、マジックが目の前を歩いていて、見えないロープで引っ張ってくれている様子がリアルに頭に浮かんだ。いなくなってもあいつはサポートしてくれている。

小学校はまだ始業時間まで結構あったが、スライド式の正門ゲートは開いていて、すぐ左側に見える校庭では、早くもサッカーをしている高学年ぐらいの男子が数人いた。

正門から入って右側には、すべり台やうんていがひっついているつき山やブランコ、砂場やベンチがあった。

ベンチから誰かが立ち上がった。同年代らしき男。ブラウンの色がついたレンズのメガネをかけて、チェックのシャツ。その男が歯を見せて片手を振った。

相手が何者か判って労は「何やってんだ、こんなとこで」と声をかけると、桃川透は「何やってんだはないだろう」と言ってリュックを持ち上げて片方の肩にかけ、こちらに近づきながら「お前が本当に来るかどうか、確かめたくなってな。実はあの電話の翌朝、お前のスマホに電話をかけたらつながらなかったから、ははあ、せっかちなお前のことだ、早くも出発したんだなとピンときたよ。そしたら案の定、着信に気づいた奥さんから連絡があって、やっぱりそうだと判って、俺も大急ぎで行動を起こすことにしたってわけさ」と続けた。

「何だ、そうだったのか……。お前も歩いて来たのか」

「ああ、二泊三日かけてしっかり歩いて来たよ。お前と同じ条件でやらないと、後でいろいろ言われるだろうからな。いやー、老体にはきつかった。参ったよ」

「何で教えてくれなかったんだ」

「教えたくてもスマホ、家に置いて来たんだろう」

「あ……」

「でもお前の奥さんには俺も行くって伝えといたよ。ただし、そのことは黙っといてくれって頼んどいたがね」

その理由を聞こうとしたが、桃川は先回りして「お前がびっくりする顔を見たくてな」と肩をすくめ、笑い出した。

「相変わらず悪趣味なやつだな」

「お互い様だよ。さてと……」桃川はリュックを足もとに置いて、両手を腰に当てた。「こんな時間だが、ファミレスなら開いてるだろう。朝から古希祝いの祝杯といこうじゃねえか」

「ああ、そうだな」労は腹がじんわり温かくなるのを感じながらうなずいた。「だがその前に、手を合わせに行くとしよう」


優子が住んでいた家は、付近に体育館や公民館、大型の個人病院などがある住宅街の中にあった。彼女が亡くなった後どうなっているのかは確かめていなかったが、持参したメモ書きの住所地にあったその二階建ての家は、門柱に〔立花〕の表札があった。優子が結婚して変えた姓が立花である。

家はひっそりとしていたが、門柱の裏に見えるママチャリや、左手の駐車スペースに停まっているこじゃれたデザインの軽自動車などから、中に住人がいるであろうことは判った。桃川が小声で「ご主人の車かな」と言ってきたので労は「そうかもな」と答える。優子と結婚した立花という男性のことは全くといっていいほど知らない。知ろうとしなかったのだから当然ではある。

桃川と打ち合わせをしたとおり、互いに小さくうなずき合って、その場にいったんリュックを下ろし、二人並んで合掌《がっしょう》した。そのまましばらく黙禱《もくとう》。

学生時代の優子のことがいろいろよみがえった。ゼミで発言する優子、図書館で一人ペンを走らせる彼女の横顔、学食で一緒に食べながら労の冗談に笑ったときの顔や仕草。

そのとき、玄関ドアが急に開いたので労はあわてて両手を下ろした。桃川が「あっ」と声を上げた。

優子がいると思った。学生時代よりは年をとっているが、還暦のときよりも確実に若い。白いパーカーにジーンズ姿で、髪を後ろで束ねている。

その女性も、あ、と口を開いたまま労たちを見返していた。

先に言葉を発したのは、女性の方だった。

「もしかして……真手野さんと、桃川さんですか?」

労と桃川は顔を見合わせた。桃川が「ええ……」と返してから小声で「何で知られてるんだ」と続けた。

彼女は鉄柵《てっさく》の門扉《もんぴ》を開けて出て来て、「立花優子の娘で、立花リカと申します。里にフラワーの花と書きます」と頭を下げた。

「ああ……これはどうも」労はアウトドア用ハットを脱いで、桃川と共に頭を下げた。

「母から生前、お二人の話は聞いてました」彼女は優子の面影そのままの笑顔で言った。

「還暦祝いの同窓会のときの写真も見せてもらってたので、すぐに判りましたよ」

労はもう一度、桃川と顔を見合わせた。

「あの、我々がここに来たのはですね、ええと……」と桃川がしどろもどろで話し始めると、立花里花は「よければ上がって行かれませんか」と制するように言い、「お二人がいらした事情は、生前の母からそれらしいことを聞いてましたから察しがついてますが、できれば若い頃の母のことなんかを聞かせていただきたいんです」と続けた。

桃川が「いえ、そんな。とんでもない」と片手を振った。

「そうおっしゃらずに是非」と彼女は少し身を乗り出すようにして言った。「父も二年前にガンで他界して、今はこの家、バツイチ出戻り子どもなしの私だけですから、遠慮なさらないで」

もう一度、桃川と顔を見合わせた。互いにうなずき、労が「じゃあ、ちょっと上がらせてもらうか?」と言い、桃川も「うん、そうさせてもらうか」と応じた。

桃川の顔が少し赤くなっていた。若がえった優子と対面して、緊張しているらしい。

労は、きっと自分もそうなってるんだろうなと思いつつ、彼女が開いてくれた玄関ドアに向かって足を踏み出した。

冬

「あら原屋敷さん、今からお散歩にお出かけですか。ちょうどよかった。私もご一緒させていただいてよろしいですか」先日やって来た市役所の高齢者担当部門の何とかというおばちゃん職員は、銀縁メガネの奥で細い目をさらに細くして笑いかけてきた。「今日はそのためにと思って、ほら、スニーカーをはいて来たんです」

原屋敷チヨは玄関から外に出たところで出くわしたおばちゃん職員を眺めた。細身で長身、おかっぱ頭。年齢は四十代後半ぐらいだろうか。市役所のマークと名称が入ったベージュのジャンパーとズボン。先日家にやって来たときはグレーのスーツだったので、えらく雰囲気が違う。

「ええと、あんたは……」チヨはダウンジャケットのポケットから財布を出して、先日もらった彼女の名刺を取り出した。「ああ、そやった、そやった。長浜《ながはま》さんたいね、長浜えりさん」

名刺の肩書きは〔保健福祉部高齢福祉課主査《しゅさ》〕とある。先日、主査というのは何だと尋ねたら、部下のいない係長職だとのことだった。受け持ち区域に住む独り暮らしの高齢者のケアをするのが仕事だという。チヨは、具合が悪くなったら面倒かけるかもしれないが今は身体も一応は動くし年金ももらっているから、他のお年寄りの面倒を見てあげてくれと言ったのだが、彼女は「いいえ、原屋敷さんは公的なサポートを受ける資格があるんですから、遠慮する必要はありません」などと引き下がらず、再びやって来たわけである。チヨは最初に長浜さんに会ったときに、体力が衰えないよう散歩をしていることを話すと、何時頃にやっているのかと聞かれ、冬の間は気温が上がる午後二時頃から一時間ぐらい、と答えたことを思い出した。

「ご苦労なことやけど、そんなに気ぃ遣うてもらわんでもよかよ」チヨは作り笑いをしながら財布をポケットに戻した。「あんたも暇なわけやなかろう」

「まあ、そうおっしゃらずに。私は原屋敷さんの担当なんですから」長浜さんはチヨの顔を覗き込むようにして笑いかける。「歩きながらの方がいろいろとお話もしやすいでしょうし。ねっ」

そこまで言われて断るのも悪い気がしたので、チヨは「まあそう言うんなら」とうなずいてから、「悪いね、気にかけてもらって」とつけ加えた。長浜さんは「いーえ、とんでもない。じゃ、行きましょ」と、相づちとお辞儀の間ぐらいの感じで軽く頭を下げた。

入り組んだ住宅街を抜けて国道沿いの歩道を進む。

途中、横に並んで歩く長浜さんが「お帽子、似合ってますね」と話しかけてきた。

「そうかねえ」

ジャングルハットとかいうグレーの迷彩模様をした帽子だが、孫の将《しょう》のお下がりを使っているだけで、おしゃれのためではなく、ぼさぼさの白髪を後頭部でゴムでまとめているだけの格好悪い頭を隠すため。一応、見た目を気にしてのことなのだが、それでも不気味に見えるらしく、近所の子どもたちはすれ違うときに道の反対側に寄って目を合わせないで通り過ぎて行く。

「この前もお伺いしましたけど」と長浜さんはちょっと探るような言い方をした。「原屋敷さんは、面倒を見てくれる親族の方がいらっしゃらないということでしたよね」

「そうやね。以前は出戻り娘の康子《やすこ》と、娘の息子で私にとっては孫の将と三人で暮らしとったんやが、将が中一のときやったからもう十二年ぐらい前かねぇ、弁当屋で働いとった康子がスクーターで配達中に自損事故で死んでしもうて。孫の将は社会人になって家から出て行きよった。優しい子でねえ、少ない給料から仕送りをしてくれとったよ」

「確か、康子さんはその頃、体調がよくなかったんでしたよね」

「うん。頭が痛いってよく言うとった。今となっては判らんけど、スクーターに乗ってる途中で具合が悪ぅなったんかもしれん」

康子のスクーターは歩道の段差に乗り上げて転倒、康子は投げ出されて信号機の柱に衝突した。ヘルメットはかぶっていたので、痛がっていた頭は守れたようだったが、代わりに首をやられた。医者から聞かされた名称は、頸椎《けいつい》骨折とかいうものだった。

長浜さんはしばらく黙っていたが、片手を口に当てて「……お察しします」と消え入るような声で言った。

娘さんばかりか、去年にはお孫さんまで亡くされてしまって——という言葉を口にするほど長浜さんは無神経な人ではないことに少し安堵《あんど》した。将も死んでしまった話は先日既にしてある。

交番の前を通り過ぎた後、左折して水路沿いの遊歩道へと入った。車道と歩道がはっきりした段差で分かれているので、ここからの散歩コースは車に注意しなくても済む。

実は、ここはチヨにとっては普段の散歩コースではなかった。これまでは入り組んだ住宅街の中を歩き回って、他人の家の様子を確認して回る下世話なことをやってきたのだが、長浜さんにそれを知られていいことなど何もない。あの家はお嫁さんと子どもがいたはずだったのにいつの間にか中年男性一人だけで暮らすようになった、この家は夫婦ゲンカの声をよく聞いていたのにそれがなくなったと思ったら空き家になった、玄関に手すりつきのスロープがついた家ではデイケアセンターの車が来なくなったようなのであの女性は亡くなったか老人ホームに入居したのだろうなど、断片的な情報を集めて事情に見当をつける。それは決して他人の不幸を見物して楽しむためではない。しんどいのは自分だけではない、他にもしんどくて寂しい人たちは周囲に結構いるんだということを確認する作業だった。

「お散歩にいいですね、ここ」

長浜さんはそう言ってから軽く咳払いをし、介護保険の制度についてや、デイケアサービスの手続きもお手伝いするから遠慮なく利用して欲しいということ、さらには定期健診だとか生活保護の申請などについての話もした。チヨは「はい、はい」とうなずきながら聞いたが、一度や二度の説明では覚えられそうにない。

娘の康子が離婚して将と共に家に戻って来たのは、二十二、三年前のことだ。将はそのとき三歳で、父親が母親に暴力を振るうところを何度か見てきたせいか、最初はチヨとも目を合わせようとせず、どこかびくびくしていた。声を出して笑うようになるまで、一年ぐらいかかったように思う。

その頃、チヨは近所にある小さなスーパーでパート仕事をしていたが、レジではなく商品を運んだり並べたり、あるいは総菜をパック詰めする裏方の作業ばかりだった。何となく陰気臭い容姿だということは昔から承知していたし、客相手に明るくはきはきした受け答えをするのも苦手だったので、そういう振り分け方をされたことについては当然だろうと思っていた。

康子は家から三キロほどの国道沿いにあった弁当屋で働き始めた。やがて店長を任されるようになり、三人家族の家計を支える主力になってくれて、このつつましい生活が続けばまあいいかなと思っていたのだが、将が中一のときに康子は突然、事故死してしまった。

身体がきつくなってチヨがスーパーの仕事を辞めた後は、もらい始めた年金と、不足分は康子が入っていた生命保険のおカネを切り崩しての生活になった。

将が「マンガ家になりたい」と言い出したのは、公立高校の二年生ぐらいのときだっただろうか。小学生の頃から子ども向けのマンガ雑誌をよく読んでいて、チラシの裏などに描いていたりしていたので、マンガが好きだということは知っていた。マンガ雑誌は、町内の資源ゴミを保管する公民館横のプレハブ小屋から拝借して、読んだり真似して描いたりするなどしてまた戻す、ということをやっていたようだった。そのことについてチヨは、恥ずかしいからやめろと注意したことはなかった。おとなしくてチヨに対して声を荒らげるようなことは一切しない子で、注意すればきっと「ごめんね」と素直に謝るだろうが、家計が苦しいから将なりに考えての優しさゆえの行動だと判っていたので、気づかないふりを通した。ごめんね、と謝るのはこちらの方だと思っていた。

マンガを描くのが上手くなったお陰で、小学校時代の将は友達もできて、楽しげに見えた。実際、友達が遊びにきたときの様子を見る限り、みんなから一目置かれている感じが伝わってきたので、チヨとしても鼻が高かった。

しかし小五のときに一時期、将が不登校になったことがあった。学級図書として教室内に置かれていた学習マンガ数冊が行方不明になり、将が怪しいと担任教師に伝えた児童がいたらしい。若い女の担任教師はわざわざ家にやって来て、「将君はそんなことをする子じゃないと信じています」と前置きした上で、将が盗んでないことを証明するためにも家に入らせてほしいと言った。チヨは承諾する返答をしたつもりはなかったのだが、女教師は将が使っていた、康子のお下がりの学習机や本棚を調べて、「安心しました」と顔を歪めた笑顔を見せて帰って行った。パート仕事から帰って来てそれを聞いた康子は珍しく顔を紅潮させて怒っていた。夜に風呂場から康子の怒鳴り声が聞こえてきたのは、きっとそのことで密かに怒りを爆発させたのだろう。

将が疑われたのは、マンガ好きで上手だったことと家が貧乏だったことによる不当な嫌疑だった。別のクラスの男子数人がいたずらのつもりで学習マンガを家庭科室の調理台に隠していたことが判ったのは、それから数日後のことだった。

将は疑いが晴れたが、それからもしばらく学校に行かず、部屋にこもっていた。一番仲がよかった友達が一人来て、「将君がやったって言い出したやつ、絶対に許さねえ」「将君がマンガ上手いのを妬《ねた》んだんだよ、きっと」などと言っているのが部屋から聞こえていた。将が再び明るさを取り戻すことができたのは、その友達のお陰だろう。

彼の名前は何といっただろうか。色白でメガネをかけた、ちょっとふっくらした顔つきの男の子。中学生のときも何度か家に遊びに来てくれたのではなかったか。将と同い年だから、今は二十六歳ぐらいということになる。きっとどこかで社会人として元気に働いていることだろう。

将は大学や専門学校には進学せず、働きながらマンガの新人賞に応募する道を選んだ。「ばあちゃんにも仕送りをしたいから」と、寮付きだが身体はきついだろうと思われる仕事をいろいろとやったようだった。将から電話で近況報告を受けるだけで、実際に働いているところを見たわけではなかったが、製麺会社での機械操作や配達、建設現場などで足場を組む仕事、製材所での雑用仕事などを渡り歩いたようだ。将が電話で聞かせてくれた話は、先輩におごってもらった、親切に仕事を教えてもらった、取引先から怒鳴られたときにかばってくれたといった内容のものが多く、祖母に心配をかけまいとする気遣いがうれしかった。実際にはきっと、嫌な体験もたくさんあったに違いない。しかもチヨは「ばあちゃんは年金があるけん、そんなのせんでよか」と何度も言ったのに、将は毎月三万円ずつ振り込んでくれた。チヨがそれに手をつけないでいることに気づくと将は「ばあちゃん、頼むから洋服買ったり美味しいもん食べたりしてよ。俺の体操服をパジャマにしないでよ。俺が情けなくなるから」と文句を言ったが、本気で怒っているわけではなく、苦笑混じりのものだということは口調で判った。将のお古で、使えるものは使っている。今着ている黒いダウンジャケットも、将が小学校の高学年だったときのものだ。それが他人にどう映っているかを気にするような羞恥心《しゅうちしん》なんて、とっくに捨てている。

何度となく思ったのは、将は本当は進学したかったのではないか、ということだった。マンガ家になりたいというのは本心なのだろうが、だから進学なんて時間とおカネの無駄だと将が言ったのは、あの子の遠慮と優しさによる強がりだったのではないか。しかし正面からそのことを質《ただ》したとしても、そんなことはない、本当にそう思っているから、と答えるだろう。あの子はそういう子だった。

将は働きながらこつこつマンガを描き続け、予選通過はしたものの最終選考にまでは至らなかった原稿のコピーを毎度毎度送ってくれた。こんなのを描いてるんだよ、サボってないよということを伝えたかったのだろう。コピー原稿が届けられるたびに、最終ページの隅に手書きで〔近いうちに売れっ子マンガ家になって、ばあちゃんを年に二回でも三回でも温泉旅行に連れてってやるからお楽しみに!〕といった言葉があった。

将が描くマンガは、主人公がタイムスリップして過去や未来を変えようとしたり、国家権力によって変えられてしまった記憶を取り戻そうとしたり、元の世界と微妙に違うパラレルワールドなるものに迷い込んでしまったり、現実と幻覚の区別ができなくなった真相を探ろうとしたりといった、昭和の刑事ドラマや時代劇ぐらいしか馴染みのないチヨにとっては面食らうような世界のものだったが、いつかきっと人気が出るはずだと信じて応援し、送ってくれた予選通過作品のコピーを読み返し、バインダーにとじてゆくことがチヨのささやかな楽しみだった。予選通過したら選評がもらえるらしく、活躍しているプロのマンガ家さんたちからは〔作者は見込みがあるが設定に頼りすぎているきらいがある〕〔人間ドラマの部分をもっとしっかり描くべき〕といった指摘がなされていた。

隣を歩いている長浜さんが何か質問したようだったのでチヨは我に返り、「え?」と聞き返した。

「原屋敷さん、散歩以外に何か趣味は?」

「ああ……そんなものはなかよ。この年になったら趣味を持ちたいとはもう思わんやろ」

すると長浜さんは「そんなことないと思いますよ。古希や傘寿を過ぎてから新しい趣味を見つけて楽しく過ごしている人、たくさんいますから」と言い、健康マージャンなんてどうですか、お年寄り対象のヨガ教室とかストレッチ教室もあって、仲間もできるからいいと思いますよ、などと勧めてきた。チヨは「そうかねえ、まあ、考えとくよ」とうなずいておいた。

将が死んで、もう人生の楽しみなんてなくなった。あの子がマンガ家になる夢がかなうことが自分の唯一の生きがいだった。この後、身体が動かなくなったり認知症を発症したりして一人で生きられなくなったら、あとは長浜さんたちが何とかしてくれるだろうから任せておけばいい。自分の身体がどんどん朽《く》ち果てる様子をぼーっと他人事のように眺めて、お迎えが来るときを待てばいい。これからの時間は人生の蛇足《だそく》でしかない。それでもこうやって散歩をしたり食事をしたり眠ったりするのは、単に自分も生き物で、生存欲求とやらが残っているからに過ぎないのだろう。

将の声を最後に聞いたのは去年の二月初めだったから、ちょうど一年前になる。その日も将はいつものように電話をかけてきて近況報告をしてくれ、今度は新人賞への応募ではなく持ち込みだが編集部の人がほめてくれて、脈がありそうだと話す声はいつにも増して明るい印象があった。

しかし電話を切った後、チヨは妙な胸騒ぎを覚えて、その日はなかなか眠れなかった。将のあの明るい口調には何か意味があるのではないかという気がしてならなかった。本当は将は、マンガ原稿を描いても描いてもデビューできないことに大きな挫折感と絶望感を抱えているのではないか。そのことを祖母に悟らせまいとして無理して明るく振る舞っていたのではないか。

将がスナックビルの外階段から転落死したという知らせを受けたのは、その二週間後だった。警察によると、外階段の手すりは腐食《ふしょく》して崩れていて、将の手にもサビた手すりの一部が付着しており、解剖によると将がかなり深酒をしていた事情などから、事故死のようだ、という説明を受けたが、その際「お孫さんは最近、何かに悩まれているようなことはありませんでしたか？」とも聞かれたので、警察は自殺の可能性もあると考えたらしい。

葬儀は行わず、火葬場に運んで焼いてもらうだけで終わらせた。仕事先の人たちなんて顔も名前も知らないし、将は何度も仕事を変えてきたのだから、わざわざ葬儀に呼ぶような関係性の人がいるとも思えなかった。そもそものときのチヨは神経痛がひどくて、歩くのも一苦労という状態だった。

そういえば……。小中学生のときに将と仲がよかったあの子は、将が死んだことを知っているだろうか。いや、知らないだろうし、今さら知らせたって仕方がない。確か、高校は別々になったと思うので、それを境に縁遠くなったはずである。

長浜さんはまだしゃべっている。歩くことはいいことだから続けた方がいいですね、また今度ご一緒させてください、家の中で座って話すよりもいいと思います、などと言っている。チヨは「気を遣ってもらって、すみませんね」と作り笑顔で応えておいた。

スーパーの前で長浜さんと別れ、買い物をした。購入した商品を入れるためのポリ袋はたたんでポケットにいつも入れてある。

ここは以前チヨが働いていた小さなスーパーだが、前の店長の甥《おい》だという新しい店長とは面識がなく、知り合いのパートの人も今はもういない。

年のせいで安全に自転車に乗るのが難しくなって、五年ほど前から買い物は徒歩になった。荷物が多いとしんどいので、できるだけ毎日、少量の買い物をするようにしている。この日はうどん玉二つと卵一パックとちくわ一袋のみ。

帰宅して玄関ドアを開けようとしたとき、敷地内にまた空のペットボトルや空き缶が投げ込まれていることに気づいた。家の古さとこの雑草のせいで他人目《ひとめ》には廃屋に見えてしまい、こうやってゴミを放り込む不届き者がいる。二月初旬のこの時期、敷地内に生えている雑草は多くが冬枯れの状態だが、丈の高い茶色の枯れ草は枯れた後も倒れることなく屹立《きつりつ》している。死んだ後も立ち続けていたことで有名な武蔵坊弁慶《むさしぼうべんけい》は、弁慶の立ち往生《おうじょう》という表現で語り継がれているが、ここにある枯れ草たちはただの朽ちた雑草でしかない。

そういえば十月だったか十一月だったか、敷地内の草刈りをしてくれた親切な男の人がいた。あの頃は雑草が青々と茂っていて、近所の人たちが町内会長さんを介して「虫や種が飛んで来るから刈ってくれ」と言ってきたため、神経痛が出ない日を選んでカマを手にしていざ始めようとしたところであの男性と鉢合わせし、トイレを貸してくれと頼まれたのだ。するとトイレを終えた男性は、そのお礼にと草刈りをやってくれた。どこの誰なのか判らないが、旅の途中らしき格好だった。還暦はとっくに過ぎた年のようだったが、元気でやっているだろうか。

玄関から見える範囲だけで、家の壁とブロック塀の間に生えている雑草の中に、空のペットボトルと空き缶が二つずつあった。いずれも清涼飲料水。チヨは買い物袋を玄関ドアの前に置いて、空のペットボトルと缶を拾って玄関前で踏みつぶし、ガスメーターの下に置いてある専用のゴミ袋に入れた。ペットボトルと空き缶はそれぞれ専用のゴミ袋に入れなければならず、回収日も違っている。ときどき何曜日だったかが判らなくなり、冷蔵庫の横に貼ってある［ゴミ回収お知らせカレンダー］で確認しなければならない。

玄関戸の鍵を開けて引き戸に手をかけたとき、家の裏側で何やらかさかさと枯れ草がこすれるような音がした。チヨは、新聞や宗教の勧誘が来たときに耳が遠いふりを続けて追い返すことがあるが、実際は耳はいい方である。

チヨが見に行くよりも先に、その音をさせた正体が右側の家の角から姿を見せた。柴犬のようだが、背中や頭が黒い。確かそういうのを黒柴と呼ぶのではなかったか。犬はチヨを見ても吠えたりはせず、それどころか枯れ草をかき分けてこちらにやって来て、目の前にちょこんと座った。犬は赤い首輪をしていた。

「どげんした？　飼い主とはぐれたとね？」

すると犬は小首をかしげた。さあ、どうでしょう、とでも言いたげな仕草だった。顔をよく見ると、もしかしたら洋犬の血も入っているのかな、という印象があった。

しつけはされているようであり、首輪をしているところからしても、飼い主がいるはずだ。

犬を飼ったことはないが、子どものときに飼いたいと親にねだったことはある。近所の幼馴染《おさななじ》みの女の子が飼っているのがうらやましかったからだが、両親からはダメだと一蹴《いっしゅう》された。チヨにとって父親は怖い存在だったので、それ以上頼むことはできなかった。

外に出て前後を見渡したが、犬を探していると思われる人影はなかった。

「悪いけど、私は飼い主を探して回るほど親切な人間やなかよ。最近はご近所づき合いもあんまりしとらんけん、探してもらうよう頼める人もおらん。町内会長さんとは、敷地内の雑草を刈れ刈れ言われたり町内会費の支払いが遅れたりして睨まれとるけん、相談できる間柄でもないしねえ。あんまり歩き回らんで、この辺りにおりんしゃい。そのうちに飼い主さんが来ると思うけん、ね」

チヨはそう言い置いて、建て付けの悪い引き戸を開けて中に入った。

夕食の支度をするにはまだ早いので、ガスコンロで湯を沸かしてティーバッグの紅茶を淹れ、ダイニングのテーブルで飲みながらテレビを見た。テーブルは康子や将がいた頃はちょうどいい大きさだったが、今は無駄に大きい。面積の半分は、小腹が空いたときに食べる割引品の菓子類、ステンレスの保温水筒、神経痛の薬などの置き場になっている。ステンレスの水筒は将が使っていたものだが、神経痛の薬を飲むためのお湯入れになった。

神経痛は、最近は収まっているが、またひどくなるかもしれない。血管の膨張によって神経が圧迫されることが痛みの主な原因らしいが、疲れやストレスなども関係しているそうで、医者からは「原屋敷さんはどちらかというと体力が衰えて疲れやすくなったことやストレスの方が関係しているようですね」と言われている。毎日できるだけ散歩をするようになったのは、健康のためというより、顔のあちこちや肋骨《ろっこつ》を錐《きり》や千枚通しで延々と刺されるようなあの痛みをまた体験したくないからだ。

テレビではワイドショー番組をやっていて、人気の若手女性俳優が自殺したことを報じていた。どうやら理由ははっきりとは判っていないようなのだが、コメンテーターたちが「十代のときに何度かリストカットをしている」「役作りで追い込みすぎるところがある人だった」「恋人と別れたばかりだった」「新興宗教にのめり込んでいる母親のことで悩んでいた」などと結論めいた憶測を口にしていた。

自分のような人生の目標も楽しみもなくなった年寄りが生きてるのに、若い人気女優さんが。もったいない……。

病院の待合室で読んだ、うつ病にまつわる雑誌の記事で、リストカットをするおばあさんはいない、若い人だけがするものだと書いてあったのが妙に頭の隅にこびりついている。うつ症状を改善する効果的な方法の一つがとにかく時間を過ごすこと、時間を経ることなのだそうで、薬を服用したりカウンセリングを受けたり仕事や日常の環境を変えることよりも実は時間こそが最上の薬なのだという。要するに年寄りは長い時間生きてきたから、ただそれだけの理由でうつ症状にならないということなのだろうか。

うつ病になりやすいのは責任感が強くて真面目で、やらなければいけないのに上手くいかないことを自分のせいだと思い詰めてしまうタイプだという。年寄りは確かにやらなければならないこともたいしてないし、むしろ周囲にやってもらう側だから、責任感を背負うようなことはない。それにしてもまだまだ未来があったろうに、この女優さん。チヨは、この手の報道に接するたびにいたたまれない気分に囚われるのだった。

トイレを使った後、チヨは部屋に戻る途中で階段を見上げた。

このところ神経痛が出てないから、たまには二階の部屋を掃除するか。そう思い、壁の左側についている手すりをつかんで二段上ったが、「やめとこ」とつぶやいてすぐに下りた。二階はもうどうせ使うことなんてない。ほこりが溜まったところで困りはしない。

高校を卒業して、将が住み込みの仕事を見つけてここから出て行った後、二階の部屋はしばらく空き間《あ　ま》のままだった。その後、地元の老人会の人がやって来て、アパートへの入居を断られた高齢女性に部屋を賃貸してくれないかと頼まれ、結果的に二人に利用してもらった。

一人目はアキコさんという人で、「互いに干渉はしないでおきましょう」と彼女の方から最初に言ってきたとおり、トイレや風呂を利用するために下りて来たときに出くわしたらあいさつをする程度で、のんびり世間話ができるような間柄にはならなかった。元公務員でずっと独身を貫いたらしいが詳しい事情を聞くことはなかった。二年ほど住み、老人ホームに入居することになったのでと言って出て行った。おカネは貯めていたようで、もしかしたらそれを守るために対話を拒んでいたのかもしれない。

二人目はイズミさんという、アキコさんとは対照的におしゃべりな人で、きれい好きで積極的に掃除もしてくれる人だったが、お酒が好きで酔うと「息子二人を大学まで行かせてやったのに上の子は会社のカネを横領《おうりょう》して刑務所、下の子は風俗店の店長をやってるが何年も連絡がない」などと愚痴をこぼし始め、最後にはテーブルを叩いて目の前にいない息子たちに泣いて愚痴ったりする人だった。この人も二年ほど住み、体調が悪くなって救急車で運ばれ、そのまましばらく入院した末に亡くなってしまった。動《どう》脈《みゃく》瘤《りゅう》何とかという病名だったが、正確な名称は忘れた。

その後、二階部分は使われないままである。

夕食の前に、近所のスーパー銭湯に行くことにした。独り暮らしの年寄りにとって風呂掃除は重労働であり、ガス代や水道代もかかるので、夏場にシャワーを使うことはあるが、湯に浸かるのは基本的にスーパー銭湯にしている。冬はあまり汗もかかないので週二回。それ以外の日はお湯で濡らしたタオルで身体を拭くだけで済ませている。

将が使っていた小さめのリュックに入浴道具や着替えを詰め、ジャングルハットやダウンジャケットで防寒対策をして玄関戸を開けると、また家の左側の角からあの犬が姿を見せた。こちらに近づいて来て、ちょこんと目の前に座る。

「あんた、あれからずっとここにいたんかね。飼い主は来てくれんやっとね」

チヨはリュックを片手に持ったまましゃがんで、犬の頭をなでた。犬は嫌がる様子もなく、目を細めている。

「ここが気に入ったんならしばらくおってもよかけど……いつくたばってもおかしゅうない年寄りやもんね、私は。そやけん、飼い主の代わりはできんとよ」

犬は立ち上がり、チヨの両腿の間に頭を突っ込んで来た。最初は何をしたいのかと思ったが、人間でいうところのハグみたいなことをしたいようだと気づいた。

リュックを横に置いて、両手で首周りや背中をなでてやった。ふかふかしていて、犬の体温が手のひらに伝わってきた。

「じゃあ……飼い主が見つかるかどうか判らんけど、近所に聞いてみるとするか」

スーパー銭湯に行く前に、チヨは一仕事することにした。

「よっこらせ。ふう」

しゃがんだ状態から立ち上がるだけでも脚や腰にかかる負担をひしひしと感じる。チヨは片手を後ろに回して拳で腰を軽く叩き、玄関戸を開けてリュックを靴箱の上に置いて「ちょっと待っときんしゃい。犬を飼ってる人に聞いたらあんたの飼い主さんのことも判るかもしれんから」と言い置いて道に出た。

待っているようにと言ったのだが、犬はチヨが歩く後ろをついて来た。言葉が通じない相手だから仕方ない。好きなようにさせることにした。

最初は四軒先で白い小型犬を飼っている中山《なかやま》さんを訪ねた。道で会えばあいさつをする程度の関係でしかないが、ここの奥さんは愛想がいいので話をしやすい。

玄関チャイムを鳴らすと運よくインターホン越しに奥さんの応答があり、チヨが事情を説明すると外に出て来てくれたが、チヨの後ろに座っている犬を見ても「いやあ、初めて見る犬ですねー」と困惑気味で、その場でスマホから娘さんに問い合わせてくれたものの、飼い主の情報は得られず終《じま》いだった。中山さんはあまり深入りはしたくない様子で、「もし何か判ればお伝えしますね」と言ってくれただけで、一緒に飼い主を探すまでのことはしてくれそうになかった。

その後も、多少はつき合いがあるご近所を回ってみたが、誰もが知らない犬だと頭を横に振った。交番に連絡したら何とかしてくれるはずだとか、保護犬を預かってくれる団体があると教えてくれた人もいたが、玄関前での返答以上の手伝いをしてくれそうな態度の人はいなかった。チヨと同年代の内野《うちの》さんの奥さんは「放っておいたらどっかに行くわよ。かかわらない方がいいよ」と眉根を寄せて言った。いかにも、そんな相談されても迷惑だと言わんばかりだった。

その間、犬はずっとチヨの後をついて来て、立ち話をしている間はおとなしく座って待っていた。それを繰り返すうちに何だか、実は前から自分がこの犬の飼い主だったのではないかという錯覚に陥りそうになった。

最後に仕方なく、町内会長さんの家を訪ねた。以前は市役所の幹部職員だったという六十代の人だが、チヨの町内会費の支払いが何度か遅れたり、敷地内の雑草を刈るよう言われたりしたことで少し険悪な関係になってしまい、本当は避けたい相手である。この奥さんもちょっと気が強いところがある。しかし以前は町内会長さん夫妻も犬を飼っていたことがあり、この辺りでは顔も広いから、飼い主につながる情報が得られるかも知れない。

応対した町内会長さんの返答も「見たことないなあ」だったが、チヨについて来た犬をなでて、「黒柴に近いけど雑種かな。オスで、ちょっと年はいってそうだな。あ、首輪に何か情報があるかもよ」などとつぶやきながら、赤い首輪を少しずつ回した。

町内会長さんが犬好きで助かった。お陰で雑草の件で注意してきたときと違って、彼の表情は柔和で、ちょっとなごやかな雰囲気である。一匹の迷い犬の存在が人間関係を変えることがあるわけか――チヨはちょっとびっくりした。

結果、飼い主に直接つながるような情報はなかったが、小さく［マジック］と書いてあり、犬の名前はマジックらしいと判った。

「さて、どうしますかね、原屋敷さん」町内会長さんはしゃがんでマジックの首周りをなでながらチヨを見上げた。「交番に連絡したら預かってくれるけど、飼い主が見つからなかったら動物管理センター行きになるね」

「何日ぐらい経ったらそうなっとですか」

「地域によって結構違うけど、多分数日かなあ」

「見つからんかったら、安楽死ですかね」

「世間やマスコミは安楽死という表現でごまかしちゃってるけど、二酸化炭素で窒息死させるわけで、すっごく苦しんで死ぬんですよ。実際、処置室の壁は犬がもがいて引っかいた傷なんかが無数に残ってるんですから」

元市役所幹部というだけに、そういうことには詳しいらしい。チヨは「そうなってしもたら、私らも目覚めが悪かですねえ」と相づちを打った。

「あ、そうだ」町内会長さんはジャージのポケットからスマホを出して操作し始めた。

「保護犬として預かってくれるボランティア団体があったはずだから、調べてみましょう」

町内会長さんはその団体の相手に電話で事情を説明してくれたが、通話を切って「申し訳ないのですが今ケージが満杯状態です、だって」と指先でこめかみをかいた。

チヨは、町内会長さんが「じゃあ私がしばらく預かることにしましょう」と言い出してくれることを期待していたが、「どうしますかねえ」と腕組みをしてチヨを見返した。最後はあなたが決めてよね、と言われているような感じだった。

スーパー銭湯に行くときにもマジックはついて来たが、帰るときにはいなくなっていた。飼い主の元に帰ったのかなと思っていたが、気がつくとまた後ろにいた。待っている間、その辺をうろうろしていただけだったらしい。

帰宅して、チヨは自宅内で使えそうなダンボール箱を選んで、マジックの寝床を作った。作るといっても、ダンボール箱を粘着テープで密閉した状態にし、側面の一つにカッターナイフで出入り口になる穴を切り抜くだけの作業である。カッターの刃が小さいせいで、切るのに少し手間取った。

出来上がったダンボールの犬小屋を玄関横の壁際に置くと、ちょうどいい感じだった。以前は自転車置き場だったスペースで、雨がかからないよう、波形プラスチックの壁と出っ張り屋根が設置されてあるから、風の侵入も防ぐことができる。

「あんたの寝床にしんしゃい。ここなら割と快適に休めるたいね」

そう声をかけたが、玄関戸の前にいたマジックはじっとチヨを見上げて目を細くした。どうやら不満らしい。

「ほれ」とチヨは波形のプラスチック屋根を指さした。「ここは屋根があるし、塀に沿って壁もあるけん、雨風がしのげるやろ。もしかしてあんた、家の中に入りたいんかね？　そうしてやりたかけど、私は飼い主にまではなれんけん、やってあげられるのはここまでたい。我慢してくれんね」

そう言ってから、チヨは「ああ」と両手をぱんと叩き、「ちょっと待っときんしゃい」と家の中に戻った。寝室として使っている和室に入り、押し入れの奥から戦隊ヒーローの絵が入った子ども用の毛布を引っ張り出す。将が幼稚園の頃に使っていたものだ。

その毛布をダンボール箱の中に敷いてやると、マジックは出入り口に鼻先を近づけてくんくんかいでから、中に入った。

「どうかね。大きさはちょうどいいし、意外と暖かいやろ」

すると箱の中で身体の向きを変えたマジックが顔を見せて、急に口の両端をにゅっと持ち上げた。まるで満足して笑ったかのような表情だった。

「あれぇ、あんた、喜んどるんかね」

チヨもうれしくなり、箱の前でしゃがんでマジックの顔を見返した。マジックはすぐに笑ったような顔をやめたが、気に入ってくれたことは確かなようで、そのまま横向きに丸くなった。

家の中に戻って夕食の支度を始めた。冬の夕食はたいがい、一人用の土鍋で作る鍋焼きうどんである。白だし、うどん玉、鶏肉、卵焼き、薄切りちくわ、長ネギ、キノコ類などを入れてガスコンロにかけるだけで簡単に作れるし、余ったスープは細切《こまぎ》れの具材とご飯を入れれば翌朝の雑炊《ぞうすい》になる。鶏は安売りの腿肉をまとめ買いしたものを湯がいて一口サイズに切った状態で冷凍庫にストックしてあり、長ネギは根っこを捨てずに狭い裏庭に植えておいたものが雑草に紛《まぎ》れ、勝手に育っている。何よりもスーパーで売っているうどん玉は安い。チヨの計算では、総菜コーナーの幕の内弁当一個を買うよりも、自家製鍋焼きうどんを三回作った方が安く上がる。

一人用の土鍋に具材を入れているときに、玄関戸を叩く音と共に「原屋敷さん、中野《なかの》原《はら》ですが」という声が聞こえた。中野原は町内会長さんの苗字である。

「はいはーい」と応じて手を洗って拭き、玄関に行くと、町内会長さんが玄関戸を開けてしゃがみ、戸がスライドする下のレールに何やらスプレーを吹きかけていた。玄関戸は木製だが、下には金属製のレールが二本ある。

「何をしとんしゃっとですか？」とチヨが尋ねると、町内会長さんは「いや、余計なお節介だとは思ったけど、すべりが悪いようなんで」と笑った。

町内会長さんが「どうかな」と言いながら玄関戸を動かすと、がたがたとつっかえることなく、ほとんど音も出さずに戸が動いたのでチヨは「あれま。そんな単純なことでこんなに変わるもんですか」と目を見開いた。

「上出来、上出来」町内会長さんはうなずいた後、「いや実はそのために来たんじゃなくて、これを持って来たんですよ」と、足もとに置いていたトートバッグから光沢のある袋や金属製の器を出した。袋には柴犬の顔の写真が印刷されてあり、すぐにドッグフードだと判った。金属製の器は同じものが二つ、エサ入れと水入れのようである。

「うちのコが死んだ後、未開封のが一つ残ってたんで、よかったらマジックちゃんに食べさせてあげてください。それとこっちはエサと水を入れるのに」

「いいんですか」

「ええ。うちはもう年齢的に新しく犬を飼うのは無理だと思ってるんでね。エサ入れも安物だから、遠慮は要りません。本当は犬を散歩させるときに使うリードも差し上げたかったんですが、あいにく知り合いにあげてしまって」町内会長さんはそう言ってからマジックの寝床の方に視線を向けて、「いいアイデアですねー。マジックちゃん、気持ちよさそうに寝てるじゃないですか。飼い主さんが見つかるまでの仮住まいとしては上出来だ」と笑いながらうなずいた。

町内会長さんは帰り際、「マジックちゃんのことは、回覧板や公民館の掲示板などを使って周囲に呼びかけてみますんで」と言ってから「連絡先は私のスマホと、原屋敷さんちの固定電話を併記していいですか」と聞いてきたので、「はい、よろしくお願いします」と答えておいた。

町内会長さんは「じゃあ、そういうことで」といったん玄関戸を閉めたが、立ち去りかけてからまた玄関戸を開けた。

「あー、それから一つ、できたらでいいんですがねー」町内会長さんは少し言いにくそうな表情を作った。「一日に二回、散歩に連れ出してやってもらえませんか」

「えっ」

「いやね、犬というのは散歩をさせないとストレスが溜まって、無駄吠えをしたり凶暴になったりするものでして。それと、ウンチなんかもすると思うので……」

「…………」

チヨの困惑の表情を見て察したのか、「いやいや」と町内会長さんは少しあわてた様子で片手を振った。「原屋敷さんは飼い主じゃないし、私もそういうことを頼める立場でもないことは確かです。ただ、本当の飼い主さんが見つかるまでの間だけでも、まあ、何て言うか、出来る範囲で、その……ね」

チヨがどう返答しようかと考えている最中に町内会長さんは「じゃあ、そういうことで。回覧板や公民館の掲示板の方は任せといてください」と言い置いて、逃げるようにして帰って行った。

裏庭の長ネギを刈るために玄関戸を開けると、マジックがダンボールの寝床から出て来た。さきほど箱の前に置いておいたエサと水は空になっている。チヨが「ほう、食事は済んだかね。どれ、水はもう少し足しとこうかね」と靴箱の上に置いておいたペットボトルを手に取り、水入れに注ぎ直す。中身は水道水である。

しかしマジックは水はもう要らないのか飲もうとせず、代わりに何か欲しているような目つきで見てきた。

「もしかして、散歩に連れて行けと言いたいんかね。あんた、つながれとらんのやけん、勝手に行って来たらよかろうに」

そう言い置いて裏へと回る。裏庭に面した勝手口はあるのだが、五年ほど前だったか、留守中にその勝手口のガラス戸が割られて泥棒に入られたことがあるので、以来勝手口の前には整理棚を置いて出入りできないようにしてある。ちなみに泥棒には物色《ぶっしょく》されたものの、盗られたものはなかった。チヨはもともとまとまった現金は家には置かず、必要な分だけこまめにＡＴＭから引き出すようにしているし、そもそもカネ目のものなんて持っていない。泥棒もきっと侵入してすぐに舌打ちをしたことだろう。

マジックはそのまま裏庭について来た。チヨが長ネギを必要な分だけキッチンバサミで切り取って玄関に戻ろうとすると、またついて来る。開閉がスムーズになった玄関戸を開けてチヨが「そんなに散歩がしたいとね。しょうがないねえ、ちょっと待っときんしゃい」と言うと、意味が判ったのかどうなのか、マジックはダンボール箱の中には戻らず、玄関戸の前にお座りをした。

将のお下がりのダウンジャケットやジャングルハットで防寒対策をして再び外に出た。ウンチをするかもしれないので、ダウンジャケットのポケットにはたたんだトイレットペーパーと、生ゴミを捨てるとき用に溜めてある菓子袋の一つをたたんで入れた。

「この年になって犬の散歩をすることになろうとはね」

チヨがため息交じりにそうつぶやいて歩き出すと、マジックは当然とばかりに後からついて来た。

普段の散歩は住宅街を回りながら、住人の断片的情報を集めてはいろいろ想像を巡らしていたのだが、マジックがウンチをするかもしれないので、交通量の少ない川沿いの遊歩道へと向かった。

途中、信号待ちをしているとき、マジックはすぐ横にちょこんと座って待機した。それだけで、元の飼い主がちゃんとしつけをしてくれたことが判る。

「あんた、飼い主さんからはかわいがられとったみたいやね、毛並みもいいし、人を怖がらんし、吠えもせん。そやのに何で飼い主さんとはぐれたんかね」

そう話しかけると、マジックは目を細くして見返してきた。いやねー、いろいろ事情がありまして——とでも言いたげな目つきだった。

そのとき、背後で「わー、かわいい」という声がしたので振り返ると、女子高生らしき数人が自転車で通り過ぎて行った。そろいの紺のオーバーコートは学校指定のものだろう。その女子のうち一人は、ピンクの手袋をはめた手をマジックに向けて振っていた。

河川《かせん》沿いの遊歩道の路肩は、茶色く枯れた雑草が茂っている。後ろを歩くマジックが立ち止まったような気配があったので振り返ると、その雑草に向かって片足を上げ、小用を足していた。

「もしかして、そういう場所でならおしっこしてもよかよって、教わったとね。へえ、感心やねえ。ええとこのコたい」

その後もマジックは、雑草が茂っている場所だけを選んで何度かおしっこをした。

後方から自転車のベルが鳴り、「こんにちは」と声をかけられた。振り返ったが知らない女性だった。四十代ぐらいでふっくらした顔つき。買い物帰りのようで、前カゴに入ったトートバッグから袋入りのバゲットが出ていた。

チヨが返事をするよりも先にその女性は自転車を降りて、押して歩き始めながら「おばあちゃんのワンちゃんですか？」と聞いてきた。

「いや、迷い犬なんよ。何でか判らんけど、私が外に出るとついて来るんよね」

「へえ」女性はちょっと驚いた顔で後ろを歩くマジックを振り返った。「ちょっとなでてもいいですか。大丈夫かな」

「ああ、おとなしい犬やけん、大丈夫」

そもそも飼い主やないんやけん、許可なんか取らんでよか——と心の中でつけ加える。

女性は自転車のスタンドを立ててマジックの前にしゃがみ、「おーおー、ふかふかしててかわいいねー」と首の周りをなで始めた。

「あんたさん、犬を飼ってたことがあるんかね」

「ええ、子どものときに。今はネコを飼ってますけど、やっぱり犬もいいなー。首輪してるから、飼い主さん、そのうち見つかりますよ」

「そう願ってるよ」

「よかったら、お名前とどの辺のお住まいか、教えていただいていいですか。私、娘が通ってる小学校のPTA役員や女性ネットワークっていう団体の役員とかやってるので、迷い犬の情報、知り合いにLINEを一斉《いっせい》送信すれば飼い主さん探しにつなげられるかもしれないので。ちなみに私は松島《まつしま》と申します。椿原小学校のすぐ近くにある松島内科っていう医院を夫がやっていて、家もそこにあります」

自分の個人情報を先に教えたのは、相手を安心させるためだろう。明るくて真面目な女性、という印象である。ラインというものがどういうものなのかチヨはよく知らないが、飼い主さん探しに協力してくれるのはありがたいことだと思い、名前と住んでいる町内を告げたところ、松島さんは「ああ、中野原さんが町内会長さんのとこですね」とうなずきながら、取り出したスマホでマジックを撮影し、何やら操作した。ラインの一斉送信なることをやっているらしい。

　松島さんはその後すぐにいなくなると思ったが、百メートルほど先の交差点まで自転車を押しながらチヨたちと一緒に歩き、聞いてもいないのに昔飼っていた犬のことをチヨにしゃべった。メス犬で避妊手術をしていなかったせいで子犬が四匹も生まれてしまい、幸いもらい手が見つかったものの、しばらくの間その犬は寂しがってくーんくーんと悲しげに鳴いていたという。最後は安らかに死んだが、家族みんな別れがつらくて数日の間、思い出しては泣いていた、とのことだった。別れ際、松島さんは自転車にまたがって「飼い主さん、見つかるといいですね」と言い、チヨとマジックに手を振ってから漕ぎ出した。チヨも「はい、どうもー」と振り返した。

　マジックが一緒にいるだけで、普通なら無言ですれ違うだけの他人が親しげに話しかけてくる。知り合いでも何でもなかった人が一瞬にして知り合いになる。チヨは、最近までの自分がほとんど誰とも話をしない日々だったことを思い返し、犬がいるだけでこうも変わるものなのかと、ちょっと不思議な感慨に囚われた。

　そのとき、さきほど町内会長の中野原さんがマジックの飼い主探しに協力すると言ってくれたものの、自分が預かるとまでは申し出てくれなかったことを思い出した。あれはもしかしたら、やっかいごとをしょい込みたくないというよりも、面倒を見始めてしまうとどうしても情が移ってしまって、別れがつらくなるからではないか。あの人も飼っていた犬に死なれている。

みんな多かれ少なかれ、つらい別れを経験しているわけである。チヨはあらためて、自分一人だけがしんどい出来事を背負っているわけではないのだと思った。

途中、児童公園があり、チヨが「そこでちょっと休憩するかね」と左折すると、マジックも素直について来た。

広めの公園で、広場の奥にはすべり台やうんていがひっついたような、ちょっとしたアスレチック遊具みたいなのがあった。子ども用自転車がその前に二台停まっていて、小学生と思われる男児が二人、遊具の上に座っていた。手に持っているのは小型ゲーム機のようだった。遊具で遊べばいいものを、寒いのにあんなところでゲームとは。最近の子どもは外での遊び方も様変わりしたようである。

公園に入ってすぐ、マジックは後ろ足を広げて踏ん張るような姿勢になった。もしかして、と思っていると予想通り、ウンチをした。まるでウンチをするのは路上ではなくこういう場所で、としつけられているようである。

「あんた、手がかからんコやね。お利口、お利口」

チヨはダウンジャケットのポケットからたたんだトイレットペーパーを出してウンチにかぶせ、菓子袋に収めた。冷凍食品や菓子の袋は匂いを外に漏らさないようにできているそうなので、もってこいである。後は中身を家のトイレに流せばいい。

そのとき、遊具の上にいた男児のうちパーカーのフードを頭にかぶっている方の子が「あ、黒柴がいる」と言ってこちらを見た。もう一人のちょっと長髪の子が「それがどうしたん」と冷めた返事をしたが、チヨが手を振ると、二人とも軽く会釈を返してくれた。

フードをかぶった方の子が「俺ちょっと触って来る」と言ってゲーム機をパーカーのポケットにしまい込み、すべり台を下りて近づいて来た。チヨが「よかよ。なでてやって」と声をかけると男の子は「はい、ありがとうございます」と答えた。

男の子はマジックの前にしゃがんで「おい」と顔を近づけてから「よしよし」と首周りや背中をなでた。チヨが「椿原小学校かね」と尋ねると、「はい、そうです」とうなずく。最近の子どもたちは知らない大人から外で声をかけられても返事をするなと学校や親たちから言われているらしいが、犬を連れているとそういう警戒心は一瞬で消えてしまうようである。

男の子から「オスですか」と聞かれて「うん、オスやね」と答え、さらに「名前は何て言うんですか」「マジック」「へえ、マジックかー」「おとなしかろ」「はい」などと話をしていると、もう一人の長髪の男児も近づいて来た。フードをかぶった子が気づいて「お前も触る?」と聞いたが、長髪の子は「いや、俺はいい」と頭を横に振り、「さては犬が怖いんだな」と言われて「うるせーバカ」とやり返していた。

そろそろ帰宅することにし、「じゃあね」と男の子たちと別れて公園を出てしばらく歩いたところで背後から「あー、すみません、おばあちゃん」と声がかかった。

立ち止まって振り返ると、自転車に乗った制服のお巡りさんが近づいて来て、チヨの横に停まった。

「ええと、このワンちゃん、おばあちゃんが飼ってるの?」

お巡りさんはちょっとぎこちない笑顔で尋ねてきた。年齢は割と若そうだ。お巡りさんにしてはふっくらした顔つきで、精悍さを感じない代わりに親切そうな印象があり、どちらかというと警官というより男児に人気のある小学校の先生という風貌である。

「いいや、私は飼い主ではなか」チヨは頭を横に振った。「家の敷地内に入って来た迷い犬で、何でかしらんけど、私が外に出るとこうしてついて来《き》よっと」

「あら、九州の出身ですか」

「あんたもかね」

「いいえ、違います」

だったら何で聞くのかと思うが、これまでに何度もかけられてきた言葉ではある。

そのとき、お巡りさんは「あれ？」とちょっと声を大きくして、マジックをまじまじと見つめた。「秋に見かけた犬に何か似てるなあ……」

マジックはお巡りさんを見返して、ふん、と鼻を鳴らした。何見てやがる、みたいな感じだった。

「見たことがあっとですか？」

「おばあちゃん、マテノさんていう方、ご存じじゃないですか」

「マテノ？　誰ですか、それ。その人がこの犬の飼い主さんですか」

「いや……」お巡りさんは自分に言い聞かせるように小さく頭を横に振った。「似た感じの犬は結構いるからな」と独り言のようにつぶやいてから「すみません。別の交番に勤務していたときに、ちょっと見た目が似ている犬を見たことがあったというだけです。でも、こういう感じの犬はたくさんいるでしょうからね。失礼しました」

「あー、そうですか」

チヨが再び歩き出すと、お巡りさんは自転車を押してついて来た。

「おばあちゃん、飼い主じゃない、とのことですけど、こうやって一緒に外を歩くからには、リードでつないでもらいたいんですが」

「リード？」

「ええ、ほら、犬の首輪につなぐロープ。つながないで外に連れ出すことは条例違反になるんです。このワンちゃんはおとなしそうだから人に咬みついたりはしないと思いますが、急に道に飛び出してそれが交通事故の原因になる可能性だってあるでしょう。そうならないために、外出するときにはリードをつけることになってるんです」

そういえば町内会長の中野原さんもそんな名称を口にしていた。犬をつなぐロープはリードというらしい。

「そんなもん、持っとりませんが。ロープみたいなもんやったら、何でもよかね？」

そう言いながらチヨは心の中で、飼い主やなかて言うとるのに、とため息をついた。

「いえ、できればちゃんとしたリードにしていただきたいんですよね。ホームセンターなんかに行けば数百円で売ってるかと」お巡りさんはそう言ってから「飼い主じゃないとおっしゃってる方にこういうお願いをするのは変かもしれませんが」といかにも困った感じの苦笑いを見せた。

チヨは面倒臭くなって「はいはい、リードですね」とうなずきながら、こういう面倒なことになるのだったら、最初から耳が遠いふりをすればよかったと思った。途中から始めるのはさすがに不自然である。

「ところでおばあちゃん、ワンちゃんはウンチとかしてません？」

「そりゃウンチぐらいするやろもん、犬も動物なんやから」

「いや、私がお尋ねしているのは、このワンちゃんのウンチの処理はどうしましたか、ということで」

「ああ」チヨは片手に持っていた冷凍食品の袋をお巡りさんに突き出した。「ここに入っとるよ。見るかね」

「いえ、ちゃんと処理をされているようで安心しました。疑うような質問をして申し訳ありません」

別に謝るほどのことではなかろうに。昔のお巡りさんはもっと居丈高《いたけだか》な人が多かったように思うのだが、最近は随分と愛想がよくなった気がする。これも時代の変化か。

話は終わったと思ったがお巡りさんはまだいなくなってくれず、自転車を押しながら「迷い犬ということなら交番で引き取ることもできますが」と言い、以前は数日預かっただけで殺処分することもあったが今は保護犬として預かってくれるボランティア団体があって、といった説明をしてきた。それに対してチヨが、町内会長さんに問い合わせてもらったが収容できるケージがいっぱいだったと答えると、お巡りさんは「そうでしたか……」といかにも同情するような口調でうなずいた。

お巡りさんはそれからもさらに「どちらにお住まいですか?」「お名前を教えていただけますか?」「ご家族は」などと聞いてきた。チヨは答えながら心の中で、面倒臭いお巡りさんに遭遇してしまったものだとため息をついた。

ようやく解放されたのは、川沿いの道と県道の交差点だった。別れ際、お巡りさんは

「リード、お願いしますね、原屋敷さん」と念押しした。

そのお巡りさんが私服でチヨの家にやって来たのは、夕食の鍋焼きうどんを食べ終えて、ティーバッグで淹れた緑茶をすすりながら漫然とテレビのクイズ番組を見ているときだった。黒っぽいウインドブレーカーに黒のニット帽姿だったので、お巡りさんというより泥棒に間違えられるんじゃないかという格好だった。

お巡りさんは「夜分申し訳ありません。私、今年に入ってから椿原交番に勤務しているセトと申します。瀬戸の花嫁の瀬戸です。非番の時間を利用して参りました」と自己紹介してから、「原屋敷さん、リードはもう購入されました？」と聞いてきた。夜になって気温がぐっと下がってきたようで、吐く息がうっすら白かった。

そんなことをチェックしに来るとは。仕事熱心というより、粘着質《ねんちやくしつ》な性格の持ち主なのだろうか。

ここは早めに引き取ってもらった方がよさそうである。

「えーと、明日にでも買いに行こうかと思うとったんやがね」

チヨがそう答えると、瀬戸さんは「だと思いましたよ」とにやりとして、片方の肩にかけていた小型のリュックからそれを取り出した。

束ねてある赤いロープ状のものの端っこに金属製のフックがついていた。

「犬用のリードです」とお巡りさんは言った。「よかったら使ってください」

「えっ……」

「遺失物の販売店で安く買った中古品なので遠慮なく。原屋敷さんが飼い主ではないということで、リードを購入してくださいとあまり強くは言えないので、一計を案じたというわけでして」

既にこうして持って来てくれたわけだから遠慮しても仕方がない。チヨは「それはそれはご親切に」と受け取った。

この年寄りを飼い主にしてしまおうと企《くわだ》てているのだろうか。チヨは少し警戒心を持ったが、その一方で、それほど悪い気分ではなく、むしろちょっとうれしさを感じている自分がいることに気づいた。誰かから頼りにされるなんて久しくなかったからだ。

会話が途切れてしばらく変な間ができた後、瀬戸さんは「実は私、おばあちゃん子でしてね、独り暮らしのおばあさんを見ると、どうも気になっちゃって」とちょっと照れ臭そうに笑って鼻をすすり、子どものときに両親が離婚して母親に引き取られたが仕事が忙しくて構ってもらえず、おばあちゃんが母親代わりだったこと、授業参観のときにおばあちゃんが来たときは恥ずかしくて八つ当たりをしてしまったこと、豚汁や卵焼きをよく作って食べさせてくれたことなどを、聞いてもないのに話した。何となく、そのおばあちゃんと較べられているようで、ちょっと居心地の悪さを感じたが、瀬戸さんがほおを弛めて話すのを見ていると、悪気がないことは確かだった。

瀬戸さんは玄関戸を開けたまま話をしていることに気づいたようで、いかにもしまったという表情で「あっ、寒いのに立ち話につき合わせてしまって申し訳ありません」と言い、「では私はこれで失礼します」と敬礼をして玄関戸を閉めた。すりガラスの向こう側で「おやすみなさい」と言ってきたのでチヨも同じ言葉を返した。

しかし瀬戸さんはすぐには立ち去らず、玄関脇のダンボール箱にいるマジックをなでたり話しかけたりしていることが、すりガラス越しに判った。

翌朝、チヨがトイレから出たときに、玄関の方から子どもたちの声が聞こえることに気づいた。足音を忍ばせてそっと近づいてみると、「ほら、やっぱり犬が箱の中にいるじゃん」「あ、本当だ」という女の子の声。さらに「あ、目を覚ましたよ。こっち見た」「かわいいー」「柴犬かなあ」「こういうの、黒柴って言うんじゃない?」「あー、聞いたことある」「ここに住んでるのかな」「違うんじゃない? だって毎朝通るけど、この家に犬なんていなかったよ」「じゃあ、どっかの犬が勝手にここに入ってんの? 違うよ。だってほら、箱の中に毛布敷いてあるし」「じゃあ、ここで飼い始めたのかな」と会話が続いた。どうやら近所の女の子二人が登校中にダンボール箱が見えて、穴の奥に何かいるぞと気づき、寄って来たということらしかった。

チヨはくすっと笑い、そのまま奥に戻ろうとしたが、「触っても大丈夫かなあ」「触ってみる?」「えーっ、ちょっと怖いかも」という声が聞こえたため、サンダルをつっかけて玄関戸を開けた。

不意をつかれたせいか、温かそうなダウンコートを着てピンクのランドセルを背負った二人の女の子は、ちょっと強張った表情で立ちすくんだようだった。三年生か四年生ぐらいだろうか。

箱の中から顔を出していたマジックが出て来て、門柱のところまで来たので、女の子たちは小刻みに少し後ずさりした。マジックは大きなあくびをして、ちょこんと座った。

チヨはできるだけ柔和な笑顔を心がけて「触っても大丈夫よ、おとなしか犬やけん」と言うと、女の子たちは顔を見合わせ、髪をツインテールにした方の子がしゃがんで片手でマジックの首周りや背中をなで始めた。手袋の甲の部分にかわいい蝶ネクタイがついている。友達の様子を見て大丈夫だと判断したようで、白いニット帽の子も同じことを始めた。「かわいいー」「うん」と顔を見合わせて笑っている。

二人とも顔に見覚えがあった。話をしたことはないが、家の前の通りでときどきすれ違う子たちだ。同じ町内かどうかは判らないが、近所に住んでいるはずである。すれ違うときはいつもチヨの方を見ないようにして、できるだけ道の反対側の端を歩いていたので、気味悪がられていたことは自覚していた。

そんな子たちが今はチヨの家の前で立ち止まり、目の前で笑っている。マジックがいるだけでこうも違うものか。

「このコ、迷い犬なんよ」とチヨは言った。「うちの敷地に入って来て、妙になつかれてねぇ。買い物や銭湯に出かけるときもついて来るし。そやけん、飼い主さんが見つかるまで預かることにしたとよ」

「えーっ、迷い犬」ツインテールの子がチヨを見上げてから「家が判んなくなったのかー、かわいそう。それとも捨てられたのかなあ」と友達の方を向いた。するとニット帽の子が「犬って、遠くに連れて行かれても自分ちに帰れるんじゃなかったっけ」と言い、ツインテールの子が「でも、どの犬もそういうことができるわけじゃないんじゃない？　だって人間でも方向音痴の人とそうじゃない人とかいるし」と応じると、ニット帽の子は「あー、そっかー」とうなずいた。

自分にもこれぐらいの年の時代があったなあとチヨは大昔の自分を思った。一人、特に仲のいい友達がいて、通学はいつも一緒だったし、文具店や駄菓子屋さんにも一緒に行ったりした。学校ではトイレも一緒に行っていたし、ささいなことで二人してケタケタ笑い合ったりしていた。同じ町内に住んでいたタキヨちゃん。そのタキヨちゃんがお父さんの転勤によって遠くに引っ越して行ったのは、五年生の冬のことだった。いなくなる数日前に、タキヨちゃんちに招かれてお泊まりさせてもらい、消灯後も布団にくるまりながらいろんな話をしたことを何となく覚えているが、はてどんな内容だったか。

「オスですね」とツインテールの子が言い、手袋の匂いをかいだ。チヨが「臭くなかろ?」と言うと、「はい」と笑う。ニット帽の子も手袋をかいで、「あ、ほんと。大丈夫だ」とうなずいた。さらにツインテールの子が「迷い犬だったら、名前判んないね。私たちでつける?」と言ったので、チヨは「マジックっていう名前みたいよ」と教えた。

「首輪に小さくそう書いてあったけん」

「あ、本当だ」とニット帽の子が赤い首輪を指さし、ツインテールの子も「へえ、マジックかー」と笑った。「おい、マジック」と呼ばれてマジックは目を細くして無表情にしている。言われなくても判ってるよ、とでも言いたげな表情である。

その後もしばらく女の子たちは、「私も犬か猫飼いたいなーって思ってるんだけど、ペット禁止のアパートだからなー」「そういうとこでもウサギとかハムスターだったら大丈夫らしいよ」「まじ?」「従姉妹んちもアパートだけどウサギ飼ってる」「へえ」などと話しながらマジックをなでていたが、ツインテールの子が「あ、学校行かなきゃだった」と言ったことがきっかけで二人は立ち上がり、チヨに「ありがとうございました」と一礼してからマジックに「マジック、またねー」「バイバーイ」と手を振った。

チヨが「またおいでねー」と声をかけると、二人は一度振り返って「はーい」と声を合わせた。

その後チヨは、お巡りさんの瀬戸さんからもらったリードをマジックの首輪につけて散歩に出かけた。コースは昨日と同様、川沿いから児童公園に至る道でいいだろう。マジックは前に出てぐいぐい引っ張るようなことをせず、チヨのペースに合わせて横を歩いてくれた。今日もアスファルトの上ではおしっこをせず、雑草がある場所を選んでくれている。

犬なしで散歩をしていたときは誰からも声をかけられることがなかったのに、マジックを連れていると状況が一変した。ウォーキング中らしい七十前後のご夫婦からは交差点の信号待ちのときに「お利口そうなワンちゃんですね」と声がかかり、実は迷い犬であることなどをしばらく話すことになった。川沿いの道を歩いているときには小型犬を連れていた高齢男性とすれ違い、相手の小型犬が吠えてきて「すみません」とばつが悪そうな顔で言われ、「いいえー」と笑顔で応じた。薄茶色の柴犬と思われる中型犬を連れていた中年女性がやって来たときには、互いに吠えないよう道の端と端に分かれてすれ違ったが、「おはようございまーす」とあいさつを交わした。

こんな感じで毎日、同じ時間に同じコースを歩けば知り合いが増えそうだった。そうするうちに、いつも出会う人がいなくなったら、あの人に何かあったのではないか、病気か怪我でもしたんじゃないかと心配してもらえるかもしれない。マジックがいると、外ですれ違う人たちがただの赤の他人ではなくなる。

チヨが立ち止まって「マジックさん、あんたのお陰で何だか、年甲斐もなく気持ちがちょっとうきうきしてきとるよ」と声をかけると、マジックは口の両端をにゅっと持ち上げた。まるでそりゃよかったなあと笑ったようだった。

一週間が経ち、二週間が経ってもマジックの飼い主は見つからなかった。その間、チヨはマジックにリードをつけて朝と夕方に散歩をした他、買い物やスーパー銭湯にも連れて行った。スーパーやスーパー銭湯で待たせているときは駐輪場の支柱にリードをくくりつけていたが、マジックはいつもおとなしく待ってくれていた。ときどき、他の利用客から「おとなしくてかわいいコですね」「ちゃんとご主人を待ってるなんて賢いワンちゃんですね」などと声をかけてもらい、それをきっかけに互いのことを少し話したりすることもあった。そして一度そういう会話があると、次回からは会えば「こんにちは」と互いに会釈し合う仲となり、「今日はそれほど寒くありませんね」などと短い会話を交わす知り合いとなる。スーパー銭湯では、以前から顔を見かけることはあったがあいさつなどはしたことがなかった筒井《つつい》カオルさんという同年代の女性から自分も犬を飼っていたことがあると話しかけられたのがきっかけで、一緒に湯に浸かりながら互いのことを話したり聞いたりする間柄になった。彼女には息子が一人いるが遠隔地で家庭を持っていて一緒に住んでおらず、夫に先立たれて長らく独り暮らしをしていること、去年一度転倒して脚を骨折し入院したこと、自分も犬を飼いたいけれど年齢的に難しいのでテレビの動物番組を見て我慢していることなどから始まって、若い頃に観た映画、ボウリング、歌声喫茶、ユースホステル、デートや新婚旅行のことなど互いに話はつきず、チヨにとってはただの入浴を超えた楽しみの時間に変わった。もしマジックがいなかったら筒井カオルさんとこんなに話し込むこともなく、互いに関心を持たないままで終わっていただろうと思うと、まるで将がマンガで描いていた、パラレルワールドの世界を体験しているような気分だった。

椿原小学校のPTAや女性ネットワークで役員をしている松島さんとはその後二度、散歩中に出会って少し話をしたが、知り合いに情報を拡散しているものの、マジックの飼い主は見つかっていないとのことだった。松島さんは「お力になれてなくて申し訳ありません」と謝ってくれた上で、マジックの面倒を見ていることは負担になっていないかと心配してくれた。それに対してチヨは「大丈夫ですよ。あのコのお陰でむしろ毎日楽しくやってますから」と答えておいた。実際、マジックと一緒にたっぷり歩くようになったお陰で神経痛が出ることもなく、ほどよい運動疲れによって食べ物が美味しく感じられるようになり、夜中に目覚める回数もぐんと減った。エサやりなどの世話をしたりマジックに話しかけたりすることにより日々の生活に張り合いが出て、例えば信号待ちで立ち止まったときには空に浮かぶ雲を眺めたり、深呼吸をしてみたりするだけでもちょっとだけ得をしたように思えるようになった。公園で落ち葉や枯れ枝を踏んだときの足の裏から伝わる感触でさえ、生きていることは悪くないことだと実感できる。

ご近所さんも、以前は会釈したり「こんにちは」だけの関係だったのが、マジックがきっかけでしばらく立ち話をすることが増えた。話をするようになると互いの事情も知るようになり、相手が見知らぬ他人ではなくなる。お陰で斜め向かいの立目《たちめ》さんの奥さんからは、実家の農家からいつもたくさんもらいすぎて余らせているからと白菜や大根をいただくようになり、そのご主人には破れていた網戸を修繕してもらった。

市役所の長浜さんも数日前に三度目の訪問をしてくれたが、あいにく忙しい上に犬は苦手だとのことで、一緒に散歩はせず、玄関先で話すことになった。長浜さんは「この前お会いしたときよりもお元気そうで安心しました」と言った上で「犬を引き取ってくれる団体に当たってみましょうか」と提案してくれたため、チヨは保護犬を預かってくれるボランティア団体はケージが満杯状態らしいからもうしばらく預かるつもりだと伝えておいた。長浜さんは親切な人だが、犬と一緒の生活の楽しさは理解できない人のようで、チヨはそのことをちょっと気の毒に感じた。

町内会長の中野原さんもときどきやって来てはマジックをなでながら「まだ飼い主さんは見つかりませんかー」などと気にかけてくれ、お巡りさんの瀬戸さんもこの二週間の間に二度、自転車で巡回中に立ち寄って飼い主が見つかっていないマジックの世話をしていることについてねぎらいの言葉をかけてくれたり、「体調はいかがですか」などと聞いてくれたりした。防犯対策についてもいろいろアドバイスをしてくれて、塀の上から屋根に乗って二階から侵入できそうだから外出するときは窓には施錠《せじょう》しておいてくださいね、とも言われた。チヨは、以前泥棒に入られて勝手口のガラス戸を割られたが盗る物がなかったので被害はそれだけだったと話すと、瀬戸さんは笑いをこらえるような顔で「そうでしたか」とうなずいた。

つい最近までは、自分が急死しても何日も誰からも気づかれないままだろう、典型的な孤独死を迎えることになりそうだと、他人事のように思ったりしていたのに、この変わりようである。生きていると、いいこともある。

三月に入った。その日は朝のテレビ番組で、今日は啓蟄《けいちつ》です、と前置きして、寒さから逃れるために土の中にいた虫たちが外に出て来る時期だということを意味していると解説していた。前日まではかなり寒かったけれど、今日は全国的に高気圧が張り出して比較的暖かい一日になるでしょう、とのことだった。

この日もチヨは、雑炊の朝食を摂った後、マジックを連れて朝の散歩に出かけた。散歩のお陰で知り合いになった他のワンちゃん連れの人たちやウォーキングをする人たちとあいさつを交わした。

帰宅後は、このところ体調がいいので久しぶりに二階に上がって簡単な拭き掃除をした。長い間閉めたままだった窓を開けると、暖かな陽射しとそよ風が入って来て、色あせているレースのカーテンをふわりとなびかせた。

ついでに狭い裏庭の草むしりも少しだけやることにした。昨日の夜に雨が降ったせいで土が軟らかくなっており、いいタイミングである。玄関から裏に回ると、最近また伸び始めた雑草が予想以上に茂っていた。以前はうっとうしい存在でしかなかった雑草だが、今は不思議と生命力を感じて、ひとつかみずつつかむたびに、せっかく生きてるのに申し訳ないけど抜かせてもらうよ、と心の中で声をかけた。

途中でマジックがやって来た。何をしてるの？　といった顔つきで小首をかしげるので「草むしりたいね。あんたは力はあってもこれを手伝うのは無理やろね」と言うと、しゃがんでいるチヨに近づいて来て、頭を腕にこすりつけてきた。そんな意地悪言わないでよ、みたいな感じだった。チヨは軍手を外してマジックの首周りをなでてやり、さらに両手でぎゅっとハグをした。

「マジックさん、いろいろありがとうね。あんた、私のために来てくれたんかもね。感謝、感謝たいね」

手や腕を通じてマジックの体温と心臓の鼓動が伝わってきた。それだけで、特別にいいことなんかなくても今日もいい一日だと思うことができる。

夕方の散歩中に、マジックは普段と違う行動を取った。いつもはチヨが行く方向に素直に従ってくれていたのに、今日は帰り道の途中で左折したがってリードを引っ張った。

「マジックさん、どげんしたと？　そっちは遠回りたいね」

チヨがそう言って引っ張り返したが、マジックは四本の足を踏ん張るようにして抵抗した。じっとチヨを見返すその表情に、何か言いたげなものを感じた。

「じゃあ、そっちから帰るかね。別によかよ。あんたの行きたい方に行きんしゃい」

チヨはマジックの意思に従うことにした。今までそんなことは一度もなかっただけに、何かがあるような気がした。

新興住宅地を抜けてたどり着いたのは、椿原小学校だった。既に授業は終わった時間のようで、正門は開放されていて、入ってすぐ先にあるつき山やブランコで遊んでいる小学生たちがいる。グラウンドではサッカーをしている子どもたち。私服で走っているので、授業やクラブ活動ではなく、遊びでやっているようだった。

マジックはためらいなく校門を通り過ぎて、学校の敷地内に入った。犬を連れて侵入していいのだろうかと少し不安になったが、教師から注意されたら「すみません」と謝ってすぐに出ればいいことである。それよりもマジックがなぜここに来たがったのかが気になる。ここに飼い主の家族でもいるのか、あるいは特に理由なんてなくて気まぐれでいつもとは違うコースを歩きたいだけなのか。

マジックは敷地内の右隅に続いているコンクリート塀に沿って奥へ奥へと入って行く。つき山の裏側を通り過ぎるときに低学年ぐらいの女の子の一人が「あっ、ワンコがいるよ」と指さし、他の女の子たちも「ほんとだー」と言ったが、犬を連れて入ったらダメですよと注意はされなかったため、チヨは笑顔で片手を振ってやり過ごした。

空っぽの鳥小屋、さらに何かの石碑らしきものの裏を通り過ぎて、花壇に近づいた。花壇に花は咲いていなかったが、見覚えのある葉の形をした植物がたくさん生えていた。教師と思われるジャージ姿の若い男性がその花壇の中にしゃがんで雑草を抜いていた。

近づいて、ジャガイモを育てているのだと気づいた。花壇というより学習目的の畑らしい。確か、食育とかいうやつだ。

男性教師が顔を上げた。縁なしメガネで、髪を真ん中で分けている。若いので、新任の教師かもしれない。

マジックがなぜかその畑の前で止まり、ちょこんと座った。男性教師がチヨを凝視しながら立ち上がる。これはきっと、怒られるぞ。

男性教師は畑の外に出て、こちらに回り込んで来た。チヨが「こんにちは」と先に声をかけたが、彼は同じ返事をしなかった。

「あの、もしかして将君のおばあさんですか?」

「へ?」

「原屋敷さん」

なぜか名前を知られている。チヨは困惑しつつ「ああ、はい」とうなずいた。

「将君のおばあちゃんですよね」

「ええ……」

「ヒオと申します。小中学生のときに将君とは仲よくしてもらってたんです。何度かお家にも上がらせてもらっていて」

「あーっ」チヨはつい大声を出してしまった。ヒオが頭の中で日尾に変換された。そうそう、日尾君だ。学校で学習マンガがなくなって、将に疑いがかかったときに、将をはげましてくれたり、自分のことのように怒ったりしてくれた子だ。

顔には確かにあの頃の面影がある。こんなところであの日尾君と再会するとは。

「思い出していただけましたか？」と日尾君から言われ、チヨは「はいはい。将と仲よくしてくださってた日尾君ですね。思い出しました」と声を弾ませた。

「今は母校であるここで教師をやってるんです。まだ新米で、周りの方々に迷惑をかけてばっかりですが」

「へーっ、日尾君が」

互いに笑顔で見合って間ができた後、日尾君は表情を急に引き締めて「将君のことは伺ってます。心からお悔やみ申し上げます」と頭を下げた。知っていたらしい。

「これはどうも、ご丁寧に」とチヨも頭を下げた。

「将君、本当に残念です。マンガ家としていよいよこれからというときに、あんな事故で」

「ええ……」

「僕、将君が亡くなる少し前に会ってるんです、数人だけで同窓会みたいなのをやったときに」

「えっ、そうだったんですか」

「はい。持ち込み原稿が編集部にほめてもらえて、月刊誌の方で連載させてもらえることになったって、本当にうれしそうにしてて」

「本当に？」

「ええ。ご存じじゃなかったんですか……」

「持ち込み原稿が編集部から評価してもらえたという話は、将から電話で聞いてましたが、連載が決まっていたことまでは知りませんでした」

「そうでしたか。あー、思い出した。同窓会のときに将君のおばあちゃんの話になったんですよ。そのとき将君、月刊誌が発売されたら真っ先におばあちゃんに送る、それまで内緒にしておいてびっくりさせるって、目を輝かせて言ってました」

そのときの将の様子を想像して、チヨはこみ上げてくるものを感じた。

おばあちゃんを驚かせてやろう。そして喜ばせてあげよう。いたずらっぽい気持ちであの子はきっと、わくわくしていたのだ。

そして、頭の中にいつまでも居座っていたもやはすっと消えた。あれは断じて自殺なんかじゃなかった。あの子は希望を胸に抱いて、苦労が報われて、うれしくてたまらない気持ちのまま旅立ったのだ。うれしすぎてお酒をしこたま飲んで酔っ払い、ビルの外階段の手すりに不具合があってあんなことになってしまっただけ。

将。あんたはまだまだやりたいことがあったんだろうね。でもね、おばあちゃんを喜ばせるという目標はちゃんと達成したんだね。

日尾君に丁寧に礼を言って家へと急いだ。マジックはもう行き先について要求することなく、素直にチヨに従って歩いている。

マジックが導いてくれたのは、偶然ではないとチヨは確信した。どういう理屈なのかはさっぱり判らないけれど、このコは魔法使いなのだ。生きていても仕方がないと人生をあきらめていたこの年寄りの目の前に現れて、日々に張りを与えてくれて、親しくしてくれる人たちに引き合わせてくれて、さらには将の転落死について真相を教えてくれたのだから。

玄関前でマジックのリードを外し、「マジックさん、ごめんね、エサと水、あとであげるけん」と言い置いて家に入った。両手も使って四つ足で駆けるように階段を上り、押し入れを開けた。

下の段の奥にしまい込んでおいたダンボールを引っ張り出した。見るのがつらくて、ちゃんと中身を確認しないまま放置していた将の遺品。

すぐにそれは見つかった。封筒の表に手書きで〔やったぜ！〕と書いてある。連載してもらえることになったという、あの子の最後の原稿だ。

チヨは畳の上に座って読み始めた。

これまで将が送ってくれた原稿はすべて完成したもののコピーだったが、封筒に入っていたのは、確かネームとかいう、鉛筆やペンでざっと下描きしたものだった。そのせいで背景画がなく場所などが判りにくいが、その代わり将のマンガに対する熱意のようなものが直筆の絵や文字から伝わってくるように思えた。

ストーリーが以前の作品とは異なっていた。主人公は、殺人事件の現場付近から逃亡した男に酷似しているという目撃証言のせいで容疑をかけられた若者で、彼は気が動転して刑事を突き飛ばして逃げてしまう。そしてそのまま指名手配犯として追われながら各地を転々としてゆくうちに、その先々での人々との出会いと別れを経験する。

若者は髪型や服装を変え、ほくろを書き入れたりひげを伸ばしたりメガネをかけたりするなど変装しながら、真犯人が捕まることを願って住み込み仕事を渡り歩く。

製材所で搬入搬出を手伝う仕事をしていたときに主人公の若者は、休憩時間にチラシの裏を使って職場の様子をスケッチしているのを、寡黙《かもく》だが親切にしてくれていた坊主頭のおじさんから見られてしまい、「上手いじゃないか。イラストレーターになれるんじゃないか？」とほめられる。実はマンガ家になるという夢があることを伝えると、「へえ、そうだったのか。何となくその辺の連中とは違うと感じてたんだけど、そういうことか」と感心され、ますます目をかけてもらうようになる。そんなある日、おごってやるから飲みに行こうとそのおじさんに誘われ、居酒屋で若者が語るマンガについての夢を聞いてもらい、「お前ならきっとマンガ家になれる。頑張れよ」と励まされる。しかしせっかくいいお酒だったのに、店を出て歩いているときに彼は肩がぶつかったチンピラから因縁をつけられケンカを吹っかけられる。若者は、警察沙汰《ざた》は御免だという気持ちと、おじさんを助けたいという相反する気持ちでどうすべきか迷って立ちすくんでいると、おじさんは相手のすべてのパンチをひょいひょいとよけて周囲にいた人たちを驚愕させる。結局、相手がただものではないことに気づいて、捨てゼリフを吐いて逃げて行った。それを見送り、若者が「すごいですね」と声をかけると、彼はボクシング経験があって、実績については何も教えてくれなかったが、路上では絶対に人を殴らない、短気を起こして人生を棒に振るようなことはしてはならないという信念の持ち主だということを知る。若者は、自分が無実の罪で指名手配されていることを話そうという衝動にかられるが、迷惑をかけたくないという気持ちから思いとどまる。数週間後、若者は警察の捜査が迫っているような予感に囚われ、製材所を辞めて別の仕事を探すことを決める。坊主頭のおじさんに別れのあいさつをしたとき、実は既に事情を察していた彼から「君は悪いことをする人間の目ではない、信じている」と声をかけてもらう。

建設現場で足場を組む仕事をしていたときには、やたらと部下に怒鳴りつけてくる横柄な現場主任がいる上に、直属の先輩も目つきが悪くてよく舌打ちをする怖そうな男性で、緊張を強いられる日々だった。そんなあるとき、他の同僚からいろいろ尋ねられて実はマンガ家を目指していると答えるのをその先輩にも聞かれてしまい、何を言われるかと身構えていると、「すげえじゃねえか、お前」と肩を叩かれ、鉛筆と紙を渡されて即興でいくつかイラストを描くことに。それをえらくほめられて、それまでとは一転して仕事中に丁寧に教えてもらえたり、休憩時間に自販機の飲み物をおごってくれたりするようになる。そして「俺にはそういうの全然ねえから、お前がうらやましいよ。頑張って夢をかなえろよ」と励まされる。口の悪い現場主任から若者がののしられると後で「あんなやつの言うことは気にすんなよ。聞き流してりゃいいし、あんまりひどかったら俺が言ってやるから」と声をかけてもらう。そしてある日、主人公の若者が現場主任からあまりにも理不尽なパワハラを受けたときに、その先輩は本人に代わって言い返してくれるが、そのせいで現場主任が先に手を出す形で取っ組み合いに。結果、その先輩は職場を去ることになり、主人公の若者は礼とお詫びの言葉を口にして頭を下げるが、「そんなこと気にすんな、俺が勝手にやったことだ、お前は短気を起こさず頑張れよ。いつかお前が描いたマンガを読ませてもらうときを楽しみにしてるぜ」と笑って手を振ってくれた。

マンガのネーム原稿は、さらに主人公の若者が製麺所に住み込みで働き始めたところで途切れていた。

物語は明らかに、将の実体験に基づいたものだった。無実の罪を着せられるという設定は、小学生のときに学習マンガを盗んだのではないかと疑われたことと大きく関係しているようだし、製材所や足場を組む仕事などを将がやっていたことも電話で聞いている。

そうやったね、将。あんたは職場で親しくなった先輩にはいろいろ聞かれてマンガ家を目指してるって教えたことがあったんよね。それで、先輩から頑張れよって励ましてもらったっていう話をうれしそうにしとったよね。マンガがあんたを守ってくれたんやね。

実体験に基づいているから物語に迫力があり、きっと編集部の人たちもそれを感じ取ったからこそ評価してくれたのだ。

「将……偉かよ、あんたは。嫌な出来事があってもこうやってマンガにして、誰かを喜ばせようとしとったんやもんね」

チヨは原稿を封筒にしまい入れ、ダンボール箱に戻すつもりでいたのに、気がつくと封筒を胸に抱きしめていた。嗚咽《おえつ》が漏れ出し、止まらなくなった。

将。短い人生やったけど、あんたは充実しとったんよね。アルバイトをした先々でいろんな人によくしてもらって、マンガ家になるっていう夢を応援してもらったんやもんね。そして、夢にはちゃんと手が届いたんやもんね。

ひとしきり泣いた後、チヨは一階に下りて洗面所で顔を洗った。鏡に映る顔を見ると、年甲斐もなく目が腫れて、ほおも紅潮していた。

「あ、そやった、マジックにエサと水をやらんば」

チヨが玄関戸を開けると、マジックがダンボール箱の寝床から出て来た。「遅くなってごめんね」と謝りながらエサと水を容器に入れる。

しかしマジックはエサに見向きもせず、チヨをじっと見上げていた。

「あんた、私の顔を見て、何かあったなって判るとね。本当に頭のええ犬やね」

するとマジックはチヨに近づいて来て、ひざに頭をこすりつけてきた。チヨがしゃがんでマジックを抱きしめると、マジックは前足でぽんぽんと、チヨのわきを叩いてくれた。まるで、よしよしといたわってくれているような感じだった。いや、本当にそういうつもりでマジックはそうしてくれているのだろう。

そのとき、家の前に車が停まる気配があったので見ると、見慣れない白いワンボックスカーがあった。

運転席の窓が下りて、椿原小学校ＰＴＡや女性ネットワークの役員をしているという松島さんが「原屋敷さん、今ちょっといいですか」と言った。

鼻をすすってから「はい、何ですか」と立ち上がると、助手席側から男性が降りて来た。黒いウインドブレーカーに黒いニット帽をかぶった、お巡りさんの瀬戸さんだった。

「あら、瀬戸さんもご一緒で」

チヨは笑顔で迎えたが、瀬戸さんの深刻そうな顔を見て、少し身構える気持ちになった。

「原屋敷さん、急なお願いで申し訳ないのですが、二階のお部屋をしばらく貸していただけないでしょうか」

瀬戸さんは低い小声で言った。まるで他人には聞かれたくないという感じだった。

「はあ……」

一瞬、犯罪の容疑者がこの近所にいて、二階の部屋から監視でもするのだろうかと思ったが、瀬戸さんは全く違う話を始めた。

「この車の後部席に、三十代の女性と、三歳の息子さんが乗っています」

見たが、後部席の窓は黒くてよく判らない。ただ、人がいるらしい影は確認できた。

「誰ですか？」

「詳しいことは後であらためてご説明しますが、夫による暴力被害を受けた人なんです。夫は傷害容疑で既に逮捕していますが、当面、どこか彼女が身を隠せる場所が必要なんです」

「ああ……」

「そういう女性をかくまう専用のシェルターもあるので、女性ネットワークの松島さんにご協力いただいたんですが、あいにくそのシェルターが満杯の状態でして」

松島さんを見ると、彼女はそうなんですよ、という表情でうなずいた。

「事情は判りました」チヨはうなずいた。「うちの二階なんかでよければ遠慮なく使ってもらってよかですよ」

「ありがとうございます。助かります」

瀬戸さんがいかにもほっとした表情になり、頭を下げた。運転席の松島さんも「ありがとうございます」と言った。

瀬戸さんはワンボックスカーの後部ハッチを開けて、大きな手提げカバン二つと子ども用のリュックサック一つを持ち、「すみません、先にこれを入れさせていただきますので」と言ったのでチヨは「あ、はいはい」と玄関戸を開けた。瀬戸さんはその荷物を玄関の上がり口に置いてから、ワンボックスカーの後部席ドアをスライドさせた。

降りて来たのは、ショートカットで小柄な女性だった。片方の目の周りに青いアザが残っていて、左手首から甲にかけて包帯を巻いていた。それを見ただけでチヨは、見たこともないその夫に対して唾を吐きかけてやりたい衝動にかられた。

その女性は無言のまま深くチヨに頭を下げてから、幼い息子の手を取って降ろした。深緑色のジャンパーを着てフードをかぶっているその男の子は、口を横にきゅっと結んでどこか挑むような視線をチヨに向けた。この大人は信用できるのだろうかという不安を抱えながら、本当は今すぐにでも泣き出したい気持ちをぐっとこらえているように見えた。

チヨが笑顔で「いらっしゃい」と声をかけたが、男の子は硬い表情のままだった。瀬戸さんが「では、上がらせてもらいましょう」と母子を促したとき、マジックが男の子に近づいた。男の子は一瞬ひるむような顔をして少し後ずさったが、チヨが「マジックっていう名前の犬なんよ。友達になってあげてね」と言うと、チヨを見返してから小さくうなずいた。

「触って大丈夫よ。おとなしい犬やけん」

すると男の子はこわごわ片手を出してマジックの首の後ろ辺りを触った。マジックは目を細くしてじっとしている。男の子は少し触れたことで自信を持ったようで、両手でマジックの首周りをなで始めた。若い母親が初めて「かわいいね」と言葉を発し、男の子はかすかにほほえんでうなずいた。

かつて離婚した康子が将を連れてここに戻って来たときのことがよみがえった。あのときの康子も憔悴《しょうすい》した様子で、将も何かをこらえるような表情だった。将も目の前の男の子と同じく三歳だったはずだ。

チヨは確信した。

これはマジックが招き寄せた運命の出会いなのだ。自分がこの母子を守る。マジックと力を合わせて。

チヨは母子に対して口にしようとした言葉が、胸につかえて出すことができなかったので、心の中で声をかけた。

ずっとここにいていいからね。

・この物語はフィクションです。
実在の人物、団体などには一切関係ありません。
・本書は双葉文庫のために書き下ろされました。

双葉文庫

や-26-10

迷犬《めいけん》マジック 2

2022年9月11日　第1刷発行

【著者】
山本甲士《やまもとこうし》

【発行者】
箕浦克史
【発行所】
株式会社双葉社
〒162-8540 東京都新宿区東五軒町3番28号
［電話］03-5261-4818(営業部)　03-5261-4833(編集部)
www.futabasha.co.jp(双葉社の書籍・コミックが買えます)
【印刷所】
中央精版印刷株式会社
【製本所】
中央精版印刷株式会社

【フォーマット・デザイン】
日下潤一

ISBN978-4-575-52602-8 C0193
Printed in Japan